詩人の訪れ

他三篇

C・F・ラミュ

笠間直穂子＝訳

幻戯書房

目次

ロゴ・イラスト——丸山有美
装丁——小沼宏之[Gibbon]

詩人の訪れ

第一章

そのひとが来た日、背負籠《しょいかご》はぶどう畑のなかで明るく光った。

ベッソンと名乗った。柳細工師だった。となると、問題は、この土地では充分に仕事がないかもしれないことで、人びとは彼にそう言った。彼が話しかけた相手は、そろって首を横に振り、

「ないでしょうな」

またこうも言った、

「ご存じでしょう、うちのほうは、ぶどう畑ですから……うちで要るのは隙間のない木の容《い》れ物で……柳じゃ、はみ出てしまう。柳は、しっかりしたものを収穫する連中向きです」

すると彼は、細かく縮れた薄い顎髭《あごひげ》の上の、明るい目で笑い、

「なるほど、たしかに」

次いで、

「でも、かまいません」

そして説明するところによれば、この土地には数か月いるだけで、傾斜地の中腹にある村だから行商の便がいい、というのも毎日、午後になると、品物を売りに行くのだが、ここには傾斜地の坂があって、村はちょうど中間だ。だから、おわかりでしょう、のぼったりおりたりが少なくて済むわけです、なにしろわたしのような商売は、家を回って買ってもらうのですから。

人びとは言った。

「そうおっしゃるなら……」

数日後に彼は越してきた。三月の終わりだった。

大きな背負籠を背負って、徒歩で来た。ぶどうの剪定《せんてい》が済んだ時分で、ところどころで鋤《す》き起こしに入っていた。彼がやってくるのが、人びとの目に留まった、というのも山腹の斜面にある数少ない細道を通ってきたからで、道のほとんどは塀の上に沿ってつづき、ひとは塀から塀へと伝っていくのだ。西のほうからやってきた。曇り空だった。白い大きな背負籠を背負ってきた。その姿は空のなかで灰色に、湖の上で灰色に、傾斜地に対して灰色に映った。真新しい背負籠で、上には物入れ籠や柄つき籠が積んであり、中には自分の持ち物を入れてあった、というのも、柳枝の隙間から、たたんだ服や布類が背負籠のなかにあるのが見えたから。

そして杖を持った姿で、こうして西のほうから、ぶどう畑のなかを、三月の終わりのある日、なにもかもが乾いた土の色をしている時期に着いた——空は乾いた土の色、湖も乾いた土の色、そして、葉のない株の合間に、まだ束にして寝かせて置いてある添え木の傍には、この色に少しの変化を加える雑草がやっと生え出したかどうかというところだった。

人びとは「あれはなんだ？」と思った。

積みあがった籠は、蒸気機関車の煙のようだった。

ここにはふたつの鉄道路線があって、ひとつは湖畔を走り、もうひとつはぶどう畑を横切っていく。だからあの煙は、こちらには見えない機関車が間を置いて空へ煙を噴きあげるときのようだし、あるいは通り雨のあと、強い日差しが土に当たったときにのぼる蒸気のようでもある。

霧のひとかけ、羊毛のひとかけ。

ふわふわしたものの下にいる男は見えなかった、小さすぎて、細すぎて、高さもなきに等しい、それほど背負籠は高く、それほど多くの物入れ籠や柄つき籠が上に積み重なって紐《ひも》でくくりつけられていた——そうしたものがやってきて、男は灰色をしていた。男は白い柱を背負ってやってきて、遠くからやってくるのを人びとは眺めながら、「あれはなんだ？」と思った。

なぜならその柱は、一面の灰色のなかに突如、なにか光るものとして、きらめく色をして現れたからで、この色はまるで少しの霧が、とてもゆっくりとこちらへ向かって漂ってくるときのように、向かってきたのだ。

とはいえ、風はない、ほとんどない。人は指をなめた。やはり、風はない。

西から吹く風のことは、ジョラン〔西北にあるジュラ山脈から吹く冷たい夜風〕という。

柱はわたしたちのほうへ向かって、塀から塀へと、ゆっくりおりてくる。段をなして積み重なったぶどう畑の区画が、作りかけの家々、あるいは上のほうだけ火事で焼けた焼け残りの家々のように見えるところを、一段一段、おりてくる。

ひどく曇っていた。山脈が見えなくなる天気だ。湖のほうを見ると、水面がじかに空につながっていて、空は水面へ向かって下降し、水面は空へ向かって上昇する。そしてわたしたちの側、人家のある側も同じこと。つまり、こちらには斜面があり、斜面はすべてぶどう畑なのに、空が覆いかぶさったので、上の方は隠れているのだ。ところが、そのなかから、あの見事な白いものが出現したため、人びとはそちらへ振り向き、かなり長いこと、なんなのかわからないまま見ていたが、次いでそれは少しずつ形をなしてきた。

ほんの小さな、男の姿が見えた、背負籠の下で、全身灰色をして、まるでアリが、自分には大きすぎる白い卵を運ぶときのようだった。けれども、その荷に煩わされる様子もなくやってきて、路地に入り、路地を照らした。そのとき人びとに「重いですか」と聞かれたが、男は笑っていた、築かれた荷は二階の高さに達していたし、横幅も、道を通れるかどうかというほど大きかったのに。

そして、広場に着くと、背負籠をおろした。どれくらいの重さか、たしかめさせてくれた。人びとが両の肩紐をつかみ、その間、彼はバランスが崩れないよう支えていたが、実際、驚きの軽さだった。

彼は広場の南側の、剪定された背の低いスズカケの木々のあいだに立ち、背の低いスズカケの木々は下から照らされていた。

低い塀の前に立っていた。「ここがちょうどいい」と言った。

広場と言っても、大きめの寝室と大して変わらない程度の広さだった。ぶどう畑において、土地はあまりに貴重なのだ。

何人かが寄ってきたので、ベッソンはさらにもう少し、そこに立ちつづけた。背負籠は相変わらず明るく光っていて、彼は話し、他の人びとは彼に話した。もう夜になっていたから、辺りは暗かった。どの路地も、暖炉が煙を吐くときのように、二、三の四角い開口部から宵闇をもくもくと吐き出し、すると、その闇のなかで、例の点はますます明るく、ますます白く光るのだった。

その間に男たちは足を引きずりつつ仕事から戻り、一人また一人と、背負籠の回りに立ち止まり、集った。あらためて、彼らの中心、彼らの頭上にそびえるものは、正体がわからなくなった。白い煙をあげる炎の周りに人びとが立っているかのよう。蒸気機関車が蒸気を噴きあげるときのよう。通り雨につづいて強烈な夏の日光が地面に差すときのよう。

それから、光る染みは遠ざかり、他方、集まった人びとは散り散りになった。

第二章

翌朝、彼らは一人ひとり自宅から出てきたが、昨晩の眠りからも、長い冬からも、目覚めきっていなかった。天気は曇りのままで、彼らはまず二重の疲れを振り払わねばならなかった、ひとつは長く眠りすぎたことによる疲れ、もうひとつは四、五か月のあいだ、なにもしていないか、大したことをしていないことによる疲れ。霜が降りると、雨が降り、雪が降り、氷が張る。四、五か月、仕事と言えば土を運びあげることだけ、それも天気のよいときだけ。他には、まあ、添え木をつくるとか、ワインの世話とかはあるが、その程度だ。

一人また一人と広場を通って、仕事へ行くため背負桶を背負い、桶のなかの鋤は、把手の先だけが見える。鋲《びょう》を打った不恰好な靴に革脚絆《きゃはん》、ひとによっては側面をボタンで留める布製のゲートルを穿《は》いて、ゆっくりと歩いていく。女たちは、まだ家事があるのと、子どもたちの登校の用意もあるため、あとから合流することになっている。だから夫は一人でいて、一人で出発する、あるいは父と息子が一緒に行く。といっても道中はお互いなにも話さず、言葉を交わすのはやむを得ないときだけ、なぜならこの世のはじまりに、わたしたちはこう告げられたのだから、「汝らは働くべし」と。そこで毎晩、目覚まし時計のネジを巻き、日が長くなるにつれてベルの鳴る時刻を早め、時計によってシーツから引き離される。片足を出すが、つらい。なにしろ太陽自身でさえまだ目が覚めきってはいないし、季節にしても同様だから、この霧の下で、かび臭い大気とこの靄につつまれて、俄雨《にわかあめ》がまるで蜘蛛の巣のように湖に漂うのを眺める。

一人また一人。それぞれ、自分なりに。

それでも彼らは、ぶどう畑の階段を、背負桶を背負い、革脚絆をつけ、黒っぽい羊毛の粗いチョッキをまとい、陶製のパイプをくわえてのぼった。次いで、ばらばらに散った。

すべてが沈黙している。

時折、これから通過する列車が、傾斜地のくぼみに引き起こす反響によって、早ばやと自らの到来を告げる。次いで走り去るとともに、自分の存在を知らしめるのも止める。

そこにあるもの、唯一あるものはなにかというと、ひとがこの場所にいるということ、頼る者は自分しかいないということだけがあって、数メートルかける数メートル、ある長さをもった土地、ある幅をもった土地を前にして、頼る者は自分しかいない。

彼らはそれぞれ自宅から出て、玄関の階段をおりたのだった。

チコリ入りコーヒーの匂いが、開いた戸から彼らのあとをしばらく追ってきた。外へ出ると寒かった。子どもの泣き声がする、母親に怒られたらしい。彼らはのぼっていく、上のほうに着く。仕事に取りかかる、きついが、やるほかない。

その間にベッソンもまた外へ出てきて、二本のスズカケのあいだ、塀に四つ折りの布袋を敷いた上に腰を据えた。子どもたちが登校するころには、すでに作業に入っていた。

鐘が鳴っているので、子どもたちは彼の仕事を立ち止まって眺める余裕はなかった。木の靴底で敷石の上を走っていった。年少の子らは脇に石板を抱えている。紐の先にスポンジがぶらさがっている。彼らはまた小さなバッグを提げていて、赤糸で施された刺繡《ししゅう》には、梯子をもった真っ黒な煙突掃除夫の図柄が見える。

何人かは、縁飾りのついた、背中で結ぶ着方をする目の粗い手編みショールを肩に巻きつけている。女子はエプロンの上に色ものの上着を着て、男子はウサギの毛皮の縁なし帽に、長すぎる半ズボンを穿いている。

家々の窓は開き、そこへ寝具が現れて、人びとは空気をふくませる、青と白、赤と白のチェックの布カバーをかけた厚手の羽毛布団、男が頭を休ませた枕。女たちが片手で叩《たた》いてそれらをふくらませ、開いた窓へだんだんに置いていくと、しまいに窓はふさがってしまう。

夜のあいだ、男が頭を休ませた場所。彼女のほうは、すぐ傍に自分の頭を横たえ、枕にはふたつの頭が並んだ。

このように事は進んでいく。もはや窓はどこにもなくなってしまった。ほうきの音が聞こえた。

ベッソンは、そのあいだ、柳の枝を一本取り、さらにもう一本取った、というのも、籠の骨組みは頑丈な若枝で作るから。そしてその骨組みを両膝ではさんで、少しずつ回転させていった。すると新たに明るいものがそこに生まれた、明るいものがやってきた、上のほうで両手が聾唖者《ろうあしゃ》の言葉のようなたくさんの小さな手ぶりをするうちに。柳色の光を籠のまわりに作りはじめたが、それは黄や赤の皮を剝いでおいた柳で、そのために前もって水につけておくのだ。

最初の煙突から煙があがる。スズメたちはまず屋根の端で樋にとまって鳴き声をあげ、そうやって予告してから俄雨のごとく降ってきた。大粒の雨となってスズカケの木々に落ちてきた。何羽かは枝のあいだをすり抜けて、ベッソンの足のあいだまでのしてきた。怖がっていないから。わかっているから。首を傾げ、片目だけでベッソンを見つめて、安心する。高みで大きな煙突が青い煙をあげる。

そのとき、コンゴがやってくる。

布編みスリッパを履いた彼はほとんど音を立てない。路地で軽く咳《せき》払いをしたり痰《たん》を吐いたりする音だけが、姿を見せるよりもだいぶ前から聞こえてきた。

コンゴが足を引きずって進んでくる、二週間も剃らない髭に、赤茶けたフェルト帽をかぶって。髭は顔の表面にパンの黴のように生え、手はばら色で、爪が白い。

たいてい、彼はひとを警戒する。だれとも知り合いになりたがらない。だれかを見かけるとすぐに、避けようと回り道をする。だから彼が進んでくるのを、どんどん進んでくるのを目にすれば、ひとは驚いただろう、実際、いま彼は、片手の上にもう片手を、爪の白い大きな両手を重ねつつ、靴底をあげることなく、まるで車輪がついているかのようにちょこまかと足を前へ出していく。

彼はなにか、もごもごと言う。さらになにかを、もごもごと言う。

彼はこう言ったのだ、

「今度は、ベッドのシーツなんです」

彼は自治体が面倒を見ることになった者なのだが、そもそもわたしたちのところでは、ひとはつねに同じ自治体に所属する、父から子へ、一世代から次の一世代へ、世紀をまたぎ時を超え、世界のどこへ行こうとも。困窮する者が出てきた場合は、当人が籍を置く自治体が生活を保障することを義務づける法律があるのだが、このとき自治体は対象者を地元へ呼び戻して食事つきの寮に入れることで、生活費がよそで使われないようにする。自治体はごく当然のこととして、自分たちの金が地域内で回るようにしたいと考えているから、支援を訴えてくる者に向かっては、「まず帰郷せよ」と言い、言われたほうは従わざるを得ないのだが、コンゴとしては不満なのだった。

今回、彼が不平を言うのはシーツのことだ。前回は食事だった。

「わかりますか？　一枚しかシーツをよこさないんです……」

そう彼は言った。シーツが一枚きり、二枚ではなく一枚。だからそのシーツを上に敷けばいいのか下に敷けばいいのかわからない、そうも彼は言った、というのも、しゃべりつづけながらさらに近寄ってきたのだ。彼に対してもまたスズメたちは怖がらず、ただ彼の前からどいただけだった。

コンゴはそこへ片足を置き、そのすぐ傍にもう片足を置いた。ズボンはよれて、スリッパにかぶさっている。上のほうでは、重ねた両手が大きなばら色の牡丹のようだ。

煙はいまや三本、細い煙がたくさん集まって太くなったのが、三本あがっていた。はじめは傾いでためらいがちで、あちらへこちらへと漂っていた。いまは、まっすぐあがっている。いまは、三本のガラスの柱のようで、透けた向こうに見える空は、もはや灰色ではなく、白い。そしてコンゴは言った……

だがなにを言っているのかわからなかった、なにしろその瞬間にスズメたちが大騒ぎになったのだ。争いが起きたせいで、互いに折り重なり、地面を転げ回った。しかも同時に、広場の周囲のあちこちから、窓辺で両手を使ってベッドカバーを払う音がパンパンと鳴った。一番上にシーツが来て、ベッドカバーはその下、さらにその下には枕があり、枕は羽毛布団に載っている。

コンゴは両手をベルトにくっつけていた。首を揺すったが、その顔はまるで戸棚に長いこと置き忘れられたパンのかけらのようだった。

彼は一席ぶった。ぶち終わると、満足した。

いまは相手の両手の素早い動きを見つめている、どんどん、どんどん動いては、なにか言うことがあるかのように指で合図をするのだ、緑色のエプロンが膝のあいだでくぼんでいるその上で。

ひとつの戸が開き、一人の女が玄関の階段を降り、女はぶどう畑へ出ていく。

一人の女がレーキを手に取った、なぜなら土をならすのは女たちの仕事だから、そして彼女は出ていく。

晴れるなら、急がなくてはならないが、今日は間違いなく晴れそうだ。

彼女は見あげる。顎の下が見える。

一瞬、空にじっと目を留める、そこにはいまいくつもの小さな雲が行ったり来たりしている、シャベルで土塊《つちくれ》を放るときのように——そして、「急ぎましょう」と彼女は自分につぶやきながら、上半身にはずみをつけて前へ進む。急ぎましょう。上衣とスカートの中で身体はまだこわばっており、のぼり坂を前にして、履いたばかりの靴は、足を覆う石のようで……

ジリエロンはといえば、すでに帰り道だった。いっときベッソンの前に立ち、空気に指でものを書いているのを眺めてから、「それは儲《もう》かるもんですかね」

「ああ、そうですか……そりゃよかった」

彼は肩をすくめた。

コンゴは相変わらず同じ場所にいる。

第三章

ジリエロンはあらためて歩き出したが、残る道のりはそう長くはなかった。台所に入った。台所にはだれもいない。台所に入って悪態をつきながら背負桶を背からおろし、足で押しやる。桶は横ざまに倒れる。「仕方ない、そのままでいろ」と言う。ふたたび罵る。スツールのところへ歩いていき、テーブルに背を向けて座る。立ちあがる。窓辺へ行く。格子の向こうでは、湖上の霧がまだ消えずにいるため、水は果てしなくつづくかのようで、その水上には大きな陸地が、まるで世界のはじまりのように迫《せ》りあがってきた感じがするのだが、それは湖面に浮かぶいろいろな模様のせいで、大河も、潟も、河口も、半島も、そこには描かれている。

けれどもジリエロンは見ていない。肩をすくめ、戻ってきて腰かけた。立ちあがる。二階へあがっていき、上のほうで彼が床板に足を引きずる大きな音がした。おりてくる。台所には火の気がない。戸棚からパンを出す。パンとチーズ、それだけだ、なぜならもはやスープはないから、なぜならスープを作るのは女たちだから。パンとチーズだけ、だがそれでも必要以上だった、というのも、腹が減っていないと気づいたのだ。ナイフの大きい方の刃を出したのだが、手の甲で皿を押しやり、立ちあがり、またも立ちあがり、数歩進み、また戻ってくる。テーブルに目をやり、コンロに、壁に掛かった調理器具に目をやる。そして、「いくらになるだろう」と、道具の一つひとつに値をつけようとし、次いでうんざりする、第一、まとめて売るしかない。テーブルの引き出しから鉄道時刻表を取り出すが、もう十度目だ。目をあげると、この大きな沈黙にふたたびぶつかる。そして沈黙は彼に向かって、そうだ、と叫んだ、本当なのだ、おまえは売り渡されるのだと、それは彼がこんなふうに自分の外にある音をふたたび聞こうとするときのことで、そのとき空気を伝ってくるのは、近所に住む女の子どもたちのうち、年長のほうの娘が硬い木材の車輪のついた人形用の車を引きずり、年少のほうが大声をあげながら走ってついていく音、そしてコンロで焚かれるぶどうの若枝の火が、吸いこみも安定して、教会のリードオルガンのように歌っている音。だから、仕方ない。またもや肩をすくめ、次いでその肩は、凍った法面《のりめん》に陽光が差したときのようにずり下がってきた。ふたたび座って、両手を膝に置くが、手は膝からずるずると滑って体の両脇へ落ち、だらりと垂れて、さらに体全体が同じ動きをしはじめる、眠りに落ちるかのように。けれども自分の体の動きで目を覚まし、上半身を起こす。テーブルを拳でどんと叩き、「こんなことがあるわけない！」と言う。すると黙っていたコンロがあらためて答える、いえ、あります……あるんです……。そしてテーブルに食事の用意はできていない。床タイルの拭き掃除はされていない、窓は磨かれていない。沈黙もまた答える、「あるんですよ……」そこで彼の怒りは鎮まる、なぜならこうしたことを前にして、怒りというものは小さすぎる、そうだろう？　だからひとは、こうしたとき、もう少しで耐えられなくなることだけがわかっている、という状態に入っていく。そこで、新たに、彼は立ちあがる。もはやためらわず、大きな鍵が釘《くぎ》に掛けてあるところへ行き、錆《さ》びついた大きな鍵を手に取り、路地へ出ていく。緑色の扉が、階段を七段か八段おりたところにあって、地上にいるのがつらくなった者は、こうして地下へ下っていく。突如、地下を満たす生ぬるく快い空気が身に押し寄せてくるのを感じる、地上のものではなく、いつでも変わらない一種の季節、円天井によって閉じこめておく、いつでも同じ気候。人間がそうしたいと思わないかぎり消え去ることのない夜があり、そこへ人間は自らの明かりを、自らの太陽を、自らの月を持ってやってくる。

するると、他のあらゆるものから切り離される。地上にあるさまざまなもの、不正と過ちの光に照らされて地上に保たれてあるものから、ひとは身を離す。悪意の光もだ。地上のさまざまなものは絶えず姿を変えるが、ここはそうではない、ここはなにも変わらない、そうじゃないか？　ジリエロンはまず注意深くぴっちりと扉を閉める、なにも入りこまないように、一グラムの日光すら入らないように、そうして真っ暗な夜を作り直してから、マッチを一本擦れば、その緑色の一点は遙か遠いひとつの星が新たな空にのぼるかのようで、次いでその星は赤い火を放ちながら進む。わたしたちのものである視界、わたしたちの所有するものだけに占められた視界。見れば、楕円形《だえんけい》の大きな樽の頭が左にも右にも並んでいる。

ほら、彼はいま手を伸ばす、すでに一度グラスを満たして飲み干したあとに。ひと息に飲み干して、新たに注ぐのだ、彼らが栓《ギヨン》と呼ぶ銅製の小さな蛇口の把手を横に倒して——そして、グラスのなかに真実はある。

俺が要るものは全部ここにある。だから上のほうではやつらのしたいようにすればいい、俺のこともしたいようにすればいい——と、手を伸ばしながら、

「俺は安心だ、あいつらから逃げられた」

彼は飲む。新たにグラスを満たし、飲む。

「おまえらなんかくそくらえ……」

手を伸ばす。

「おまえなんかくそくらえ……」

いまや彼は妻に話しかけている、先週二人の子どもたちとともに去って行った妻に。

「俺を裏切ればいい、そうしたいなら。どうでもいい、もうどうでもいい」

彼は飲み、飲むことだけに意味があると思う。

「だって俺はあの世界から離れてきたんだ、幸いにも」

彼は飲む。

第四章

そこへ小さな嵐が来た、ふたつ三つの雷鳴とともに。

湖の底は長いあいだ、段をなすベンチのように上へ上へと積み重なった雲に占められていた。そこへ一陣の風が吹き、雲はすべて引き下ろされる。

晴天になり、しかしその空に向かって、激しい俄雨の梯子が立てかけられた。次いで雨は前進し、辺り一帯がぼやけて、他方、地面の色が変わる、そう、今度は地面が色を変える番なのだ。

どんな天気になるか、だれにも決してわからない。

だから、四月から十月にかけて、彼らはいつも上を見ている。

上空こそが彼らの真の銀行。上空に、彼らは元手を預けた。四月の初めからぶどうの収穫完了まで、つまり七か月のあいだ、来る日も来る日も、日がな一日、起きた直後から床につくまで、上を見あげては空模様をうかがう。

というのも天気は、彼らにおかまいなく決まるばかりか、しばしば彼らの意に反して決まり、それでも変えようはない、だから彼らは従うことを学んできたが、同時に注意深くなること、たちまちめくられるページに書かれた徴を読みとることも学んできた、このあまりにページが多いため同じページが二度開かれない本さながらの空を前にして。ひとかけの雲という、ほんの小さな言葉が現れ、過ぎてゆく。傾斜地の中腹にたなびく霧が灰色の文字で書く一行。夕焼けの色合い。月が花嫁のごとく冠をいただくとき——そして徴は地上にもある。なめくじが出てくる、蜘蛛が巣を編む、虻《あぶ》が襲ってくる、つばめが低く飛ぶ……

雲の階段が一気に破壊された。雨が降り、寒くなった。

彼らは樽のように輪が嵌《は》まった丸い陶製ストーブに火をつける。ぶどう畑の土が驟雨《しゅうう》に濡れて黒くなるのを、窓越しに眺める。

それから晴れて、暖かくなる。山々は先端がふたたび白くなって、よく洗った窓ガラスのような空気の向こうに輝き、二色に彩られた姿を見せながら、こちらへ近寄ってきたかのように見える。

湖も同じ二色になることがあった。青のなかに白い脈を走らせた湖。

その湖の真上には、ひびの入った塀で囲った狭い菜園が宙吊《づ》りになり、塀の角に設けられた建物には圧搾場と、ぶどうの作り手の住まいがあるが、三つの窓についた緑色の鎧戸《よろいど》は、ひん曲がった蝶番《ちょうつがい》のせいでぐらついている……

その間、ベッソンは相変わらず広場にいて、「鳩は飛ぶ」〈子どもの遊び。飛ぶものの名が出てきたときのみ手を挙げる〉をするときのように両手を行き来させている。

男たちが仕事から戻る時間だった。彼らはいっときベッソンに話しかけ、ベッソンのほうは話しながら男たちを見あげていたが、帽子の下、縮れた顎髭の上の小さな両目は、肌の色が濃いせいで淡い色に見えた。

正午の鐘が鳴った。彼は立ちあがる。彼もまた、みんなと同様、スープを食べに行ったのだ、ただしスプーンが皿にあたる音が響くのはまだ先、もっと季節が進んで、人びとが窓を開けっぱなしにするようになってから。太陽はふたたび姿を隠した。

男たちは一時ごろにまた作業へ出る。

ボヴァールは息子の部屋へ入り、「調子はどうだ」と言った。残念ながら、よくない。哀れな息子はベッドに半身を起こすのも辛そうで、片手を胸にあてていた。半開きの口からは小さな咳が出るものの、どうしても根っこごと外へ出てくれないので、絶えずこみあげる。

ボヴァールは息子に言った、「動くな、じっとしてろ、おまえはいなくてもかまわない」。そして一人でぶどう畑へ戻っていった、息子は三人だが二人は遠くにいて、三人目は現在いないも同然だ。だから午前中は一人きりで働いたし、いま確認したとおり、午後も一人になるが、とにかく両手につばを吐いて、鍬《くわ》を握る。

一時になるとすぐ、ボヴァールは一人で、自分のぶどう畑へ戻ったのだが、畑は傾斜地のところどころに張り出した崖の上にあり、真下に道路と湖がある。

石と土からなる台座の上に、なにはともあれ、一時早々に、ボヴァールはいて、ボヴァールは鍬で空中に半円を描く。

自分のものである台座の上、水面から百メートル高い位置、空のなか、青と白の山並みに面し、山並みと同じ大きさに見える場所。そしていまは、剪定鋏《ばさみ》で切り戻してレーキで土をならすのも済み、土を耕す作業に入っている、なぜなら太陽はすでに温かく、ぶどうの木は汗をかいて濡れ、主枝の先のほうの皮はすっかり湿って色を変えはじめる一方、剪定された切り口に盛りあがりつつあるしずくは、白、赤、黄、青にちらちらと光って、まるで貴婦人の首飾りのようなのだ。

ボヴァールは、なにはともあれ、やれるところまでやる、土がカチカチに硬いせいでひとかたまりに外れるのを、手前に引き寄せる。それから身をかがめ、添え木を一本取って、鍬の背で打ちこむ。

まだ死んだかのごとく苔につつまれ、傍目には乾ききって不毛に見える株の並びのあいだを行く――だが、近づいて見てみるがいい、そうすれば表面のひび割れた古い皮の天辺、樹液の浸み出た枝の両脇に、最初の芽がかたちを成しているのがわかる、まだふわふわして乾いてはいるが、これから育っていく、肉づいて日々少しずつ開いていく、というのも、ぐっと押し出す力が働くからで、死んだ骨の内部にすら復活の力を守るものがやはりいるのだ。その力が働くと、まるで水飲み場のホースが破裂して水が外へ噴き出すかのようになる。背の高い立派な若枝は毎年伸び、毎年人間に伐られ、束にくくられて運ばれ、次いで人間は地に向かってふたたび若枝を所望し、地はふたたび若枝をあたえる。

ただ、手助けの必要はある、ボヴァールが精一杯やっているように。土を耕し、肥料を施し、ならし、きれいに保つ。なぜなら、こちらからあたえぬかぎり、なにもあたえられはしないから。それが掟《おきて》だ、とボヴァールは自分を励ますためにつぶやく。自分の持ち分である張り出した土地の上で、やれるだけ奮闘する、たった一人だが、「二倍働く」、そう彼はつぶやいた。またも鍬を振りあげ、振りおろし、空に、次いで山に向かって、大きな光の半円を描くと、新たに一本の添え木を手に取る。

手を止めたのは、一時二十二分の列車が通りすぎるのを眺めたひとときだけだった。それは入り江の対岸に建つ一軒の白い大きな家と水面とのあいだに生まれたのだが、はじめはもくもくとあがる灰色の煙の下に現れた黒い点でしかなかった。はじめは正面向きだから、ただの点なのだ。次いで、入り江のくぼみに入って曲がり出すと、引き延ばされて、長くなり、湖岸を実に正確になぞるので、まるで湖岸のかけらがこちらへ向かってくるかのよう。ボヴァールは鍬の柄を両手で握り、傾斜地と土とに背を向けた。見おろしつつ、列車がやってくるのに合わせて目を足許へ移していく。

そしていまや真下に来た列車は、黒い虫のよう、太く長く毛のない芋虫のようで、煙でできた角《つの》を立て、節のある体で腹ばいに這っているといったところ。

青い水面のふち、まだ枯れ葉と同じ色をしたぶどう畑の色のなか、株のあいだのところどころへ肥料の小さな黒い柱が立っているなかに――ボヴァールの足の真下に。次いでブレーキの軋《きし》る音がした。

たしかに、そこは駅で、砂利を敷きつめた二本のプラットフォームと、油性ペンキで塗られスレート屋根をいただいた木造の小さな建物がある。そしてボヴァールは、鍬の柄を両手で握ったまま、列車を待つ人びとを眺めつづけるのだが、中には遅れて、転びそうな勢いで、まだ小道を走っている者も何人かいる。

速記タイピストのお嬢さん方、銀行の事務員、商店の店員、ぶどう畑に求められなかったか、ぶどう畑を求めなかった人びと。──小学生も数人、男の子も女の子もいて、学校かばんを提げている。

ボヴァールは、鍬の柄を両手で握り、上から世界の変化を眺める。彼自身はといえば、変わらない。一度も変化したことのない者に属し、忠実で──運転手が、準備よし！　と声を張りあげる──つねに同じ作業にいそしむ男、一年の初めから終わりまでずっと地上の同じ一点にいる男、あらゆるものが通りすぎ、移動し、変化するときに不動でいる者、習慣も、服の着方も、ふるまい方も、ものの言い方も、風俗も、職業も変わっていくのに──彼はつねに同じ職、太古の昔からずっと変わりのない職を、同じ場所、同じ水の前、同じ空の下で、朝から晩まで日ごとにこなす──そこで彼はいま、列車が去って行くのを見送り、機関車は三度か四度、ふうっと息を吐いた。

そして去るべきものは去り、動くものはふたたび動き出す。

余分な湖岸のかけらは湖岸を離れてじきに速度をあげる、速度が役に立つ類いのものだから……

ボヴァールは両手につばを吐く。

あらためて農具を持ちあげ、頭上にかざして、振りおろす。持ちあげ、振りおろす。もう一度持ちあげ、しかし今回は農具の動きが止まった。

つまりだ、もし自分のあとにだれもいないとしたら、もし自分のところから出てくる者がだれもいないとしたら。もし自分のしていることを引き継いでくれる者がだれもいないのだとしたら。もし、だれもかもがこんなふうに行ってしまうのだとしたら、と彼はつぶやいた。もし彼らが、どのみち行ってしまい、俺を見放すのだとしたら。

こちらはあえて、たったひとつの、つねに同じことを、同じ場所でおこなっている。だが、もしこちらが間違っていたとしたなら、どうすればいいのか。自分の仕事を信じていたが、しかし仕事にだまされたのかもしれないじゃないか。

もしこれが懲罰だったとしたら、そして他の人びとは世界を駆けまわるのだとしたら。

このような理由で彼は農具を持ちあげたまま、考えこんでいる。けれども、自分の持ち分である斜面のほうへあらためて振り向いたとき、彼にはもうわからなくなる。――なぜなら他の人びとは、距離というものを持っている、彼らは複数のものを比較するための充分な空間を持っていて、好きに選ぶことができるのだ。ひとつのものに近づき、次いでそこを離れ、別のもののところへ行って……

そのとき、ちょうどベッソンが行商へ出かけたのだが、なにしろボヴァールはずっとうつむいていたから、ボヴァールには相手が通るのが目に入らなかった。

またもやベッソンが来た日と同じ灰色の天気。ベッソンは灰色の塀の一段上、別の灰色の塀に囲われた灰色の四角い地面の脇を通っていく。目に入るのはそのようなたくさんの四角い土地、見渡すかぎりそれだけだ。

そしてボヴァールは、唯一の明るいものであるにもかかわらず、柳細工師を見なかった。新たに籠類を背負い、新たに柄つき籠や物入れ籠を積みあげて、籠は白く美しく、剝いだばかりの柳が目に涼しかったというのに。

ベッソンは街道をのぼって、遠ざかり、背中を見せているので、背負籠の向こうにすっかり姿が隠れている。ふたたび、煙のようだ。少しの湯気、白い霧、羊毛のひとかけ。蒸発していく、減っていく、縮んでいく。まるで冷たい空気のなかで口から息を吐くときのよう。次いで半身が茂みに隠れた、というのもベッソンはもはや、ぶどう畑より上に着いたから。

草地の斜面のあちこちに茨の茂みが散らばったところ、まるで部屋の天井を支えるかのように空を支える一種の崖のふもとにおり、白い柱は早くも部屋の天井に届きつつある。

彼はこのようにして傾斜地の背後の土地へ行商へ行くのだが、そこでは川は逆方向へ傾き、峰を過ぎれば川の流れはすぐに反対の方角へ曲がる。するとたちまち、なにもかもが変わる、つまり暗くなり、狭くなり、閉じられる。そこは森の広がる地帯で、ところどころが四角く切り取られ、中央にひとつの村がある……

彼はこうした村々を、ひとつの村から次の村へと回っては、仕事をし、籠を売った。

四時になると、ある納屋の下のテーブルに腰かけたが、そこには九柱戯《キーユ》〔ボウリングに似た遊戯〕の一式があり、球を転がす起点となる位置の上に渡した板に、男たちのグラスが一列に並べてあった。

交差する梁に囲まれ、霧に面と向かい、角で突こうとする牡牛のごとく顔をうつむける男は、霧に対して黒く見えた。

霧がのぼってくるなか、彼はうつむくと同時に左脚を曲げて膝を前へ出し、同時に右腕を後ろへ伸ばす。一方、他の者はみな立ったまま見つめている。すると軌道の先にあるピンの一団がはじけた。

ベッソンは目をやる。テーブルの隅で三デシリットルを飲み終え、去った。

さらに遠くへ向かい、ふたつの村へ寄って、霧のなかに潜りこみ、溶けて、いなくなり、柔らかな土の小道を歩いて林を抜けていくと、時折、松ぼっくりが頭に落ちてきたり、木の枝の先にいるリスが木の実を両手にもって殻をかじりとる際に立てる小雨に似た音が聞こえたりする。

こうしてベッソンは、上のほう、裏側のほう、わたしたちから遠く離れたところで、もはやわたしたちのことを考えず、わたしたちのことなど忘れたように、五時か六時まで仕事をした。――そこで進行方向を変え、折り返したので、あらためてわたしたちのほうを向いた。

一歩踏み出し、もう一歩踏み出す。一軒の農家をあとに残してきたが、彼は先ほどその家の赤いタイルを敷いた廊下に「どなたかいますか?」と呼びかけたのち、また外へ出たのだった。一歩目を踏み出し、二歩目を踏み出す、そこは坂の下で、これからふたたびのぼるのだが、まばらな灰色の草と霧のほかにはなにもない。けれども彼は霧を両手で払い、坂の上を見あげる。そこでは、間隔を空けて生えた木の幹が柵のようになっていて、隙間から空が見える。彼は空に向かって、青くなれ、とまず口にする。霧を両手で払い、後ろへ流す。彼は太陽に向かって、のぼれ! と言う。すると目の前の白い表皮は崩れ、くたびれたペンキのごとくバラバラと剝がれていく。ひびの一つひとつを通して光が差す一方、彼はまだ日陰にいる。とはいえ、彼はのぼっている。首が、そして肩が、陽光のなかへ入った。

彼は眼前の空を、下から上へ、自分のほうへ引き寄せることで広げた。さらに一歩か二歩のぼる。いまやベルトの辺りまで太陽を浴びている。目に映る空はすでに青々として、光を放ち、彼はそれを上から引き寄せる。すると山がひとつやってきた、空の後ろにぶらさがっていた山が。

はじめはあの白い角だけだった、というのも、上のほうから見はじめるから。白くて、白に青で、まっさらに見える。そこでベッソンは、「よし」と言った。子どもが塀をよじのぼる具合に、もうひと息、のぼっていった。腹全体まで日差しのなかに入り、他方でいまやふたつ、三つ、いや七つ、八つ、九つの山頂と山の上部が、風船のように、離ればなれのままのぼっていくが、じきにつながって、雪をいただく山脈となった。

彼は見た。右へ左へと視線を投げ、「済んだか？」と言った。つづけて、「済んだな」と言った。

ページの上に見事な第一行を書きあげたかのような顔をしているが、文章を書くときは実際、上から書きはじめるものだ、そして太陽は膝のところまでおりてきた、くるぶしまで日射しに入った、そして全身が入った。日射しのなか、陽光を脚にまとわりつかせて渦を作るようにしながら進むのが、洪水のときのようでもあり、坑内にいて地下水溜まりにつるはしで穴を開けてしまった坑夫のようでもあった——彼は進み、坑道を出て、平坦なところをさらにしばらく行く。

そして籠の柱を照らしていた光は消えた。柱の光がなくなって、代わりに彼自身が光っている。

柱から離れた光は、いまや柱を除くあらゆる場所にあった。そして背負籠の下の彼は、事を成し遂げたいま、じっと見つめている、まるで自分が成し遂げたわけではないかのように。

というのも、山脈全体が現れていたのだ。この地方のすべてがあった。山に囲まれて閉じられた地方のすべてが、そこにあった。特異な、切り離された土地があり、それは世界のさまざまな地域のなかのひとつの地域で、その地域なりの終わりと、はじまりがある。すべてがぴったりと内部に収まっていて、なにひとつはみ出していない。まるで君のもつ籠のうちのひとつ、洗濯物用の、大きくて、楕円形で、底の広い籠のなかに収まっているかのように。籠を運ぶ者の目の前には、もっとも大きな、もっとも美しい籠があって、そこに彼は陽光を置き、人びとに必要なすべてを丹念に並べていった、たとえば温かい気候を得るためには湖水が必要だから、籠の底はどこを見ても一面の湖だ――彼は、顎髭へ手をやった。地面がいきなり途切れて一気に谷底へ落ちていく手前に立っている。谷のふちに立つ彼は、山のあとに現れた湖に船や小舟が浮かぶのを目にする。もう少し体を前へ倒す。するとこちら側の斜面が見えてきた、段々畑よ、あなた方がようやくやってきた。新しい添え木の白い木材が若いぶどうの木の合間に輝き、老いたぶどうの木はといえば岩のような色をしている。そして彼の眼差《まなざ》しは、そのまま次第におりていき、ひとつの段から別の段へと移っていった。上から下へ、次いで左から右へ。そこに広がる一連の景色がこうして視界にやってきて、ふちの曲線が見事なこの籠の、手前側の側面をなす若枝の一本一本が見えてくる。

塀また塀の連なりが作る編み目や結び目、これもまた別種の柳細工であって、彼はその柳籠をさらに近くへ引き寄せ、次いで離れるにまかせて、手放す。

すると一人の男が、ここから見える場所に現れ、また別の男が少し低いところに現れる。この段にも、あの段にも。男たちは各自の階層に姿を見せ、村のほうはさらに遠くにあって、両手でぎゅっとまとめたかのように見える。

男たちは両腕をあげる、両腕を使って鍬を持ちあげる、それから振りおろし、身をかがめる。

そしてボヴァールもまた、身をかがめる。

ボヴァールは他の者よりも先へ進んでおり、立っている土地の端の先には虚空しかない、けれども彼は「とにかくやるんだ……」と心につぶやいた。なにかが男たち全員に向かって「もうひと息！」と声をあげた、まるで音のないひとつの声がやってくるかのように。そこで男たちは力を取り戻す。ボヴァールは身をかがめる。添え木を一本、地面から取り、株に対して立てる。株を助けるためだ。そこで彼は鍬の先端が上を向くようひっくり返すと、鍬の峰で叩く、すると別の者も叩く。ボヴァールには周りで叩く音がするのが聞こえる、音はほうぼうから届く、ある求めに向けられた応えのように、会話のはじまりのように、あるいは歌うときのように。ボヴァールのいるところからだと、だれが応えているのかは見えない。もしかすると傾斜地そのものが谺によって応えているのかもしれない。傾斜地だろうか？　それとも一番近くにいる隣人だろうか、しかし、まあいい、届いているのだから、届くのが大事なのだから――なぜなら勇気づけられるのだ、互いを勇気づけるのだ、こうして傾斜地全体が、上から下まで、端から端まで歌い出すとき。

ボヴァールは突如つぶやいた、「まあいい」と。「とにかくやるんだ……」と。

そして離れたところにいる者もそう口にし、さらに別の者もそう口にする、互いを見ることはできないけれど、互いに向かって話している、互いに呼び合っている、ひとからひとへと音で合図を送っている、ひとつの歌を形づくる音のように、ひとつの文を形づくる言葉のように。――その間、例の者は上のほうで眺めており、男たちのほうは事をなす。

季節を丸一か月、飛ばしたかのようだ。

身に降りかかるこの日射し。年の流れを丸一か月、先取りしている。

樹液の蛇口が回されたらしく、塀のなかではたくさんの芽が、以前は灰色だったのがはじけ、花のようなばら色となっている。

傾斜地の上から下まで、石灰乳を散布した塀、青の染み、緑の染み、黄の染みのついた灰色の塀に囲まれて、上の傾斜地がまぶたのように張り出しているせいで上半分しか見えない空の下で。若芽ははじけ、ばら色になり、蜂蜜のような最初の葉をのぞかせる……

上のほうで眺める者が一人いる一方、他の者は事をなす。

彼らは鍬を振りあげ、添え木を叩く。

大勢での会話がはじまる、塀のあいだから湧き起こるひとつの音楽だ、その塀はすでに、ズボンの生地を通して尻を焼くほどに熱い。

人びとは穴から出てきたトカゲをおとなしくさせるために口笛を吹き、トカゲが引きずる長い尻尾の脇には、ツタバウンランが一群れ咲いている。

第五章

翌朝、ベッソンが外へ出ると、すべてが彼と同時に外へ出る。

鐘撞《つ》きと鉢合わせるが、鐘はまだ鳴っていない。日曜の朝なのだ。けれども鐘撞きは鐘楼へ急ぎ、垂れた綱を両手でつかむ。

村じゅうで、人びとは夜に抗して閉めていた緑のペンキ塗りの鎧戸を押し開け、イスパニア錠をキイッと鳴らした。窓は目を開けて景色を眺め、あるいは眺める景色がない場合もあったが、かまいはしない。窓によっては狭苦しい路地に面していて、二メートルの距離でお互い向き合っている。——そして生が満ちる、なぜなら詩人が来たから、詩人が自分の周りに本を書いていくから。空に鐘の音を放ち、地上に人間たちを置き、周囲に土地を置いて、それから人間たちを動かす。

路地では、コンゴが赤いベルトをばら色の両手で腰にまわしているところ、というのも出かける前に時間をかけて着替えを最後まで済ませることをしなかったからで、また朝食も摂ろうとしなかったのだ、コーヒーが薄いと言って。

「あんなのは帽子の汁です！」

詩人がやってきた。コンゴは路地に沿って遠ざかりながら、ずっと同じひとつの台詞を、足を片方、さらにもう片方と前へ出すのと同時に吐き出す。

詩人がやってきたのだが、人びとはそのことに気づかず、彼がだれなのかを知らない。

単なる一人のひと、人びとのなかの一人、他の人びとと変わらない一人。

みんなは彼がだれなのかを知らず、詩人だとはわからない、というのもわたしたちと同じように、上っ張りを着たり、黒いラシャの上着に糊《のり》のきいたシャツに帽子に顎髭姿だったりするから。平日は平日の恰好、日曜は日曜の恰好をして、わたしたちと同じように仕事があるから——たとえば、籠を作るとか。それで、彼は籠をたくさん持って到着したものだから、人びとは「柳細工師か……」と言ったのだ。

路地では十八歳のローズ・ブロンが、窓辺に顔を出すのが見え、次いで彼女は声をあげて笑った。

「帽子の汁です！」

コンゴは立ち止まり、

「本当なんです！」

彼はローズのほうを見ながら、両手を重ねていて、その下のスリッパは爪先が内向きになっている。

「わたしの言うとおりなんです……」

彼女はといえば、姉を呼ぶ。

「エレーヌ！　エレーヌ！」

姉が来ると、二人で窓辺に陣取った。

「コンゴ、どうしたのよ、いったい？」

二人があまりに大声で笑うので、向かいの家に住むアモドリュも顔を出す。そして彼も、

「コンゴ、どうした？　よう！」

いまやあちこちで戸口にひとが出てきて、コンゴはわけがわからず、いやひょっとすると得意になったのか、

「でも本当なんです！」ともう一度、首を振りながら言った。

そしてふたたび歩き出し、その間も笑い声はますます大きくなり、互いに呼び合う声も飛び交ったが、足を引きずりつつ広場の方角へ向かうと、角を曲がったところで広場が見えてきて、家々を周りに従えたその広場は、真新しいモミの板を縦にしたかのよう、というのも、見えているのは斜面の高い側で、真南向きだから、日光を燦々《さんさん》と浴びているのだ。

ベッソンはいつものようにスズカケの下に腰かけているけれど、今日は仕事をせずに、塀の上で膝をそろえていて、緑色のサージのエプロンをしていないためズボンが隠れておらず、指は動いていないし、なにも握っていない、いやパイプだけを握っていて、時折、口元へ持っていく——それはほんの些細《ささい》な仕事、数にも入らない仕事で、柳の枝はもはやそこにない。

きれいに皮を剝いだ白い枝もなければ、皮つきの二種類の枝もない。白いのも、黄色いのも、赤いのもない、動いているのも、束ねられているのもない。それらの枝は、小刻みに揺れながらたわんだり、交差したり、低くおりては

風を受けたかのように持ちあがって、風に吹かれていたころを懐かしんだりするのだが。

柳の枝はもはやなく、塀に腰かけた一人の男がそこでパイプを吸いながら話しているだけで、その間、男の目の前には陽光がやってきて、家々の正面は照らされるが、どれも間口は狭く、漆喰《しっくい》塗りで、町の家のように三階、四階建てで、二列か三列、ときには四列の窓があり、下のほうには玄関の階段、そして上のほうには、軒の直線を断ち切るかたちで、特製の小さな屋根のついた戸があり、ぶどうの若枝を引きあげるのに使う滑車がぶらさがっている。人びとはカーテンを引く。大きなカーテンを引き、小さなカーテンを引く。窓ガラスの向こうの小さなカーテンが開いて、窓が内側に引かれると、ガラスは突然白い火を放って、こちらを射るかのようだ。

彼は、いつもの塀に座っているのだが、彼の目の前で、彼の正面で、自分は動かず、なにもしないけれど、物事は生じていく――たまに髭のなかで一言口にしたり、煙をふうっと吐いたりするだけで、すると煙は青みがかった色をして、無数の小さな隙間から、ゆっくりと外へ出ていく。

そして広場に着いたコンゴは両手をこすり合わせると、お決まりの言葉をふたたび言いはじめるが、もうだれも聞いてはいない。

アリの巣に棒が差しこまれた（場が騒がしくなることを指す）。ノヴェラは妻に向かって叫ぶ、

「鍵を投げてくれ……エミリ、聞こえたか？　鍵を投げてくれよ」

玄関階段の下の物置には、冬場に花の鉢をしまっておくのだが、ノヴェラは時が来たと見たのだ。

飛んできた鍵を片手で捕らえる。緑に塗った樽にキョウチクトウが入ったのをふたつ、ふたたび階段の下へ、一方

の脇にひとつ、もう一方の脇にもうひとつ置く。

なにしろ、すべてが外へ出るのだ。黄色い素焼きの鉢に入ったゼラニウムは階段の各段の端、鉄製の手すりのあるほうへ並べる。

ノヴェラが、ふたつの樽を、持ちあがらないから横向きに転がすのが見えて、そのあと彼は植木鉢を両手にそれぞれ持って出てきた。

なにしろ、すべてが外へ出るのだ、その間ベッソンは語り、なにも言わなくなったコンゴは一同から距離を置きつつ、耳を澄ませている、すると広場に落ちる影のかたちが、鋏で切り抜いたかのように、突如、変化するのが目に入る。

いくつもの四角く大きな煙突が、にょきっと突き出た姿を地面に描き、うち一本は全体を地上に収めるには立派すぎて、ある建物の玄関の下で折れ曲がっている。小さな女の子が歌う。

女が一人、肘掛け椅子を外へ出す。

暗紅色のベロアを張り銅釘を打った見事な肘掛け椅子を居間へ取りにいき、両腕に抱えて運んできた。

廊下の奥で杖の音がして、広場にいる人びとは黙った。

杖の音が聞こえ、こう言うのが聞こえた、

「お父さん、大丈夫?……じゃあ、来てみて……」

すると廊下をいまだ満たしている影の向こう、黄色く塗った壁のあいだから、現れるものがあり、はじめは白っぽい染みでしかないが、それはそのひとの顔で、首筋にのしかかる重みのせいで持ちあげるのも難しいのだが、どうにかこうにか持ちあげている。

　そして娘は、

「大丈夫？」

　片腕を取って支える。彼はもう片方の手に持った杖で床タイルを叩いて、体重をかけられる位置を探し、体重をかける。そうやって彼の体は、少しずつ暗闇から分離する。

　日光が扉の後ろに三角形を描く。そこで、彼は立ち止まる。日の当たる場所のへりで止まったのだ、まるで陽光のなかへ入るのをためらうように。ウサギの毛皮の縁なし帽をかぶっているのが見える。髪の毛は長く、白く、房になって帽子からはみ出ている。

　黒い染みのある手が杖の把手の上で震えるのも、よく見えた。全身をつつむ灰色の部屋着の裾は床を引きずり、フェルトの厚底を貼ったスリッパは足先しか見えない。顔はといえば、目に入らなかった。下を向いているからだ。そして、無理強いしてはいけないことがわかっている娘は、体を支えながら傍で待っているが、娘は彼よりも背が高い、彼のほうがすっかり小さくなってしまったせいで。このようにわたしたちの子どもは背が伸びるのに対し、わたしたちのほうは絶えず縮んでいく。

　ところが、急に、彼はふたたび大きくなりはじめたかのようなのだ。

　少女が歌っている。彼がふたたび大きくなるのが見える、まるで気持ちのよい日光を浴びて植物が育つように――

日の当たる場所のへりで、そのなかへ入る前に、まるで太陽に敬意を表するかのように、大きくなる。彼は背筋を伸ばす。かつてのように顔立ちが見えてきて、だんだんと見えてきて、目が開いてくる、まだ白目しか見えないけれど。一歩踏み出し、もう一歩、さらにもう一歩。

そこで娘は彼を肘掛け椅子に座らせた。

ひとが来る。広場にいる男たちが彼と握手をしにくる、なぜなら彼は九十三歳だから。もう六か月も彼の姿を見なかったので、人びとは彼の存在すら忘れていたのだった。少女が歌っている。地下にいる者、地下の忘却のなかにいる人びとと同様に忘れられていたのだが、わたしたちもまた、みんないつかは同じように地下へ、忘却の塵《ちり》のなかへ入らなくてはならない。ところが彼はそこから出てきて、塵を振り払った。

彼は再生した、復活した。肘掛け椅子の背もたれに身を預け、後ろへ体を倒す。仰向いて、しゃんとして、顔の皮膚が張り、若返る。

両手を前へ出し、暖炉の火にかざすかのように持ちあげて温める。膝を覆っていた部屋着の裾をのけると、赤みが膝から体内の管を通って頬にまで達する一方、目は色を取り戻してこちらの姿を見る。するとたちまち、彼はふたたび話し出した、こちらがだれだかわかって、笑い出した、他方で周りは彼を祝福した。

あらゆる音がふたたび流れ出す。少女は相変わらず歌い、家々の台所では食卓が調えられる。子どもの一群が敷石の上を走り、スズメたちは鳴き立てる。

それから、ここでもうひとつ、地下酒蔵の錠前の音もする、というのもここでは、地上のものだけがあるわけではなく、目に見えるものだけがあるわけではないからで、姿を見せているものは存在するものの半分に過ぎず、村の広場は、幅は足りないけれど、深さは充分にあるのだ。だから彼らは掘り、地面に埋めこまれた家々を拵えた、それは顎に生えた歯のようであり、また木のようでもあって、露わな部分だけではなにもわからない、なぜならもう一方の部分、つまり根っこが、土台があるからだ。

上のほうでは、すべてが動き、わたしたちの頭上には、ある種の生がある——だが、ここでは、耳を澄ましてみるがいい。

上のほうでふたたび動き出すものがあり、すべてが上のほうで動きはじめ、鋲を打った靴底が敷石をこすり、人びとが話し、笑い、呼び、叫ぶとき——だが笑うやつらは放っておけ、叫ぶ奴らは放っておけ、話すやつらは放っておけ。なぜかといえば、

「耳を澄ますがいい」と、ある男は酒蔵のなかで指を一本立てながら言い、次いで卵形をしたもののひとつに手のひらを置いて、「感じるか」

壁に手をついて、「感じるか」

すると、例のもうひとつの音がのぼってくるが、はじめはあまりに微かで、下から、内部から、奥深くから響いてくるので聞こえない。だんだん音は大きくなって、他のさまざまな音を少しずつ覆っていった。

上のほう、地面の上にいる連中は、いくらでも大声で歌ったり叫んだりすればいい。連中はもはや数に入らない、彼らは地上にいて、こちらは地下にいるのだから。

ワインが樽のなかでふたたび動き出すときは、樹液がふたたび流れはじめるのと同時に、樽の側板の奥ですべてが再開する、なぜならワインはかつての自分を覚えているから。子どもはまだ完全には母親と切り離されていないのだ。

男たちは酒蔵の錠を軋らせ、互いを呼び合い、互いを招いた。地下に列をなして、やはり列をなした樽に身を寄せて立ち、二列の樽のあいだには、向かい合う二列の男たちがぎりぎり収まる空間しかない。そして、友情の一杯、親愛の一杯。

地上の太陽は外を照らすが、俺たちの太陽は内奥を照らす。前者は体を、後者は心を。

彼らはベッソンに「あなたもどうぞ」と言った。ベッソンは片方の列に加わり、その間、列の端にはワインをグラスに注ぐ男がいて、グラスは行き、戻り、また行き、ひとめぐりする。彼らは中身を上から下まで眺めたり、ろうそくの炎にかざして透かして見たりして、するとそこでワインは新たに動く、なぜならそのときワインもまた、生き返るから。

突然、開いた扉から一人の男がおりてきて言った、

「おい、ジリエロンが一人きりだぞ……」

「呼んでやれ」

男はふたたびのぼっていく。

「なあ、ジリエロン」

男にはジリエロンが振り返ったのが見えたような気がするが、いまは何時だろう？　男にもよくわからないし、ジ

リエロンにもわからない、なぜなら時間はもはや必要ないからで、他方、二人のお嬢さんが白いワンピース姿で通りすぎ、辺りはばら色をしている。

ジリエロンは独りで、それではまずい。だから、

「なあ」

ジリエロンはようやく振り向く。

「なあ、ジリエロン、ほら、来いよ」

お嬢さん方は去り、何時だかわからない。ジリエロンは立ち止まる。

呼ばれて、立ち止まっている。

「来いよ、無料《ただ》なんだから……」

相変わらず動かないが、男は近づいていって、腕を取った。

人びとは言った。

「待ってたぞ」

彼は来た。みんなは一番いい場所につかせた。俺たちの真ん中に入れた、ここにはもう仲間しかいないから。男たちがだれしも仲間であることを、彼はまだ理解していなかった。彼は独りでいたのだが、それではうまく行かなかった。「だが、ほら、見てみろ」最後にやってきたので、遅れを取り返さねばならない、だからみんなは三回連続で彼のグラスを満たし、彼は三回連続でグラスを干して、そのあいだ他の者は待っていた。「乾杯！……乾杯！」

「それに、もうあれこれ考えるな、終わりにしよう、俺たちがいるじゃないか」

いま彼らはみな、時の外にいる。そしてジリエロンはさらにもう一杯、全員が見守るなかで飲んだ。時の外にいるのだ、なぜなら彼らは一堂に会し、時間から浮いているから。

ふたたびグラスが回りはじめ、新たにベッソンの元へ届く。だれも彼には話しかけず、彼はおとなしく話を聞きながら、自分の番が回ってくれば飲み、静かにしていた。だが不意に、今度の杯が回ってきたとき、ひとつ進歩が見られて、

「まだよく存じあげないので……失礼ながら……」

彼らはもう一方の生（それは偽の生だ）では決して言い出せないし、言い方もわからないことを口にする。もう一方の生においては、大事なことはなにひとつ語られず、根本的なことも、肝要なことも、愛着のあることについても、なにも語られない。わたしたちのあいだには秘密という塀が張りめぐらされ、塀には戸がついていない、開けるだけの思い切りが出ないから――だが、彼らは思い切った、

「うかがってかまわないようでしたら……」

ベッソンは、

「どうぞ」

彼らは言った、

「どちらからいらっしゃいましたか」

「まあ、あちこちから」

ここにはすでに時間というものがなかったが、今度は空間もなくなった。

「アメリカですか？」

「アメリカですね」

静かに、グラスを手にしてちびちびと飲みつつ、帽子ともどもうつむいた額の下から、ゆったりとこちらを見あげる。次いで顎髭を反らし、あらためてグラスを掲げる。

「ありうるでしょう」

そう答えたのは、だれかが、

「中国？」

と聞いたからで、みんな笑い、彼も笑った。

「アフリカ？」

みんなは笑い、次はオーストラリアが来て、海上の島々が来る。島々を彼らは名指し、島々は呼ばれて、やってきて、彼らは絶え間なく場所を変え、大海を渡る。

彼らは言った、

「タヒチ？」

彼らは言った、

「侯爵夫人諸島《マルキーズ》?……オーギュスト、覚えてるか、学校に通ってたころ地理の教科書にこの地名があって、俺たち笑ったよな、人間につける名前じゃないかって」

ベッソンは言った、

「マルキーズ諸島も、ということにしましょう……」

そのとき、階段に物音がした。見てみると、コンゴだった。

「ちょうどよかった、おまえのことを話してたんだ……世界の土地がさらにもうひとつだ……ねえ、ベッソンさん、こいつをご存じでしょう……」

コンゴをみんなの真ん中に引っ張ってきて、顔をろうそくのほうへ向けると、そう言った。次いで彼らはコンゴの肩を叩き、

「おまえなら、どこから来たかみんな知ってる……遠くから来たんだよな、のどが乾いたろう」

第六章

それから彼らはあらためて空を見あげ、「天はなにをくださるのだろう」と思う。あらためて、湖底には石のベンチが段状に積みあがり、あたかもそこで行われるはずの会議に備えて建設されたかのようだ。ところが実際に到来したのは、寒気を運んでくる悪い風で、これが来ると女たちはショールを、男たちは毛糸のチョッキを着こむ。着たあとは、待つしかないから、彼らは酒蔵の戸口に立って待ち、他方で俄雨は水の髭のように軒から流れ落ちる。

温度計を見にいくと、目盛りは三度、いったん二五度まであがったのに。

あと二度下がればおしまいだ、なにしろ柔らかいから、繊細だから……

小さな体は生まれたばかりの子どもと同じ。ちょっとでも触れれば、指のあいだで壊れてしまう。最初の芽吹き、最初の若芽はまだ空気に慣れず、小さな葉は淡い色をして、透き通って、まだ自分の身を守れない。

彼らは今夜、空を見あげる、もしや夜中のうちに天気がよくなることがないかと、この満月の夜……

その通りに空は晴れてきて、星々が姿を見せた。彼らは夜明けにには起きた。

今度は幸いなことに、怖い思いをせずに済んだ、というのも空はふたたび覆われ、同時に湖が彼らのほうへ、あらためて靄を送りはじめたから。

また雨が降り出した。またもや土がぬかるんで、足がめりこみ、くるぶしまで嵌まって抜けない。もはや、待ちつづけるしかなくなったので、彼らは待つ。軒下に立ったまま、両手をポケットに入れて、雨が降るのを眺めている——どんな天気でも関係ない生業があるのを見て、驚いている。広場の周りにいた彼らにはベッソンが来るのが見えたのだ、そしてベッソンは二本のスズカケのあいだの距離を目測した。ベッソンは去る。ベッソンは戻ってくる。ベッソンが雨覆いを借りてきたのがわかった。ベッソンは塀にのぼると、雨覆いの端を枝に結びつける。四隅を結んで張り終え、雨覆いで自分用の屋根を作った。その下に入る。「降るなら降れ」と雨に向かって言う風情、というのも雨は細い灰色の線となって彼の周囲に降っているが、彼の占める空気と彼のいる立方体のなかには降らないのだ。

たった一人で再開する、こちらに手本を示すかのように、両手で合図するかのように。ふたたび両手でこちらに向かって一種の言語を話し出し、両手はまるで次から次へと言葉を空中に記すかのよう。

彼らは読みとりにかかるが、まだ成功しない。軒下に立ったまま、枝の作る縞模様の行間を読み取ろうとする。だが、縞はすぐに脇へ押しやられ、互いに交ざってしまう。ベッソンすら見えなくなって、ベッソンは姿を消した。また現れる。消える。さらにまたカーテンが引かれると、彼は舞台に座って、相変わらずものを書いている。

すると一人の女が「あたしは雨なんか気にしないんです」と言い、人びとは雨が止みかけていることに気づいた。

「それに、うちの子には雨に慣れてほしいの、どんな天気でも外へ出られて、風邪を引かない子に育ってほしいから」

言われた相手は答えた、

「おっしゃるとおりかもしれません」

女は抱いた子の頭に自分のエプロンをかざしただけだった。ベッソンから数歩離れたところで立ち止まる。女は「素敵ですね……」と言った。

ベッソンは、

「そうでしょうか？」

女は、

「素敵なお仕事です」

ベッソンは言った、

「どんな仕事だって素敵です」

女は言った、

「それはそうね」

彼女は考えこんだ。そして言った、

「それぞれの仕事をどうやるかにかかってるんでしょう。あなたは、ご自分の仕事を、上手にやってらっしゃるわ」

彼女は笑った。

そのとき、子どもがエプロンの下から両手を差し出した。ものを手にしたい、ものを見たいと思って両手を出したのだが、このように、見ることと、手にすることとを混同するのは、小さな子どもの癖で、すばらしいことだ。目で触れる、手で見る、触れないうちは見えたと思わない。そして、この子は見ることも触ることもできず、両方を望んでいるから、腹を立てる。

「地面におろしてやりなさい」とベッソンは言った。

「お仕事の邪魔をしないかと心配で」

母親に脇の下を支えられた子どもを二人で見ていると、子は焦れるあまり両足を一度に前へ投げ出す。

見れば、雨は止んでいる。まさか！　本当！　手を広げて前へ出す。一粒も感じない。もう雨覆いはお役御免、なくてもスズカケの下にいられますね、ベッソンさん。これらの背の低いスズカケは毎年、枝を三本か四本残して剪定されるので、残った枝は幹と同じくらい太くなっているが、だれも目に留めたことがなかった。先端がふくれて、ぼってりと腫れあがり、まだ葉っぱや芽は影も形もなく、石の彫刻のよう、岩のかたまりを鏨《たがね》で掘って作ったかのよう――幹は薄い色合い、白っぽい灰色に皮の剝がれた部分が緑の斑点となっていて――まるで、見たことのないものを見ている気がする。

今まさに幹たちは外へ出てきて、こちらへ向かってくる、と同時に村人たちも向かってきて、輪になってベッソンを囲み、例の幼児はさらに前へ進む。するとベッソンは自分の両手を黙らせ、膝のあいだにある籠は動きを止める。

輪の中心で、スズカケに囲まれて、雨覆いの下で、動きは止まる、だから子どもの両手はいまや、触れることができる――ところが子どもはまたも腹を立てる。

「どうしたの？」

彼らは見つめる。そして面白がる。

母親は言う、「ごらんなさい！」

「ごらんなさいよ、動かなくなってしまったから不満なの、動いているのが好きだから」

そこでベッソンは再開する。

あらためて若枝は前後に重なって合図をし、白墨でものを書くように宙に文字を書くのだが、その前にベッソンは母親に言っておいた、

「気をつけてくださいね」

そして子どもは嬉しくて大声を出し、大人は引き留めねばならなくなる。緑色をしたサージのエプロンのへこんだところ、白い髭と明るい色の目の下で、籠がふたたび回り出したのを見て、全力で前へ出ようとするから。

第七章

「つまり、すべてが俺たちに従ってるんだ、この辺りでは」

ボヴァールが、ふたたび、ぶどう畑にいる。目をあげて斜面を眺めると、

「俺たちか作ったもの、俺たちに属するもの……」

彼は言う、

「この辺りでは服従が身についてるんだ、ぶどう畑になってからこのかた。神さまご自身がぶどう畑にしようとお決めになって、ちょうどいい方角に傾斜地を向けられた。「うってつけの見事な斜面を拵えよう、向きも角度もぴったりの斜面を、そしてさらにふもとへ水面を敷いて、ふたつの日光が当たるようにしよう、よそでは上からしか差さない太陽が、ここでは上からも下からも差すように……」。俺の考えでは、神さまがご自身でそうしたことを残らず整えてくださって、その上で「おまえたちの番だ」とおっしゃったんだから、さあどうする？　俺たちは指名されたんだ。神という最高司令部の命に従う兵卒、伍長、将校なんだ……」

こうボヴァールは自分のぶどう畑で言う、自分自身を相手に、やってくる言葉のままに話す、そしてそのことに驚

くが、言葉はさらにやってくる、

「神さまがはじめたことで、俺たちはそのあとにやってきて、仕上げた……神さまは斜面をお創りになったが、俺たちこそがそれを使えるように、保《も》つように、長くつづくようにした。石で装ったこの斜面の元の姿を知る者が今日び、はたしているかどうか？　よそじゃひとはただ種を撒《ま》き、植え、耕すだけ。俺たちは、まず土地をたくさんの箱に収めた、見るがいい、俺の言うとおりだろう。箱に収めたんだ、そう、斜面全体を箱に収めて、さらに、収めた箱をどんどん積みあげなくてはならなかった……」

箱を示す彼の手は一段一段とあがっていく、何層にもなっているから、四角い塀が階段のように連なっているから。

「これはもう自然ではない、作られたものだ。俺たちなんだ、俺たちが拵えたんだ、俺たちのおかげでこうなってるんだ。もう斜面じゃなくて、建造物だ、塔だ、砦《とりで》の正面だ……」

そう言いながら、張り出した崖の上に立つ彼は、目の前に展開される景色の全体をさらに指し示す、ほうぼうの小高くなったところや、自分がいるのと同じような出っ張ったところ、それに引っこんだところを、大きな半円を描いて示す——どれだけの時間がかかったか、どれだけの労力がかかったかを思いながら、

「数百年、千年、二千年、もっと……」

北風に口髭の先がそよぐ。

彼は片手で鍬の柄をもち、もう片手はあげて、自分の周囲へぐるりと回す。

あらためて、高みにある自分の崖、自分の出っ張りの上に、まるで台座に立つかのように立っている、湖面から百

メートルの、背後に虚空が広がる位置で、青と白の山を背負い、青と白の山と同じくらいの背丈で。傾斜地のほうを向いていたが、この向きだと、地面がこちらに迫ってきて、首をのけぞらせないと眺められない。

彼にはもう止められない。止めたいと思ったとしても止められない、なぜなら詩人がやってきたから。言葉は絶えず口から出てくる、まるで蜂の巣が目覚めたときのように。

「遥か昔、ひとが存在するのと同じくらい前から、ローマ人や修道士のころから、古い時代、古い古い時代から。この辺りはいまも修道院《アベイ》と呼ばれるし、女子大修道院長《アベス》のワインというのもあるし、小修道院《プリウレ》というのもある、古い時代の名があちこちにたくさん残ってる、その時代の仕事がまだたくさん残ってる。辺りの塀を見るがいい、視界の果てまでつづいていくこれらの塀を、上から下へ、右から左へ、どんなに遠くまで視線を投げても尽きない塀また塀を見ればいい——一体いくつあるのか？　ともかく作らねばならなかったんだ、そうでなければ土は下へ落ちてしまう。だから彼らは最初のひとつを作り、次のを作り、さらに十、百、千と作っていった、湖岸からはじめて、のぼっていった、自分たちのはしごをかけて、空までのぼっていったのだが、もしもさらに先へよじのぼれというなら、よじのぼる術を見つけていただろう……古い時代から、遥かに遠い時代から、毎年毎年、ローマ人、修道士、長衣を着た者、長ズボンを穿いた者、またその他のたくさんの者、それから俺たちの曾爺さんと、爺さんと、親父と、俺たち。作っては作り直し、建てては建て直し、さらにまた建て直し、手入れをし、くっつけ直し。毎年、土を背負ってのぼり、背負桶姿で斜面をのぼり通し。割れた箇所、斜面によって前へ押し出された箇所、石が崩れそうな箇所、ひびが入った箇所を見にいき。そうして穴をふさぎ、ひびを埋め、斜面を後ろへ押し戻して、長く保つようにする、ずっとつづくようにする——二千年かそこらつづいてるんだ、だがもしも俺たちが手を出さなければ、もし俺たちがつねに築き直していなければ、つづいちゃいない……」

彼は語りを止めた、言葉にすることに疲れていたが、しかし本当のことだ。

ずいぶん前から頭のなかにあるのに外へ出てこない真実があった。だが、たったいま、解き放たれた。

彼は背が高く、痩せ型だ。口髭はまだ黒い。北風に髭の先がそよぐ。彼は吹きおろす北風に面と向かい、顔をあげ、両手を鍬の柄に回し、日光のもと、土を踏みしめて立っている。彼自身が土であり、違うのは精神が息づいているところだけだ。

彼は株が土から出るのと同じように、土から出ており、顔は黒っぽく苔むして樹皮の色、四方八方へ走る皺《しわ》は樹皮に刻まれたひび割れのよう。

彼はこの傾斜地から生まれて、いずれそこへ帰る、いっとき傾斜地の上に立ってここのことを語り、次いで親元へ戻る。

両者は見るからに似ていて、彼のほうも内側は石でできている、つまり骨がごつごつと出っ張って、太く、しっかりと連結され、全体ががっちりしている。彼が語るのは、彼自身が傾斜地だから、傾斜地の産物として外へ出てきたから、傾斜地より生み出され、石と粘土からなり、塀のごとくセメントで接合され、土の色、株の色、岩の色、空気の色、季節の色をしているから。そして背が高いのだ、痩せて骨張って背が高く、そびえ立つ傾斜地に対して自分もまたそびえるようにすっくと立っている。そして傾斜地が立つように自分も立っているのだが、ただし胸と顔のある上半身は傾斜地から逃れていて、そこには心が宿り、知識が住まう。傾斜地であるとともに、意識、すなわち表現であって、それこそが物事を延長し、来し方と行く末を把握し、思い出し、予測し、組み合わせ、欲する。

「古い時代、古い古い時代から」と彼はふたたび語り出す、「だがそれは未来の時代のためなのだ、なぜなら俺たちは両者の中間にいるのだから……」

傾斜地に似せて創られた彼は、今度は傾斜地を自分に似せるように、片手で傾斜地を撫《な》で、するとまるめた手の動きがかたちを生むかのように見える、女を撫でればその愛撫により女がかたちを変えるように。これがまさに人間の仕事であり、人間のおかげで生まれるものなのだ、つまり見事なぶどう畑、一面のぶどう畑、真っ直ぐに並んだ何千もの株、植えられるだけ植え、列にしたぶどう畑。剪定し、掃除し、芽を掻《か》き、世話を焼き、肥料を施し、いま、そこでは新しい若枝が、突起のあるところから、蜂蜜色をした二筋の芽となって出てきていて、小さな葉はまだ透き通っているが、その色はほうぼうでひとつの約束に向かっていて、一瞬ごとに少しずつ、燦々と降る陽光のもとで伸びていく……

そして突如、ボヴァールはふたたび語り出した、怒りが彼を捉えたから。

「ところが、やつらはここにトマトを植えるそうだ！　自分のところの野菜やら果物やらをもって、やってくるというのだ、やつらの野菜など、カルドン〔アザミの一種。茎を食用にする〕など、つまり、ろばの食糧など要るものか、やつらのアンズ園やら、生け垣仕立ての果樹園やら、ラズベリー園やら、その他なにがあるのか知らないが……二年や三年の話じゃない、やつらはこの土地を否定することになる……とんでもない！」

「この先」と彼は言う、「全然うまく行かなくなるとしても、仕方ないんだ」

あらためて、言葉が流れ出す、

「やってもなんにもならないからこそ偉大なんだ。元が取れなくても、やること自体に意味があるんだ。俺一人きりだとしても、いい目に遭っては来なかったとしても、どういうもんだかよくわかっているとしても、やるんだ。金にならないしきついし汚い、それに変わり映えしない、だが言わせてもらう、「それこそが偉大なんだ」と」

彼はレーキを手に取ると、レーキでひと掻きする。

すでに一回ならした土だ。これから二回目の土ならし、次いで三回目、四回目。

「言わせてもらう、まさにそれだ、変化のなさだ。まさにとてつもない苦労をするから、より危険だから、ひとつのものに賭けているから、いつも同じたったひとつのものに。それこそが栄誉なんだ……俺たちはな、金で取り戻そうなんて思っていない。一銭も儲からなくたって、やっぱりぶどう畑をやるんだ」

彼は土をならす。

「こういう仕事は金で支払われるようなものじゃない。信じることで支払われてる、信じた時点で支払いは済んでる……俺たちは兵士のようなもの、兵士は戦うために戦う。俺たちは母親のようなもの、子どもを育てる母のようなもの。子どもの出来が悪くたってなんでもない。出来が悪ければ悪いだけ、母は苦労をいとわず、情をかける。なにもかもあたえて、なにも求めない。愛することで支払いは済んでいるから」

土をならす。

「そういうことなんだ。栄誉と愛情。そして、もし金にならないというなら、ならなくてもいい、栄誉は残るのだから、栄誉と愛情が」

土をならす。

「そうやって、なにが起きようとも、自分たちのぶどう畑を守る、その上でくたばろうと、棄てはしない」

そのことをしっかり示すために、大きな身ぶりでならす、こうして土をならすのは、ぶどうの芽が出たあとは男の仕事だ、女が入ればスカートで芽を傷めるおそれがあるから。

「俺たちは古い人間だ、よき人間だ、古きよき人間だ、まだ多少は生き残ってるんだ、さあ、行くぞ！」

彼は土をならす。

第八章

ベッソンのほうは、その間、ふたたび行商に出る。

午前中はまだ作業をつづけていた。そのあと背負籠を、まるで子どもを腕に抱くように取りあげると、背負い紐に右の肩を、左の肩を通す。

塀の後ろを通りつつ、彼の明るい色をした部分、すなわち上半分で、塀の輪郭を浮かびあがらせる。斜面を斜めに進んで、一定した角度の坂道をずんずんのぼっていくのが見える。

向こうでは、ほぼ街道と同じ高さのところで、ボヴァールが自分の岬に立っている。ボヴァールは姿勢を正し、いっとき頭《こうべ》をあげ、静かになる。農具が手のなかで黙る一方、彼は顔をあげて見やる。すると街道よりも高い位置にいる別の者は、葉叢《はむら》のあいだから泳ぐように出てくる、葉叢に脚を埋めたたまま、背中からにゅっと出てきて、振り返り、そうしてこの男のほうは、上から見おろす。

通りすぎるもの、行きすぎるもの。

あるところを去って別のところへ行くもの。ひとつに結びつけるもの。

それぞれ自分の四角い塀のなかにいる人びとは、それぞれ段々畑の自分の段の上に、互いに上下に連なって、動かずにいる。そうなると、一人だけ動いている例の者は、わたしからあなたへの、わたしたちからあなたたちへの伝言のようなものだ。日光がその者を明るく印づけ、輝かせる。みんなはそれぞれ姿勢を正し、眺め、そして例の者は進む。すると街道は傾斜地が引っこんだところに差しかかる。そこには木々があるのが見てとれて、糸杉は黒い柱のごとく真上に伸び、淡い色の葉をつけたしだれ柳は真下へ向けて広がっている。

この土地の人びとは、身内の死者たちを永遠に横たえるとき、地下で水平に横たわってほしいと願った。死んだ者が寝台に寝ているかのようであってほしいから、慣習どおり、頭が足より高くならないように安置できるくらい土の層に厚みがある唯一の場所を、墓地に選んだ。他の場所だと、掘ればたちまち岩に突き当たってしまう。他の場所だと、急勾配が絶え間なくつづく。ここ、この折れ目のところ、へこんだところ、街道を曲がったところしかない。だから、ひとは柵の向こうに大理石の十字架や、草や、ツルニチニチソウを垣間見ることができ、ベッソンもまた少し横を向いて垣間見た、次いで通りすぎた……

もう一人、男がいたのだが、すぐには目に入らなかった。そこにいることすら気づかれなかった。長い間、その男はあたかも世界から消えたかのようだった。長い間、彼は自分の穴ぐらのなかにいて、だんだんに穴底を掘り下げるとともに、自分も下へおりていった。輪郭がくっきりときれいに切られた穴で、どの辺も真っ直ぐ引かれて直角に交わり、四つの角が同じ角度なのが、扉に似ているが、ただ驚くことに、長さに対していかにも幅が狭い。二人並んでは決して通れない、一人きりで通るように作られた扉。おりていくための扉、おりるためだけの扉で、その男は最初にそこへおりていくのだった。

ベッソンが通る。

男のほうは、わたしたちがみないつか順繰りにそうなるように、世界から取り消され、もはや大気も知らなければ、太陽の快い暖かさも柔らかな光も味わうことがない。闇のなか、寒さのなか、湿気のなか、大気の外にいる。木の根よりもさらに下、生命の下にいる。

スコップの刃先だけが一度きらりと光り、次いで消えた。けれども鳥たちは気にかけなかったし、敷石の上で日なたぼっこをしているトカゲたちも同様だ。

スコップ一杯の土が新たに、大きな土の山の横腹へ、大きな土塊をいくつも伝って転がり落ちる。しかしアトリも、クロウタドリも、真珠の冠の上に座る灰色の太ったメスのクロウタドリも、通路を跳ねていくカササギも気にかけない。

ベッソンは通る。ベッソンは通りすぎた。

彼は通りがけに柵の柱のあいだから一瞥したものの、だれの姿も目に留めることなく、そのまま先へ向かった——だが、まさにそのとき、彼が塀の角を曲がったときだった。

スコップが、刃を上にして、穴の外へ投げられた。ひとつの頭が現れた。

丸刈りにした髪の毛の隙間に、髪よりも濃い色の地肌が見える頭頂が、まず現れた——村の人びとも、いつかある日そうやって、頭上の土塊を自分の頭で押しやり、自分の墓の敷石をうなじで持ちあげるのだろう。

頭の天辺が日に灼けているせいで、肌よりも髪の毛のほうが色が薄い。

男の頭は、断続的に、休止を挟みながらあがってくる、墓穴の壁にかけた足の位置がだんだん高くなるごとに――村の人びとも、いつかある日そうやって、少しずつ、苦労しながら出てくるのだろう――両肩は、灰色をした綿フランネルのシャツにつつまれている。

のろのろと、陽光のなか、心地よい暖かさのなか、光のなか、死の外へ――シャツ姿の男は、次いで片膝をつき、残る片方の膝も地表に出るのが見えて、もはや地面に触れているのは体の一番下の端だけ。黒革のベルト、そしてズボンは栗色のファスチャン生地〔片面にけばを立てた厚地の綾織綿布〕なのがわかる、というのもいまや立ちあがったから――村の人びとも、いつか選ばれし者となったなら、そうやって、のろのろと、大儀そうに出てくるのだろう。というのも、男は立ちあがるのに両手をつかざるをえず、まだ足許がふらついているのだ――村の人びと自身も、いつかそうやって立ちあがるのだろう、なにしろ彼らは一度にあらゆるものと対峙せねばならないのだから。

彼らは目を閉じる。手探りで進む。泳ぎを習うときのように両手を前へ出して動かす。空気がありすぎてうまく息ができず、光がありすぎてうまく見えない。はじめは現実が過剰なあまり、夢を見ているのだと思いこむ。あらためて歩くことを、呼吸することを、見ることを、見ているものを信じることを習う必要があるのだ、ふらついたり、つまづいたり、転んだり、立ちあがったりしながら――同様に、例の男、穴から出てこちらへやってくる例の男もやはり、しっかり立っていられず、いまにも転びそうだ。

この墓掘り人は、自分のほうへ一丸となって襲ってくる世界から目を守らねばならない。まず最初に一番近くにあるものが、それぞれの形と輪郭とをもって飛びかかってくるなか、彼は塀ぎわの日陰へ向かい、雨に濡れたかのような常緑の小さな葉をつけたツルニチニチソウの上に身をかがめる。花は紫色のと白いのとがあり、いつかある日、永遠に咲きつづけるときがくるだろう。

彼はツルニチニチソウの隙間に隠しておいた籠のところへ行き、葉を掻き分ける。それから、籠にかぶせた白い布巾を取る。

塀にのぼり、腰かけ、足を中空にぶらぶらさせていると、下に広がる世界は少しずつ形を取り戻していく。世界はまだ少し、かたまりになってゆらゆらしていて、空、山、湖が定まらない。次いでそれらは各々の位置につき、互いにぴったりと貼りつく。

その間、彼はそこにいて、中空に足をぶらぶらさせつつ、ふたたび見出したよきものを素直に享受している。そしていま、視線を真横へ向けた彼は、物入れ籠や柄つき籠でできた白く高い柱が、街道の角を曲がって消えていくのを目に留めた。

一人の男が株のあいだからすっと立ちあがった。一人の次にもう一人、さらにもう一人、いずれも洪水に見舞われたかのように、腰まで緑に浸かっている。

彼らは、上下に連なるかたちでぶらさがっている、各自の塀に囲まれ、湖面まですとんと落ちていく急斜面に貼りついて。ここは、のぼるときは地面に手をつくが、手をつくために身をかがめる必要はない。

ベッソンは岩盤に沿って進んでいく。岩盤は、街道を通すために人びとが切り崩したものだ。だから岩盤には、大口径銃の銃口を半分に割ったのに似た発破孔《はっぱこう》が開いているのが見えて、爆発によって裂けた岩のところどころにあるそれらの穴は、内側に指で触れるとすべすべしている。

滝のように下へ下へと連なる塀は、眺める目を止めることもできないほどで、視線は段から段へと転がって一番下の崖に着き、そこからは虚空に跳びこむしかない。

露出した岩盤がベッソンの左手にあり、温まっている。空気が右手にあって、涼しい。彼が通るとき、下から見あげる人びとは、ぐっと頭をあげて反り返らねばならない。空中を歩くかのようにこの場所を通っていくとき、彼は頭上にいて、まるで雲のよう、小さく白くかわいらしい雲、天気が回復したときの雲のよう。

彼は両の親指を背負籠の紐にかけている。ばら色の一戸建てが近づいてくるのが見えるが、その家は虚空の上に引っかかり、後ろには青い空気の箱があって、その青の厚み自体が家の背景となっている。

壁のばら色に近づいてみれば、切妻屋根の下の窓は、どれも緑に塗った鎧戸を両脇に備えていて、小さなテラスが大きな壁に支えられている。

一頭の馬が家の脇につながれ、首を虚空に突き出しては、いななきながら引っこめる。

店内では、一人の男が白ワインの瓶を前にぽつんと座っている。

空気は西から入り、眺めも西から入る、そしてこの辺りでは本物の光は下から届く、だから天井に光が差しているのだ。

ベッソンは握りこぶしで入口の戸を叩いた、といっても戸は大きく開いており、一枚きりの戸板は壁にくっついている。「どなたかいますか？」

彼は金で買える商品の一種を提供する者であって、家々の戸を叩いてまわり、そういう者として遠くまで知られ、一段か二段ある玄関の階段に立っては同じ一言を繰り返す、真ん中がすり減った鍬の横で――そして同時に、太陽は下から来る。照らされているのは店の天井であって、床ではない。

もうひとつの太陽、下から来る、本物の、この辺りでただひとつ重宝される太陽。彼は、壁を黄色く塗った廊下の入口で、開いた戸板を左手で叩く。「あら！　いいえ、なにも要りません……女将はいません……」

「また来ると伝えてください」

「承知しました」

腕を露わにした浅黒いふくよかな娘、暑がりの娘――彼は言う、

「なにか飲みものをいただけますか」

縮れた白い顎髭をもつ彼は、なかへ入った。いくつかあるテーブルのひとつについていた男が、首まわりと袖まわりに黒い刺繍をほどこした青地の上っ張り姿で、彼のほうへ目をあげて、挨拶代わりに帽子のつばに指を触れる。

糊のきいた袖は、微かな音を立てながらおりてくる。そして頭上ではなにかが踊っている。

天井にはレースがたゆたい、まるで風のなかにぶらさがっているかのように、空気に浸って、空気に揺すられている。

あらゆるところに光があり、あまりに明るい。いつかわたしたちが生き返る、そのときのよう。

ベッソンは窓辺に腰かけた。例のきれいな娘がふたたび近づいてくるが、浅黒い顔の下のほうで歯を見せて笑っている。そして舟やボートが、窓を通してこちらのほうへのぼってくる。小さな帆をもつ釣り舟もあれば、大きな帆のふたつある石材運搬用の舟もある。

第九章

葡萄《ぶどう》作りよ、飲みたいならば
聖グレゴリウスの日に葡萄を剪《き》れよ

彼らが冬のあいだ、雨が降るたび崩れ落ちる土を運びあげた、そのあとに。

崩れ落ちる傾斜地の土を背中の桶に入れて運びあげ、そうしなければじきに裸になってしまう岩に土を着せてやった、そのあとに。肥料をかつぎ、天地を返し、添え木を拵え、ワインの面倒を見た、そのあとに——ある日、聖グレゴリウスの日〔三月十二日〕の前後、まだ冬の恰好で、狩猟用のチョッキを身につけた男たち、剪定鋏や小型の鉈鎌《なたかま》を手にした男たち。

そして彼らは出発した。のぼりがある、くだりがある。前へ進む、後ろへ退く。時間のなかにあり、時間と一体になる。晴れがあり、雨があり、次いで雪がある。月曜にはシャツ姿で汗をかき、火曜には指に息を吐きかける。そうしながら彼らは進む、ないしは進もうとする、暦の日々を爪繰りながら、日々の守護聖人を訪れながら、よい聖人や悪い聖人、一年という道のりの道端に長衣をまとって腰かけている聖人たち、聖マメール、聖パンクラチオ、聖メダール、氷の聖人たち[001]——切り戻し、ならし、掘り、またならし、芽を掻く（「たいらにする《エプラネ》」と言う）。

このように彼らは進む。張り切っては、肩を落とす。雹《ひょう》が降る、木々の芽吹きが悪い。ああ、いつになれば苦労の代償は支払われるのか？　いつになれば物事に身をまかせる気持ちになれるのか？

その間、だれかがばら色の食堂の窓辺に座ったまま、帆を数え、舟が何艘《そう》あるかを数えている。

上っ張りの男は払いを済ませ、もう一度帽子のつばにちょっと触れる。男は出ていく。

頭の赤いマッチが、陶製の広告つきマッチ入れに入っている。

背負籠はベッソンの手で、空いたテーブルに立てかけてあり、天井まで伸びている、まるですでに別世界にいるかのように、陽光のなかへ伸びている。

天井が揺れ、背負籠の天辺も揺れる。まるでいつか四方に光が満ち、存在するものすべてが十全に存在することになる、その日のように。

どうやらベッソンは、存在するものを眼差しによって捉え、変容させるらしく、それによって、存在するものは新たに存在しはじめ、同じでありながら違うものとなる。

石材を運ぶ大きめの舟が傾き出すが、もはやこれがどこで起きていることなのか、なにに向かって傾いていくのかもわからない。とがった二枚の帆が交差するその下で、舟が水に浮かんでいるのか、空中に漂っているのかも、もはやわからない。ベッソンは舟の周りにぐるりと山を配置するが、同時にその山をひっくり返した。見れば、山は終わったところからまたはじまっている。こうなってはもうなにもかも、存在するのに飽くことは決してない。もはやなにひとつ、もう十二分に存在できたと思うことはないのだ。山は湖を押し戻し、つぶし、否定する。水面をつぶし、山の姿を水中深くまで反映させることで、そこに水があることを否定する。舟は糸で吊るされたかのように空中に吊るされた按配になり、雪山の左側、つまりノワルモン山[002]の大岩壁と同じ高さ、放牧地よりも上にあることになる、まるで空飛ぶ機械のように、まるで迷ったカモメのように。村の数を数えれば、いままで間違っていたことに気づく。五つ数えて終わりのはずが、いまは十まで数えられる。数え直すが、間違いない、それぞれの村が二重に存在するのだから。村は黄色がかった赤の斑点、淡い赤の斑点となって見える。村々は少し揺れはじめ、背負籠の天辺も揺れる。大気が揺れ、山が揺れる。舟も揺れる。天井も揺れる。そして突然、傾斜地もまた、斜面を撫でる照り返しのせいで、身じろぎする。それはあらゆるものがようやく一気に噴き出すときで、今度こそ、後戻りはない……

二、三日で、ぶどうの木が一ピエ〈約三二センチメートル〉は伸びた。葉は手を開くような姿を見せるとともに、次第に広がり、次いで群れとなり、重なっていく。

膝までだったのが、腿の半ばまで来る。腿の上まで、腹まで、胴まで、腕の付け根まで来て、穴に入った墓掘り人のよう。すべてがほとばしり、ぶどうの房も時間を否定するかのごとく早々と出てきて、夏を飛び越え、早くも収穫を呼びかけるが、それらの房は本物と見まごうほど完璧な形をした小さな実をたくわえている、のちにできる本物の実と同じく丸くて、堅くて、鮮やかなのだ、いずれ収穫するはずのぶどうの粒と同じく（もう数を数えることもできる)、ただし予想外のことがなければ、病気がなければの話だが……

だが、そんなことは起きないだろう。すべてがほとばしっている。そしてもうこれから一週間のあいだは眠れない。これら偽の実の一つひとつがはじけ、白い毛を外へ出すときなのだ。すると、はるか遠くから蜜蜂が呼ばれて、蜂はすぐにやってくる。傾斜地は昼間は歌い、夜はよい香りがする――人びとはもはや眠れない。

「しかしかまわない、むしろいいことなんだ。眠るのはひとがまずくできているせいだ。ひとが眠るのは、少しだけ死ぬのと同じことだ、死を宣告されているから眠るんだ……」

カラマンは鉢植えのキョウチクトウの向こうで、一人ひとりに目をやった、自分と同じテーブルについている者も、他のテーブルにいる者も。

「みんなも俺と同じ意見かどうか知らないが、同じ意見だろうとそうでなかろうと、結局は同じことだ。真実だから」と彼は言った、「そして真実こそが、なにより大事なんだから」(と、演説をはじめる)。

手前にあるキョウチクトウは、半分に切って緑に塗った樽に植わっていて、広場に面した食堂の前へ出したばかり。葉っぱが生垣代わりになるわけだ。おかげで食堂の前に小部屋のようなものができて、こんなふうにすでに暑くなってきた夜は、知り合い同士、そこで過ごす。

カラマンは、たまにこうやって村へおりては、湖畔の席に腰をおろし、会話を楽しむ。

ああ、今夜は星が多い。人びとの頭上に見える星はひとつかふたつで、その他の星々は大木の葉叢に空いた穴から見えるのが、まるで星が窓からこちらを覗いているかのよう。

「真実だけが肝心なんだ」と彼は言った。

大きな古木の並木は、幹が水辺のほうへ目いっぱい傾いていて、水を飲もうとするひとを思わせる。

「友情もそうだが、しかし同じことだ。友情と真実、真実と友情」

「カラマン、黙れよ」

「いやだね」と彼は言った。

カラマンは時々、傾斜地の中腹から、楽しみのために、そして自分の言いたいことを言うためにおりてくる。同行の仲間がいるのだが、じきに食堂のだれもが仲間となった。

食堂には舟乗りや漁師のいるテーブルがあった。別のテーブルでは商店のボルジョー氏が憲兵と一緒にいた。三つめのテーブルにカラマンが自分と似た連中と一緒にいた（他とはまた違う種類の人間、つまりワインと片時も離れない連中だ）。

人びとは彼に「カラマン、おまえは話がうまいな」と言い、また同時に「黙れよ」とも言ったのだが、彼は笑わせつつも、「だが俺が話しつづけるのは止められないよ、自分がつづけたいと思えばつづけるさ、言ってることは真実なんだから……」

「だってよ」と彼は言うのだった、「おりなきゃいけない者もいれば、のぼらなきゃいけない者もいて、そこは人それぞれだが、しかし集まらなきゃいけないってことがある。ずっと高くまでのぼる、ずっと低くまでおりる。ところが、そうやって一人と一人と一人だったのが、突然……（ちょっと待って、いまここには何人いるかな）」

彼は数える。

「俺と、おまえら四人で、合わせて五人……ボルジョーさん、どうもこんにちはボルジョーさん、それとデベタさん、デベタさんもこんにちは。これで七人。それから向こうに六人だから、七足す六で、十四……じゃない、十三……縁起の悪い数だな……しかし悪い数なんてない、いい数もない、数じゃなくなるんだから……わかるかな……」

星が出ている。ぬるい微風が吹いてきて、風の手が葉叢を正しい方向に撫でる、雌猫を撫でるときのように。時折、湖が口を割って、一言二言だけなにか言う、夢を見て寝言を言うときのように。そしてカラマンは、湖が話し終えるのを待ってから、言った、「よし、それじゃ俺の番だな」

彼はふたたび話し出す、

「あの湖がいて、俺がいて、あんた方がいた、だがいまはうまく折り合いがつきつつある、ということなんだ、だってもう、俺も、湖も、あんた方もないんだから……それが俺の言いたい点、一番先っぽの、要《かなめ》の一点なんだ……」

そこで中断したのは、湖が新たに割って入り、ニレの大木が枝をふと動かして、吊り下がっている星々を揺らしたためだ。

彼は黙る。来るにまかせる、過ぎるにまかせる。次いで言った、

「ほらね」

みんなはまだ笑っていたが、聞いてもいた。時々、ボルジョー氏は肩をすくめ、湖の男たちはズボンのポケットから煙草の箱を取り出した。

そしてカラマンはさらに飲んだ、なぜなら飲むごとに少しずつ浮いていくから、お互いに近づくから。うんうんとうなずき、こちらに向かってにっこりする。一人ひとりをよく眺め、満足した様子で、こう言いたげだ、

「今度は、わかってもらえたでしょう」

彼はグラスをもって立ちあがり、他のテーブルへ行く。

「真実のなかでは、みんな一緒だ」

戻ってきて、言う、

「全部つながってるんだ……」

また話し出そうとする。もっと手前から演説をやりなおさなくてはいけない。しかし、そのとき店主がやってきて、

「閉店のお時間です……」カラマンは座り直す間もなかった。店主は木の鎧戸を一枚また一枚と店の正面に取りつける。女房が電灯を消す。カラマンが座り直すことはなかった、なぜなら全員が立ちあがって彼に言うのだ、「じゃあな、カラマン、またな」。すると唐突に彼は一人きりになって、もはやどうしてそうなったのかもわからずに、広場の芝の上、並ぶ大木の下で、両手をポケットに入れて、これから傾斜地をのぼろうというのに、あまり自信がない。

体の正面を片方へ向け、もう片方へ向ける。

東西南北にうかがいを立てつつ胸を張って行きかけ、次いで笑い出す、というのも湖のおかげでどちらが南がわかったからで、右側に水面を置けばいいのだ、というわけで彼の右側には水があり、右側に水の付き添いが、水の友情があるのだった。

まるで二度と一人きりになることなどないかのように！　彼は手をあげて、「こいつがいる」と言う。湖を示し、それから歩き出す。最初はしばらく街道沿いを進まなくてはいけない。「こいつと」と片側の湖を示して言い、「こいつ」と反対側の傾斜地を指して言う。こいつと、こいつと、それからこいつ、以上。というのも、塀がやってきたから。彼にはそれぞれの塀が、そこにいる生きもののように見分けられる。塀は彼にとって、ベンチに並んで座って自分を待ってくれている友人のようなもの。彼は手を挙げて合図する。

しばらく街道を歩き、次いで左手の急な坂道に入れば、ところどころに正面から勾配に挑む階段があり、脇には細い川によって削られ岩床が剝き出しとなった小さな谷がつづく……一人きりだなんて！　ひとはそう思うだろうか。前よりもさらに多くの仲間、あらゆる場所にいる友だち。岩床に生えた茂みと、一、二本のトネリコのあいだに、滝が落ちるのが見える。白いワンピース姿、日曜の女の子たちのようにフリルのたっぷりついたモスリンのワンピースを着て、片足跳びをしている。だから彼は挨拶しようと立ち止まる、やあ君か、こんにちは！　彼女は立ち止まらず、その場で膝を交互にあげて跳びつづけ、次いで笑う。生きている人間のように。彼も笑う。それからまた出発し、細道をよじのぼる。そこには階段があり、一段また一段と迎えにきては、彼を助けてくれる、ありがたいことに。彼はお礼を述べ、段を数え、名前をつける。「君と、君と、それから君も……」

まず、滝が口を閉ざした。

滝の傍を通りすぎたあとのことだった。二枚の塀に挟まれた敷石の小道まで来たときのことで、両側のぶどう畑の塀には、灰色や緑色に塗られた鉄の扉がついている。星々の下、星々の上、振り向いて見ればたしかに上にも、下にも、周りじゅうに星はあって、まるですでに天にいるようだ、と彼は思いつつ、用心して片方の塀に背をもたせかけていた。ふたたび歩き出すと、もう片方の塀がそこにあった。二枚の塀に、もの柔らかに、親切に導かれていった。助言をもらい、守ってもらい、助けてもらった。そして、まさにそのとき、仕上げとして、滝が黙った。彼はさらに何歩か、鋲を打った靴のせいで大きな音を立てて早足で進んだ。突然、先へ進めなくなった。

そしてそのとき、しんと静かになり、すべてが沈黙したそのとき——上空、星々の下、ぶどう畑が尽きた先に、一羽の鳥、遅くに現れる鳥、真夜中の鳥。ごく小さな灰色の鳥が、どこにいても聞こえる見事な歌を、木の梢で、ずうっと上のほうの木の梢の先端で歌い、すると歌はぶどう畑に沿って、一段また一段と落ちてきて、湖面にいたる。

カラマンは塀につかまっていたが、しゃんと身を起こした。歌が来る。落ちるにつれ、なお大きくなって、いまや傾斜地のひだに到達し、そこで生じた谺が加わり、音は豊かさを増す。すると新たな歌が塀という塀から生まれるかに思えるのだ、まるであらゆる場所に鳥がいるかのように。カラマンは控え銃《つつ》の姿勢を保つ、兵役のとき騎兵隊にいたから。ぶどう畑によい香りが満ちる季節の夜中に、星々の下、星々の上で、彼は身を固くして、できるかぎり静かにする。

歌いやまない鳥、歌い始めたが最後、黙ることのできない鳥。ぶどう畑によい香りが満ちるとき、よい香りが満ちはじめるとき。真夜中。

そして歌はおりていって湖に到達し、水面に触れる。最後の塀を飛びおり、捨て石の大きなブロックの下まで滑っていく。すると水が持ちあがる、まるで眠る者が眠りから覚まされて、肘をついて起きあがり、辺りを見回すように。

そして水は吐息をつく、まず吐息からはじめて、次に少し声を大きくする。ひとつの文を語り出したのだ。同じ長さの文を、一文ずつ、間を置いて放つから、その合間に鳥が来て、鳥の声が文のあいだに入る。

カラマンは湖に言った、「おや、今度は君か……」

彼は傾斜地をまず見て、それから湖を見た。「おや、今度は君か……それじゃ、君にも敬意を表して……」

そして彼は帽子を脱いだ。

第十章

それは彼らがほうぼうで、北から南に向けて、水面の彼方へ呼びかける季節だった、湖上を飛び越えるよう声を出すのだ、いくつもの列をなす塀のうしろに並び、傾斜地のさまざまな高さに階段状に立ち——対岸のサヴォワに向かって、呼びかける。

ものが有り余る時節で、はじめは足りなかったのが、いまや摘み取らなくてはこちらが自分の土地から追い出されてしまう。だから彼らは水面を越え、湖を越えて呼びかける、向こうの女たちを、六月になったから——サヴォワの女たちを。

向こうでは、彼女たちがそれぞれに籠をもち、準備万端で栗の木の下にいる。声が聞こえたのだ。毎週、日曜になると、あちらの教会の鐘がこちらにはよく聞こえるし、こちらで鐘を鳴らせば彼女たちにはよく聞こえる。

呼ばれているのが聞こえたから、女たちは「行きましょう」と言い合い、立ちあがった——何世紀も前から来ているのだ、六月になるたびに。

女たちは栗の木の下の細い道をおりてくる、籠を手に、二人連れや三人連れで、日曜の晴れ着を着ておりてくる。あるいは、湖岸に住む者なら、裏手が水に浸かっている家の表玄関に姿を見せて、行ってきますと家族に言う。

窓辺には洗濯物が干してある。

その隣には小さな港があり、上から見ると、四角形の仕切りのなかで、舟が互いにくっついているので、まるでひとつづきの板張りの床のよう、祭のときの大きな野外舞踏場のよう。

「あら、向こうは時期が来たみたい……」

黒いレースのボンネットをかぶった老女たち、流行を追う若い娘たち。老女たちはかぶりものに黒いドレスにエプロン、娘たちは淡い色の上衣に花飾りの帽子……

「お待ちしています、どうぞおいでください」

いま、女たちは船着き場の端にいて、蒸気船を待っており、カーキ色の服を着た税官吏はその間、短銃を提げてベンチに座っている。真っ白い大きな蒸気船が、前にも後ろにもカモメを連れて到着する。

船首のデッキに満員で腰かけ、迷子になるのが怖いときみたいにぎゅっと身を寄せ合って、スカートの下に籠を収めて。そして船の速度があがるにつれ風が起こると、細い袖の服を着た者は袖がふくらみ、他の者はエプロンが肩の上までめくれる——元に戻すが、またがめくれて、また戻す。

航行のあいだずっとそうしているが、すばらしい航行で、すべてが青い、空も青ければ、山も青く、水も青く、方向転換して舳先が向かっている湖岸すら、空気の絵の具に塗られて女たちの前方に青く見える——けれども、絵の具には少しずつひびが入り、剝がれ、薄片となって崩れ落ちる。そして広々とした岸は衣を脱いで現れる、葉の色をしているところは、その色のとおりに緑に塗られ、石の色をしているところは、その色のとおりに白く塗られ——緑と白の岸となる。広い湖岸はたちまちこちらへ寄せてきて、塀の数は驚くばかり、女たちは毎度驚いて、数えてみようとするけれど、数え切れないまま、両手をスカートのくぼみに置いている。

一方、男たちは、上のほうにいて、いくつもの列をなす塀のうしろに並んで。最初は、はるか遠くで野火を焚いているだけに見える、対岸でだれかが火がつけて、煙があがっているように見える。黒っぽい、太い煙がある。渦を巻きながらのぼっていく、向こうで火事が起きたかのように、家々が焼けているかのように。

次に、点が見えてくる、白い点が。

蒸気船が煙をこちらへ運んでいるのだ。船は煙の下、煙の前にいて、船が進むとともに、煙も進んでくる。

彼らは見てとって、「よし！」と言い合う。

白い点は大きくなり、細長くなる。彼らは水の上のさまざまな高さに列をなし、まるで対岸のかけらが切り離されてこちらへやってくるのが見えたかのように感じている。

俺たちの声が聞こえて、彼女たちは来てくれた。これから一緒に働くのだ、俺たちだけでは間に合わないほどたくさんの仕事があるから。

早く摘まなければ、あふれてしまう。女たちは着くなり傾斜地へのぼる。

彼女たちの頭上の空は、山型をした蜜蜂の巣箱の内側を絵の具で塗ったよう。自分たちがお互い上下の位置にいて、上にいる者の足が、下にいる者の頭のところへ来るのが、彼女たちには面白い。両腕いっぱいの量を摘む（その間、男たちはところどころでボルドー液〔硫酸銅液と石灰乳を混ぜた殺菌剤。べと病予防に使う〕の散布をはじめる）、ぶどうの株のあいだをちょこちょこと行き来し、消えては現れ、かがんでは立ちあがり、またかがんで、汁気を含んだ房の束を、産着を垂らした子を抱くようにしっかりと抱えて――自分たちと同じくらいの背丈の山を作る、なにしろ摘まないといけないのだ。以前は足りなかったけれど、いまや多すぎるから。

そして人間の秩序が優位に立ち、土がふたたび現れた、一面緑の株のあいだに、長細い帯となって姿を見せた。

他方、彼女たちはいま、仕事を終えて、これからふたたび渡る水面を前に、そろってベンチに腰かけ、待ちながら眺める、というのも日曜の午後だから、大木の並木の下で眺めるのだ、大勢の人びとを。「お降りください！」と声があがるとき、蒸気船が傾くのを。

古い木のベンチに腰かけて、黒いスカートを穿き、両手をエプロンのくぼみに置いて。

彼女たちが静かにしているうちに一隻《せき》の船が着き、また別の一隻が着く。そして斜面の上のほうでは、ぶどうの木もまた、燦々と照る太陽のもとで待っている、藁《わら》の結び目をネクタイさながらに締めて。

摘葉と、結束は済ませてある、結束のことはこの辺りでは「起こす《ルヴェ》」と呼ぶが――これらの仕事は女が担う。

第十一章

「でも、この先は、あなたたちの仕事」と彼女たちは男性陣に言った。

「了解……」

ボヴァールは、暖かくなって調子が戻ってきた息子を呼んだ。ボヴァールはボルドー液用の大きな桶を取り出した。

息子に古物のズボン、古物の上っ張り、つばの広い古物の麦藁帽子をあたえた。自分も古物のズボン、古物の上っ張り、見当たるかぎり一番古い靴を履いた。

サヴォワの女たちが去る日のことだ。大きな船は前とは逆方向へ進み、少しずつ溶けていく、犂を方向転換させるときと同じように舵を切って水を跳ね返したあとに――だが、俺たちのほうはここからだ、と彼は言った。

「アンリ！」

「いま行く」

息子はよくなってきた。もう咳もほとんど出ない。そして今回は俺と一緒に来る、二人でやる。

人びとがティンと呼ぶ大型の桶を取り出す時分だ。大きな石を使って、傾いた地面にうまく落ち着かせる。

というのも、こいつはひどい代物で、なかなか溶けない。混ぜても、もったりしている。粥状になるのだ。あの病気がはじまってから使わざるをえなくなった、つまり五十年前から。匂いを嗅ぐと咳が出る。化学薬品なのだ。布を焼く、革を焼く、気をつけなければぶどうだって焼く――けれども、やるしかない。そして彼らはこれから使う四角い口のついた樽を満たし、それを持って小道を歩き、坂の下にある戸か、毎回のぼってはおりなければならない階段の一番下の段か、あるいはまた、あまりに険しいので一歩進むたびに半歩分は後ろへずり落ちてしまう細道の入口まで来る――だが、仕方ないだろう？

ボヴァールは言った、「そんなことは、なんでもない……」

息子と連れだって出発した彼は言う、「むしろ逆なんだ。さあ、見てくれ。見事じゃないか！」

指し示す先では男たちが、二本ある街道を歩いていて、次いでそこから、土地の分配にしたがい、きれいに間隔を置いて、規律正しく順序よく、噴霧器を背負って各々のぼっていく。

見てくれ、見事なものじゃないか！

戦いに向けて傾斜地を攻めるのだ、一人から一人へと切れ目なくつづくよう作業を分担して、というのも一人がはじめる位置は、もう一人が終える位置だから。一面の広い土地を、隙間のないよう各々の分に割った――だから彼らはそれぞれひどく小さくて、あんなふうにしているとアリの群れのようではあるが、ただ彼らには知恵があり、意志がある。

「そして、それこそが大事で、それこそがすばらしいんだ」、そう言うブヴァールは、噴霧器を満たし、色を塗りはじめた。

いまや、彼らは画家になった。塀を直し、土を運び、剪定し、土を掘り、ならす。彼らは技師や建築家になり、石工、果樹栽培家、土方になってきたが、まだそれでは終わらない、足りない、彼らの職はつねに同じでありながら、複数の職からなる。そうしていまや彼らは色を塗る、この地のすべてを塗りつくして、またもやこの地の色を変える。画家と同じように。画家は、一度だけ色を塗るのではなく、二度、三度、四度、必要あらば五度と、色が定まるまで塗り重ねる——だから彼らも同様に、一歩一歩、株のあいだの坂をのぼりつつ、絵筆さながらにノズルをもち、右を塗っては、左を塗る。葉の下に隠れた房を探し、葉の一枚、実の一房たりと見逃さず、こうして少しずつ、葉や房を変化に巻きこんでいく。

傾斜地は、まずはじめに、自ら色を変えた——けれども人間たちはそれを見て、満足せず、「俺たちの番だ」と言った。

そして、「行くぞ！　諦めずに行くんだ！」

「見ろ」とボヴァールは息子に言い、そしてボヴァールは絵筆を握る。

息子も、絵筆を握る。

すると、自分が出す色は自分に返ってくるから、彼らは少しずつ色を変え、同時に咳をし、痰を吐き、涙を流し、洟《はな》をかむ——頭から爪先まで色を変える、違いを消したいから。全身を青くする、自分たちも全身を青く塗ることで、傾斜地に似る、傾斜地への忠誠を示す。手、腕、脚、胴体、帽子、顎髭、顎、口髭、そして耳にもいっぱい入り、目にもいっぱい入る。咳をしても青く、洟をかんでも青く、小便も青い。仕方ない！　べと病〔露菌病。葉にかびが現れ、悪化すると葉が枯れる。伝染性が強い〕がその気になれば来る季節だから、こいつで受けて立つ……

「そう、それこそがすばらしいんだ。やられても持ちこたえること、相手より強くあることが」と、ボヴァールは言う（なぜなら、詩人がやってきたから）。

その間、彼は進みつづけ、息子は傍にいる。噴霧器が空になれば長樽《ボセット》[003]のあるところまでおりて、噴霧器を満たし、またのぼる。息子も同じようにする。だれもが彼や息子と同じようにする。おりたり、のぼったり、根気のいる長丁場を、日光の燦々と差すなか、昼間の暑さのなか、高々とそびえて熱気を押しつけてくる灼熱の傾斜地に対峙して、盲目に、つまり目が曇って見えなくなる状態に、また臭いに襲われながら。そいつは肌を刺すし、上っ張りに穴を開けるし、服につくと固まって布地をごわつかせる。だから甲羅か、関節つきの甲冑か、体にぴったり沿うセメントの服を着ているような歩き方になる——でも、そんなことはなんでもないんだ、持ちこたえられるなら、相手より強いなら、そうだろう、仲間よ？　戦いに勝てるなら、べと病を騙しおおせるなら。

　足場に宙吊りになるかのように、人の上に人がいて、巨大建築の正面を塗り直す、上から下へ、下から上へ、角も、壁のくぼみも、ひだも、控え壁のあいだも、飛び梁のあいだも、彫刻のあるところも、ないところも。すると湖は、違う色が水面に映るので驚く、もはや見覚えのある傾斜地ではなくなり、見慣れた勾配ではなくなっているから。そこで、はじめは自らの青によって、別物の青を撥《は》ねつける、緑だったはずの斜面を染める青、まがいものの青、人間どもの青を——次いで、結局は受け入れる、なぜなら湖はそうせざるを得ないのだから。こうしてわたしたちは湖を従わせる、傾斜地に引きつづいて——わたしたち、人間たちに。

さて、今度はあそこでなにか動いているが、なんだろう？

塀が一枚、手前へずれてきたのだろうか、地滑りが起きると時々そういうことがあるから。それとも斜面の土のかたまり？

それとも、ほかより背の高い一本の株が、こちらへ向かってくるのか？

それは高い場所にあり、周囲から身を剝がして、一歩進み、また一歩進み、ゆっくりとやってきて、止まる。そして、止まると、両側とまったくひと続きになるので、もう見分けがつかない。

それは、一番高いところにある塀の上にいる。そして、その真下にあるぶどう畑、つまり建設途中の小さな部屋、四角い仕切り、火事で全焼したあとに残った家の基礎、床が斜めになった家の一階部分のような畑——その畑の塀が作る細長い影のなかに、まるでその塀が少し崩れたかのように、動くものがあるのが見える。

一枚の塀が、おりてくる。崩れたほうは、まるで上のほうから、ばったりと横ざまにそこへ倒れて、滑り落ちることなく、そのまま横たわっているかのようなのだ。

ここでは、男たちが日陰に入りたいと思っても、塀の作る影しかない。あるのは言葉に下線を引くときのような、インクで引かれた幅の狭い横棒だけだ。木は一本もないから、塀が唯一の逃げ場となる。横向きに寝そべって、その陰に入るほかはない。彼らは這っていって影のなかに入り、石壁にくっついて、石壁と同じように、横向きに体を横たえる。次いで、片腕を曲げて、その上に頭を乗せる。

そうしたら、もう動かないのだが、それは、少しでも動けば、はみ出してしまうからだ。

この影は、朝、太陽が低いうちは、申し訳程度に広くなるけれど、その後は少し傾きながら縮み、どんどん縮んでいって、とうとう正午、つまり人びとが休憩を求める時間になると、それはちょうど、影がもっとも狭くなる時間なのだ——少女が籠に入れて持ってきてくれるスープとパンとチーズを食べたあとのひととき。

相変わらず、円屋根のかたちをした蜜蜂の巣箱の内側に絵の具を塗ったかのような空が見える。空は山々の稜線の上にあり、稜線のつづきをなすように上へと伸びて、その後またおりてくるのだが、それはすべすべで、むらがなく、艶《つや》もなく、まるで厚く色を塗った藁編みの半球帽《キャロット》のよう。だから、蜜蜂の巣箱そのものだ。そして人びとは巣箱の内側の側面、仕切りがずらりと並ぶ蜂の巣に乗っている。

横たわっていた男は寝返りを打ち、首をあげて、立っている男に言った、

「もう時間か？」

蒸気船の音が、どこかはわからないが、深いところから聞こえてきた。地底から響いてくるように思える音だ。寝ていると、肩から聞こえてくる。立っていると、靴底から聞こえる。蒸気船の音は低いところからのぼってきて空間を揺さぶると同時に、空中で蜜蜂の羽音と混ざる。そして振動をともなう。そのせいで光まで揺れるのだろうか？

あの高いところにいる男を見れば、まったく動かないのに顔が震えている。顎も口髭も揺れている。塀の上で、帽子をかぶっていて、その塀も帽子も揺れる。帽子の庇の下が、部屋の天井のように光を反射して、ゆらゆらと踊って

いる。

まったく動いていないのに、体の各部分は動いている。体に沿ってのぼっていく動きがある。日光、蜜蜂、蜜の匂いがする、熱された塀とニスの匂いがする。ニスと、絵の具の匂い。

「来いよ」

高いところにいるその男も、塀の根元にいるもう一人の男も動かないのに——あらゆるものが動く。しかも今度は傾斜地自体が、大型船の船内のごとく揺らぎ出すので、寝ていた男は立ちあがるのに苦労して、やむなく塀に手をつく。

日陰から頭だけを出して、引っこめて、目を閉じる。棺桶のなかにいるように日陰のなかにいる彼は、そこから無理に出なくてはならない、そろそろと生身を外へ出して虚空に晒すのだ、しかし、そうすると虚空は、光や、熱や、放出するさまざまなものによって攻撃してくる、一つひとつの小さな波がこちらへぶつかってはじけるので、いわば空間そのものから打撃を受けるのだ。

とはいえ、天気がいい、見事に天気がいい、それに、このままつづいてくれそうだ。だから彼らはなんとかして準備を整える。

彼らが一列になって、塀の天辺に拵えた階段をおりてくるのが見えた、塀から塀へと移り、次いで少し小道に出たり、水路に沿って進み、渡ってから、もう一度跳び移ったりして——それから、またのぼっていく。

六月中ずっと、七月あたまもずっと。おりて、またのぼっては、ここ、もっと先、右へ、左へ。一番低いところにあって、捨て石の大きなブロックあるいは砂浜にじかに接しているぶどうの木まで、そして一番高いところにある、藪《やぶ》と岩の合間に消えていくぶどうの木まで。

塗って、また塗って、さらに塗る。ボルドー液を散布して、また散布して、さらに散布する。硫黄〈病菌、特にうどんこ病予防〉を散布して、また散布して、青に囲まれ、黄色に囲まれ、ある色にまみれ、次いで別の色にまみれ――上から下へ、下から上へ、六月いっぱい、さらに七月、朝の四時から夜の八時までやってから、帰る――するとほら、例のベッソン、村に居着いた柳細工師、あのひとは行商に行っているもんだから、家に帰るとき、時々街道沿いで会うんだ。

天気がいいね、と彼らは言う、見事な天気だ、まったく見事な天気だ。今度こそは天気に恵まれた、当たり年になるぞ、大当たりの年に。

こんなふうにつづけばいいが、まあつづくようにしよう、そうだろう？

だって俺たちにかかってるんだ、そうじゃないか？

そこに詰まった大きな期待をじっと眺める、なぜなら自分たちが手を貸したから。

実が充分に健やかで、まばらすぎず、密集しすぎず、きちんと均等についているなら。

そして人びとは、実が育つのを見る。日に日に育ち、同時に透明になって、透かして向こうが見えるようになってくる。このことを、ぶどうが「照る《トラリユイ》」と言う。

第十二章

七月になると、家々を建てるときにできるだけ互いにくっつけて建て、しかも家の半分を地下にしたのが理にかなっていたことがわかる。

仕立屋のデュシムティエール嬢は、見習いの女の子と助手の女の子《レアスユジエティ》（とこの辺りでは呼ぶのだが）[004]、足踏みミシンと手回しミシンとともに、日光が決して入ることのない部屋にいることを嬉しく思う。しかも、ありがたいことに仕事がたくさんある、というのも八月に、例の祭が予定されているから。

二台のミシンを同時に動かす音が響く。次いで、二台のうちの一台、足踏みのほうの音だけになり、それからふたたび二台の音になるが、その間に男たちは、銅製のノズルを脇に抱えてやってくる。

同じ時間に、広場ではベッソンが、籠を作りつづけることで、この地を語っては、組み直し、柳の線の一本を別の一本に重ねていく、作家が詩か散文の行を重ねるように――この地と、そこに広がる塀を、柳の細枝で語る、枝を横へ渡しては、別の枝を巻きつけて――だれも知らぬうちに、だれも気づかぬうちに、静かに落ち着き払って、広場のスズカケの下で、一人きりで、灰色のシャツに緑のエプロンをして、その緑のエプロンの上で両手を動かす。

正午の鐘が鳴る。

わあっという声が聞こえる。子どもたちが下校するのだ。木靴の音が敷石に響く。ベッソンは相変わらず籠を作っているので、子どもたちが立ち止まる。どこの煙突からも煙があがる時間、スープの匂いが湯気とともに外へ流れ出す時間。そしてベッソンは急に顔をあげて、一人の子どもに言う、

「どうだ、この作業をやってみたいか?……そうだな、俺がここを出ていくときになったら、一緒に連れて行ってやろうか?」

相手は困って、うつむき、真っ赤になり、いやだと言えずにいる——そこへさらに男が二人、桶を背負ってやってくる、昼時だから。男二人は路地の道幅いっぱいを占めつつ歩いてきて、二人の頭上には自らの手で使いこんで艶が出た農具の柄が飛び出している。

窓辺に腰かけたデュシムティエール嬢は、ちらりと脇へ目をやって、すぐに自分の針へと視線を戻し、その間ベッソンは自分の籠へと視線を戻す。

そんなふうにして、だれもいなくなるまで事はつづいていく。すると今度はスズカケの木にスズメの大群がやってきて、岩のようなゴツゴツした枝に留まったが、スズメたちの姿はいまやところどころ隠れている、なぜならそこここに大きな葉が出てきて、まるで石に植物が生えたかのように垂れているのだ。

連中は大集合して全員同時にしゃべり、つい先ほどまで幹のあいだにいた緑のエプロンの年老いた男はどこへ行ったのか、と言い合う。

まるいかたちの影のなかに、淡い色のまるい影があり、まるで大きなスポンジのように穴ぼこがたくさん空いている。上にいるスズメたちにはなんなのかよくわからず、はじめは警戒したが、相手は動かないので、だんだんと近づき、よく見ようと首をかしげる。

木漏れ日の散る日影のなかに、若枝の束がある。子どもを鞭《むち》打つのに使う枝に似ていて、赤や緑、あるいは骨のような白い色をして、木桶の水に浸してある――ねえ、見てよ。これはなに？

あのひとはナイフを忘れたのかな、腰かけをひっくり返して行ってしまったのかな。いえいえ、わざとでしょう。

それじゃ、これは？

あのひとのハンカチ。赤字に黄色い大柄の枝葉模様。

正午。

けれども、一時になれば、人びとはまた出ていき、夜の七時か八時ごろに帰ってくる。

見事な秩序は、大時計の内部のよう。おもりを引けば従う装置のよう。小道を行く少女たちは、急坂をのぼったり、おりたりしながら、四時だ、と思う。それぞれ白い布で覆った籠を提げ、その両端からは瓶の首がはみ出している。でこぼこして歩きづらい細道を、できるだけ早足で、ぶどう畑のきつい階段をつたって進んでいく。次いで、戻ってくるときは、少し速度を落として、藪のなかにもうブラックベリーがなっているのではないかと覗きながら行くのだが、彼女たちは実が黒くなるのを待つことなく、青いままを好んで食べるのだ。

詩人が通った。そして下界では、すべてが流れる。そして天界では、すべてが流れる。

数字のついた天空の時計の文字盤の上を、長針が規則正しく回り、長針が絶えず傾いていくのが見えた。

男たちはもうひととき、正面から陽光を受けることができて、その光のなか、それぞれの崖道を帰っていった。ひととき、そこで空中に宙吊りになって、塀の上、虚空のなかを歩いていった。前後に並んで塀の上を進みながら、腕の先には舟の帆を、肩の出っ張りには山をくっつけ、そして帽子のつばの周りにはなにか空の一部に似た、しかし空にしてはぽたぽたと雫を垂らすねっとりとしたものをくっつけて。

塀が登り坂だから、彼らも少し上昇して、ますます空のなかへ入っていくが、そうやって彼らは空を破り、破れ目をどんどん大きくする。次いで、この辺りの塀でもっとも高いところにある塀の横腹に取りつけられた階段をのぼり、まだ鍵を閉める時間にはなっていない鉄の戸を開けて、街道に出る。

ここで、彼らは太陽が落ちる最後の瞬間を目の前に見るのだが、太陽は顔をすっかり横に向けつつこちらを眺め、しばしためらう様子を見せながら、少しずつ身を揺するようにして顔を動かしていき――それから、呼ばれたかのごとく、一気に消える……

すると彼らのほうでは、胸元に当たった光に変化が生じる。つまり、彼らは新たに塗り直されたのだ。さて、彼らは合わせて三人だと、そう言っていいのだろうか、三人とも同じなのに？　外側は同じように塗られている。違いはあるとしても、内側のことだから、問題にならない。三人がばら色の食堂に入ると、まるで同じ男が三度つづけて入ってきたかのようだ。三人はひとつのテーブルに着く。三人同時にグラスを掲げる。三人同時に乾杯して、三つのグラスはひとつの音しか立てない。話し出すと、三人のうちだれが話しているのかわからず、それどころか、話し声なのか、それともまだぶどう畑でレーキが土をならす音がしているのかもわからない、そのくらいすべてが結びついている。そして突然、三人一緒に振り返ると、そこには一人きりの者がいる、自分たちと一緒にならずに、離れている者がいる、これはまずい。

　これでは台無しだ。彼らは「これじゃ台無しだ」と言う。「おい、そこの君、君はだれだ」次いで、「なんだ、おまえか、ランブレ！　どうした、なにか困ったことでもあるのか？　こっちへ来いよ……話してみてくれ……」

　相手ははじめ、来たくなさそうで、相変わらずじっと、部屋の隅でテーブルに両肘をついている。若い男、青年だ、二十二か、二十三歳くらい。「ランブレ、なあ、ランブレ。来たくないのか」それから彼らは、ジリエロンに対してしたように、迎えに行き、腕を取り、腕を引いて連れてくる。「ほら、来いよ！　さあ、話してくれ……」みんなの真ん中に座らせてからそう言うと、急に「いや、なにも言うな……」

「なにも言うな、ランブレ、黙っていろ……ただ、顔を見せてくれ」

　無理やり顔をあげさせると、彼らは笑い出す。「なんだ、そんなことか！」

「ランブレ、なんだよ、そんなことか……女の子……例のマティルドだな。ほかにはなにもないか、それだけか？」

　次いで、よく顔を見てから、

「うん、それだけだな……それなら俺たちと一緒に行けばいい、あの娘《こ》に会いに行こう、一緒に行こう」

彼には自分用の三デシリットルとグラスがあったから、みんなは飲ませて、自分たちの分も取ってきた。だから四つのグラスが揃い、全員で乾杯をして、そこにあるグラスはひとつきりではなくなった。

「どうだ、ランブレ、俺たちはお見通しだっただろ」

彼らは言う、

「みんなはおまえ、おまえは俺たち……おまえのなかにあるものは読み取れるし、みんながおまえを引き受けるから、もうおまえは存在しない、俺たちも存在しない……乾杯！……で、あの娘のところにみんなで行こう、安心しろ、傍にいるから……それでいいか？　いいだろ、もちろん」

次いで、日が暮れていくので、彼らは「それじゃ、行くぞ……」と言って、出る。

そしてランブレも一緒に出る、一同の中心にいる。もはやランブレはいなかった。三人のなかに加わったから、合わせて四人だが、ひとつになっている。横に並んで、街道の幅いっぱいに広がって歩いていて、もはや互いの区別がつかない。体が似ているのだ、だからもはや互いの違いはない、そして心が通い合うのだ、だからもはや離ればなれにはならない……

日が沈みきろうとしない時節で、黄色と緑色の空に一番星が光る。

女の子たちはこの時刻を待っている、できるだけぶどう畑にひとけがなくなるのを待っている、長靴下もコルセットもつけていないから——着ているのはワンピース一枚きり、そして素足に藁編み靴《エスパドリーユ》。

それぞれ衣装を布にくるんで抱え、示し合わせて四人か五人で集まるのだ、ひとの言うところによれば金星《ウエヌス》であるらしいこの一番星の下、そしてこの黄と緑の空、二色の空、旗のような空の下で。

彼女たちは数人集まるよう示し合わせて、素早くおりる。下り坂に向かって開かれた村は、彼女たちが落ちるにまかせ、他方、彼女たちは一列になって小道を転げていく。

幸いなことに、もうだれもいない。

もう急坂の降り口まで着いた、ここにはふたつめの家のかたまりがあり、小道は曲がり角になっている。やはりだれもいない。

ところが、彼女たちが道を曲がったとき、突然、「カラマン！　カラマンだわ！　どうしよう」

カラマンは小道をのぼってくる。両腕を広げる。

「そんなに急ぎなさるな、お嬢さん方！」

彼は言う、

「承知してくれなければ通しませんよ……一緒に行かせてくれるでしょうね、お嬢さん方。水浴びはいつだって快いものですから」

「通行禁止」と彼は言う……「さあ、承知しますか、しませんか？」

彼は言う、

「駄目？　それなら、通しません……」

このとき彼女たちは、どうやって通りおおせたか？

言っておくと、カラマンはつねに足許がややふらついている。彼女たちは互いに前へ押し合うように進んでいった。カラマンは塀に背をつけてしまった。彼女たちはもういなくなっていた。

カラマンは、別に腹を立てたりはしない。そのままそこにいた、かえって楽だから。そしてその位置から、帽子を脱いで、

「残念、また次の機会に」

そう言いながら帽子を脱いで敬意を表するが、それは彼女たちに対してだけではなく、物事全般に対して、塀や斜面に対してなのだ。塀とぶどう畑に挨拶し、周りのすべてに挨拶し、ぐるりの土地に挨拶する。

するとと向こうで笑い声が彼に応え、彼は独りで塀にもたれたきり……

彼女たちは階段をおりきった。道路を渡り、線路を渡った。到着するとふたたび、入り江のほうをさっと見渡した、というのも漁師たちがまだそこにいることも多いからで、そんなとき、彼らはわざと去らないのだ。けれども、漁師たちはもうおらず、美しい水面はただ滑らかで、しんとしていて、空と同じく二色なのが、やはり旗のようだった。

彼女たちは進んでいき、柳の下に座った。日がなかなか沈みきろうとしない時節。太陽は、粘れるだけ粘ってから、わたしたちに別れを告げた。砂はまだ陽光をたっぷりと宿している。太陽は、もう空にはないけれど、砂や平たい小石のなかにまだ生きていて、そこに居つづけ、踏めばアイロンさながらに熱い。

素足を右、左と素早くあげつつ、同時にもう一度、周りを見回す。そこには入り江があり、奥には一列に並んだ家

とポプラの木々とが黒く反転した姿となって、まるで群れになって砂かなにかを湖に落としにきた夜中の運搬車のようだ。そしてやはりなにもない、あるのは入り江と空の星、ひとつきりの星だけ。そこで彼女たちはワンピースから片腕を抜き、もう片腕も抜く――九時、日が沈もうとしない時節、まだ日はある、まだ日の名残はある――両腕、それから肩。柳の下で、もうお喋りもしないから、辺りじゅう、しんとしている。

空にはひとつきりの星、けれども斜面は、まるでほかの星々がすべて落ちたかのよう。

一人目の女の子が進み出た。ばら色の衣装を着ている。二番目に進み出た女の子は、黒い衣装を着ているように見える、もう色がよく見えなくなってきたから。二人になり、三人になった。三人目は肌着姿。みんな両腕を広げているのは、とがった石のせいだ。「痛い、痛い！」石が足に当たる。腕をゆらゆらさせては、「痛い！」と言いながら進んで、まだ完全には明るみが消えていない水面に映える黒い影となり、美しい夕べのなかへ、美しい闇夜へ向かって進みつつ、綱の上を行く綱渡り師のごとく、それぞれに腕を広げている。

一人が振り向いて、

「マティルド、おいでよ、早く！」

というのもマティルドはまだ柳の下にいるのだ、そしてマティルドは、

「冷たくない？」

「入ってみればわかるわよ」

そこでマティルドもやってきて、他の女の子はみんな振り返る。すると彼女は、先ほどの女の子たちとは違うふう

に見える、つまり逆光ではなく、順光で照らされるので、彼女の肌は色づいて見え、腕や、脚や、首や、顔はひとつの色、体はまた別の色をしている——そして、急いでやってくる、みんなが待っているから。

ところが、彼女は立ち止まる。

「なんの音?」

ほんと、なんの音だろう?

四人とも、もと来たほうへ戻っていった、なにしろ斜面から音がして、まるで斜面が目を覚ますかのようだったから。おかしな音で、出どころが近くなのか遠くなのかもわからず、なんなのかもよくわからず、どこから発しているのかもわからない。次いで、彼女たちは笑い出した。鉄道の保線係が軌道点検車に乗っているのだ、保線係が毎夕同様ひととおりの点検をおこなっているだけで、この男はまず危険はない、なぜなら点検車を両手で押して漕いでいて、車両から離れられないのだから。

「それに、例のあのひとなら、片目だから……こちらに向いているのが、見えるほうの目かどうかもわからないもの」

彼は片方の目しかなく、もう片方は潰れている。彼女たちはふたたび進んでいき、見ると、自分たちより少し高いところ、線路の上、信号機の下を、男が点検車に乗っていた——こちらへ振り向くこともなく通りすぎ、小さくなっていった。男がだんだんに遠ざかるのが見えた。

呼びかけたい気持ちすら起こった。

「ねえ!　そこのひと……」

実際、呼びかけたのだが、彼には聞こえなかった。音がやかましすぎた。それに、気が散ってはいけない仕事だ。

「あのひと、損したわね」

もしかすると彼女たちは、ちょっと気を悪くしたのかもしれない。

そして突然、彼女たち自身が、この静寂のなか、立てられるかぎりの騒音を立てはじめた。

いまや、姿を現すときはみんな黒い衣装を着ていて、あるいはどこもぴったり貼りつくせいで衣装など着ていないように見える——世界のはじまりと同じく、裸でいる。水面には、まるで釣り人が釣り糸を放って、餌のついた針は沈むものの、浮きはまだ沈まないときのような模様ができる。片手で星に手を出しては、花を摘むように星を摘む。ゆっくりと動かす腕と脚。足先で湖底の柔らかいところを探ってみるけれど、ずぶずぶと沈むのはわかっていて、もったりしたもののなかに迷いこみ、自分の体の重さから解き放たれる。一人が仰向けで浮き身をはじめた。別の一人は立ちあがった。するとここで、白鳥が喧嘩しているかのような音が聞こえてくる。つまりお互いに水をかけ合っているので、彼女たちを取り巻く見事な鏡は千々に砕ける。

大きな音を立てている彼女たちには、ぶどう畑に響くもうひとつの音が聞こえなかった、男の子たちが駆けおりてきたのだ……

そのとき、ふと沈黙が訪れる。同時に、ぐらついていた塀の石がひとつ、塀から転がり落ちる。

女の子たちは全速力で柳のところまで走り、柳の下に着いた。そこにうずくまった——もうなんの音もしない。

そのあいだ、斜面に灯っていた明かりはだんだんに消えていくが、ひとつ消えるごとに、別の明かりが空に灯る、まるで上空でも電灯のスイッチを回したかのように。

そのあいだ、水面にはもはやひとつの青い色しかなくなり――そのあいだ、彼女たちは黙っている。次いで、一人の女の子が、ごく小さな声で、「マティルド」

「絶対、彼だと思うよ……」

柳の枝と葉の内側にいると、向こうにだれがいるのか見えないから、彼女たちには見えなかったが、向こうには四つの頭があり、四つの頭ははじめ隠れていたけれど、いまやはみだして、塀越しに眺めている。

第十三章

一方で、ボヴァールはふたたび語り出す。あらためて語りはじめ、いったんはじめた以上、もう語りやむことはできない。

彼は家の前で、二人の客とともに、四角く配した支柱に枝が絡むぶどう棚の下にいる。勾配のなかに埋めこまれた場所だが、同時にその勾配は足許ですぐに崩れていくから、四本の杭に天板を打ちつけて緑に塗ったテーブルが収まる広さしかない。

隣には圧搾場の扉があり、圧搾場は地下酒蔵につながる、そして酒蔵は地下数メートルに位置するのに、わたしたちと同じ高さにある。

二人の客はベンチに腰かけ、塀を背にしている。ぶどう棚と同様、塀は青、緑、黄に塗られ、それぞれの大きな色面は、人の姿のできかけか、残骸を思わせて、まるで油絵を描き終えなかったか、あるいは描いたものが時を経て色あせてしまったかのよう。

二人の客は絵の具の下、描かれた絵の下で、石塀に背を向け、奥行きよりも横幅のほうがずっと長いテーブルに向かっている。ただ、テーブルの向かい側には、虚空だけがある。空間は有り余っているが、彼らの居場所は手狭で、各々の前にグラスがひとつ置いてある。

この場で、ボヴァールはふたたび語り出した、もはや黙ることのできないボヴァールだが、まずは瓶を一本持ってきた、それは一九年産の一本、つまり手許にあるなかで一番の上物だ。

手に細心の注意をこめて瓶の首を握りつつ、彼はやってきた。瓶をテーブルに置く。チョッキのポケットからニッケル製の栓抜きを出す。するといつでも変わらぬワインの儀式がはじまる、すなわち自分のグラスに少しだけ注《つ》ぐのだが、これは礼を失すると思いきやそうではなく、むしろ輪をかけて礼儀正しいのだ、なぜなら供しようとする相手にふさわしいワインかどうかをたしかめるための行為だから。

ワインの儀式とは、まず自分のグラスに少し注ぎ、味を見る。そうしてから初めてほかのグラスに注ぐ、ボヴァールがいまそうしたように。チョッキのポケットから栓抜きを出し、レバーを直角に当てれば、栓はすっと抜けて、栓の側面には彼の名が記されている。

自分のグラスを手に取り、持ちあげて、

「乾杯」

客たちも応えて、

「乾杯」

そしてグラスが互いに近づき、へりのところで触れて澄んだ音を立てると、それはまるで友情の鐘を鳴らすかのようで、その間ボヴァールはあなた方と虚空との間に立ち、上背のある体で空間をいっぱいに占領して立ちはだかるから、彼の足許には砂利粒のごとく湖岸の家々があり、両脚は湖に面し、両膝の向こうにサヴォワが、まるで定規で線を一本引いたかのように見える。その上には森があり、岩壁があり、さらに上には雪がある。だが彼の掲げたグラスはなお高く、大気と太陽のなかにあった。このように、下のほうでは両脚をしっかりと地に据えつつ、片手と、その手に持ったものは大地よりも高くして——杯を合わせたのち、彼は飲み、グラスのなかを上から下まで眺め、次いでグラスを身から引き離しつつ、目の高さまであげた。

語りはじめた以上、語りやむことはできない。たとえ黙っているときでも、話しているのだ。

それは、低い位置から発して、彼の体に沿ってのぼり、さらに体に沿ってのぼっていく。いまとなっては黙ることができない、たとえなにも言わないときでも。そして、言うといっても言葉で言うのではなく、全身で言うのだ。

立ったまま、あなた方と大気のあいだにいて、湖水について、山について、空について、言いたいことを徐々に書きあげていく——二人の客の前、ぶどう棚の下、描きかけの人物たちのいる塀の足許で語り、その漆喰を粗く塗った塀もまた、ものを言いかけているかのようだけれど、ボヴァールはさらにその先へ行くのだ、テーブルの向こうに広がる虚空を前にして。

「どうだ、悪くないだろう？」

二人の客はうなずいた。

「そうなんだ、これは自分たちで作ったんだ、つまり俺たちが生んで、俺たちが面倒を見て、育てたんだ」

グラスをおろす。話すのをやめ、それからふたたび話し出す。

「このなかに俺たちのすべてがこもっている、わが子の場合と同じように……」

首の動きで周囲の傾斜地を、勾配を、この地の斜面を、土と石を示しつつ、とにかく語りつづけ、もはや黙ることができないのだが、語りたい内容を語るのに体全体を使っている。

「そして、まずはじめに……」

ワインの匂いを嗅げば、そのなかには、下からのぼってくるもの、地中から、根っこのあるところからのぼってくるものがある。匂いと味がある。彼は嗅ぎ、それから味を見る。再度ゆっくりと味を見る、舌の上に味を留め置き、後ろから前へと転がし、口蓋の下でひっくり返し、そのあとは流れるにまかせるが、消える直前にもう一度止める。こうするのは、なかにこめられているもののせいだ。なかにこめられている様々なもの。だから、それらをひとつまたひとつと味わい、なにも言わずにこちらへ振り向くが、彼の眼差しで、こちらにはわかる。

「このなかには」と彼は言った、「土がある……」

もう一度味を見る……

「土だ、ある種類の土、ある性質をもつ土。最初の状態の土、次いで俺たちが作っていった土、割合を変え、栄養を加え、空気を含ませ、薄め——粘土、石灰、砂をどのくらい配合するか、柔らかい土と砂利とをどのくらいの配分にするか。こんなのはまだ序の口だが……これが底にあるもの、とっかかりなんだ……」

そして彼は言う、「俺たちが来て手を加える前からのものがあって、そのあとに俺たちが手を加えた。だから当然、俺たち自身もこのなかには入っている、俺たちの苦労ともども……」

こうしたことがずっと体のなかで沸きあがって、出ようとしており、頭のなかで思考のかたちを取っては、ひとりでに外へ出てくる、だから、たとえ自分で言うのを止めようとしたところで、止められはしない。

「俺たちの分別もこめられている、なぜなら俺たちの選んだ苗がここにはあるから」

彼は声に出して、こんなふうに言う。

「アメリカ式を発明したからよかったものの、もしそうでなかったらどうなっていたことだろう？[005] 自然だけがそこにあるんじゃない、俺たちだっていて、こっちは自然に抗して行くんだ、なぜなら俺たちは新種の苗を作る、交配する、半分は片方でもう半分は別のってことをやる……そうして」と彼は言う、「俺たちはいつ何時もここにいて、物事がどう運ぶか見張っている」

彼はさらに飲み、ワインのなかにこめられた要素を探し求める。

「俺たちは樹液に向かって言ったんだ。こっちを通っていけ、よそを通るな、俺たちの望むほうを通れ、おまえの勝手じゃなくて……」

彼は笑った。

それから、グラスが空なのに気づいて、

「失敬、客人よ……我を忘れてしまった」

あらためて、

「ご健康を祝して、乾杯！」

そのときあらためて三つの音が、チンと鳴った、鐘を再度鳴らしたかのように、澄んだ空へ散った、話をつづける前に。次いで、彼は話をつづけた。

「というのも」と彼は言った、「ここが要注意なんだが……土、株、産地、苗、そして無論、俺たちのつねにいる俺たちの腕と頭、作業の苦労、考える苦労――だが、それだけじゃない」

彼は飲む。ごくりと飲む。

「さらに空気がある。一年の流れがある。天気がある」

彼は舌を鳴らして飲む。

「そのなかには、そう、月があり、日があり、天気があり、時間がある。ある一時間が来て、次の一時間が来る、晩があり、朝があり、正午になる。すべてがそのなかにある」と彼は言う、「そのなかで天候は変わりゆく。湿気、暑さ、寒の戻り、濡れすぎ、乾きすぎ。雨が多すぎたり少なすぎたり、早すぎたり遅すぎたり、雹、霜……すべてがある……ぶどうが木になっているあいだだけじゃない、そのあとの環境もある。ときには収穫後の気温が高すぎて、発酵が進みすぎる。ときには気温があがらなくて、発酵しない――気苦労は、子どもと同じで、九か月が過ぎてもつづく、だって大事なのは九か月だけじゃない、むしろすべてがはじまるのはそこからなんだ。だからまだまだ世話と愛情をかけないといけない、前よりもいっそうの世話と愛情が要る。ただ」と彼は言った……

そして新たにグラスを掲げる、次第に高くあげていく……

「全部うまくいき、全部成し遂げれば……」

グラスをどんどん高くあげる——すると、グラスを掲げることで、彼は日光のなかに、再生した日光を掲げることになる。透明のなかに、なおいっそうの透明を掲げる。かりそめの光のなかに、定まった不変の光を掲げる、薄くけぶった太陽のなかに、雲のない太陽、もはや二度と暗くなることのない太陽、去ることのない太陽を。時から引き出され、時を免れた太陽を。

そのように下から上へとあげて、ここまできた。次いで、これ以上先へはあげられないと彼は見てとった。

「というのも、この先は」と、さらにもう少しグラスを高くあげつつ、彼は言った——「この先は、天だ。天となると、もう俺たちを超えている。こいつは最初、俺たちよりも低いところから生まれたものだが、いまや俺たちを追い越した」

彼は黙り、頭を下げる。他の二人も同様にした。三人ともしんとして、頭を下げる、わたしたちよりも大きなものを前にして。

上空にいる精霊は、わたしたちを自身の高みへと引きあげてくれるが、引きあげてもらえるかどうかは精霊の望みひとつにかかっている。

精霊次第であって、わたしたちが望むかどうかではない。夜の外へ、わたしたちの外へ。完全なる充足にいたるべく、悲しみの外へ、心配事の外へ。和合にいたるべく、不和の外へ。人間同士の融和にいたるべく、人間同士の分裂の外へ。生にいたるため、死の外へ。

第十四章

彼らは八月最後の日曜日に祭をおこなうことに決めた。突然、言い合ったのだった、「今年やったらどうだろう?」と。そして開催について合意し、また日取りについても合意した、というのも八月なら、仕事に比較的余裕があるのだ。ボルドー液散布も硫黄散布も終わっている。そして、もっと後になると、収穫の準備をなにもかも整えねばならないため、樽を洗ったり、酒蔵を整頓したり、圧搾機のねじに油を差したりする。

ふたつの時期のあいだ、ボルドー液と硫黄よりもあと、ぶどうの房が「照る」よりも前。とある日曜に、祭を、射撃祭を催し、楽しむのだ。だれもが「いい考えだ。ずっとやっていなかったからな……物足りなかった」と言った。

マティルド嬢は急いでモード雑誌を買ってきて、庭の四阿《あずまや》で仲良しの女の子たちと一緒にめくる。どういうドレスを作ろうかと見てみると、今年は袖なしだ。こんな大胆なの、着られるかしら?四阿の下で、祭の三週間か四週間前——幸い、ケープか、体に沿って垂れる飾り襟をつけることができる。マティルド嬢は、オーガンディのケープカラーをつけたドレスに決めた。

足踏みミシンと、手回しミシンの二台は、デュシムティエール嬢の店で、丸ひと月というもの休みなし、まるで二人の人間が同時に歌を口ずさむかのようだが、そのうち片方が歌いやんだ。

コンゴがやってくるのが聞こえた。咳をして、痰を吐き、立ち止まり、自分のスリッパを眺める。そして言う。

「このままじゃ済まないぞ！」

片腕をあげ、しばらく頭上へあげたままにしてから、おろす。

「やっと話をつけてくる！」

その瞬間、二台のミシンがふたたび同時に動き出したので、コンゴがなにを言っているのか、わからなくなった、本人はうなずきながら大声で話しつづけていたのだが。

スズカケの木々の下、ドレスを脱ぐかのように樹皮を落として裸になった二本の幹のあいだにだれがいるか、コンゴにはわかっている。幹の上にはいまや太く短い枝が重なり合い、あちこちに開いていた穴が葉叢で塞がれているのだが、それは梁のあいだに横木を渡し、漆喰を塗って、天井ができあがるのと同じこと。

「ああ、あいつらは俺をひどい目に遭わせるんです、ベッソンさん。あなたがいてくれてよかった、さあ聞いてください。市当局に手紙を書いたから」

ズボンのポケットから、四つ折りにした紙を出したが、それは収支簿のページをむしり取ったもので、記入欄が赤い線で印刷されている。

「**市の劣悪なる待遇については数度にわたりご報告差しあげんと……**」

見てみると、鉛筆書きだ。

「やつらにきちっと見てほしいんですよ」と彼は言った。

鉛筆書きで、彼は読みあげるのに大変苦心しており、他方、太い指は紙の左端と右端でぶるぶる震え、指はばら色で、爪は白い。

ベッソンはその間、柄つき籠を作る。

「本日に至るまで精いっぱい我慢をしてきたところではあるが……ちょっと待ってください……当方の現状及び考慮すべき状況に鑑み衛生上の問題がある点において当方に加えられた損害に関し諸氏の注目をうながしたく、当方は各地を旅し……

あなたもあちこち旅してきたから、旅がどんなものだかご存じでしょう……複数の国および半島を……ちょっと待ってください……旧大陸及び新大陸にて訪れたことは……当方より諸氏に提出した各種公式書類により証明される通りであり……しかるに見返りとして得たるものは同胞の理解不足と、悪意に満ちた忘恩のみであり、その明白たる証拠として、齢六十九にして、うち五十年は地上及び海上にて愛国的任務に従事したにもかかわらず、老年に至り人並みの生活資金を確保できないのであり、従って居住条件と飲食費に関する調査を要求するもので……ね？」

最後の問いかけは、朗読していた文章の最後の単語を読んだ直後に発されたため、一瞬、朗読した文面の一部と勘違いしそうだった。

次いで彼は言った、

「残るは末尾の挨拶だけです」

彼は笑い出した。すっかり満足している。口に出した恨みは、もはや恨みではなくなる。自分の言いたいことを言いおおせた者は、自分から離れられる。前へ進むことができる。

どの射撃場でも、射撃がはじまった。マティルド嬢は注文したドレスを取りに行った。この土曜日、祭の前日、彼女は両端をピンで留めた四角い布のなかに丁寧に折りたたまれたドレスを抱えて戻ってきた。自分の部屋へあがっていった。どの射撃場でも射撃をしていた。彼女はドレスを寝台の上へ平らにならして置いてから、部屋の鍵をかけた。閉めた扉から聞き耳を立て、のぼってくる者がいないかたしかめてから、元の位置へ戻ってきた。どの射撃場でも射撃をしている。彼女は靴を脱いでおいたから、音を立てずに戻ってくる。このとき、広場には柄つき籠を編む者がいて、彼がここへ来てからそろそろ六か月になる。彼の籠編みは、自分がなにをしているのか、またなぜそうするのかもわからないまま、自室で紙にものを書いたり、画布に絵を描いたりするのと同じようなもの。そこで彼女は布地のピンを抜き、抜いたピンを壁に刺す。どの射撃場でも射撃をしていて、彼女はドレスの上のほうをつまみ、体に沿わせてみる。白いドレスで、低い位置にベルトがついていて、なんの装飾もなく、袖もなく、けれども例のケープカラーが体の周りに垂れて、肘のところまで覆う。いわゆる肌着風のドレス、つまりドレス自体は形が定まらず、体にまとうことで形が現れる。着てみる決心が永遠につかないような気がしてくる。化粧台の上に掛けてある鏡をはずし、窓辺の壁に打たれた釘にかけた。射撃は、まだつづいている。一発だけ孤立して響いてくるかと思えば、数発がごく短い間隔で、まるで布を引っ張って縫い目を引きちぎるときのように、連続して聞こえてくる。何人かの石頭が（あるいはなんでも試してみる癖がある者なのかもしれない、雑誌に載っているアドバイスや、付随する無数の処方を読んで）まだぶどう畑で硫黄を撒いたり、亜砒酸ナトリウムを塗布したりしている[006]――だがわたしたちは、すでに仕事を切りあげた。祭だ。塀の上にのぼるようにして、自分の仕事の上にのぼり、向こう側にあるものを眺めるのだ。自分の外に出る、自分の上にのぼる。――だが、彼女はやはり決心がつかない。長いことドレスを自分の体に当てたま、勇気を出すと同時に勇気をなくしている。あまりに家のなかがしんとして、こんなに静かなのだから母親が出かけたのは間違いなく、まさにそれを期待していたのだった。窓の外で太陽がおりるのを見ているが、大きな庇があるから日射しはまだ彼女の元には届かない、けれども日が暮れる間際になれば入ってくるのはわかっている。そしてコンゴは手紙をポケットに戻してから、言った、「これでいいでしょう？」そして返事を待たず、「写してきます」。どの射撃場でも射撃がつづいている。着ないの？　着るの？

彼女は目の前で家々の影とぶどう畑の塀の影が次第に長く伸びるのを眺めていた――着古したドレスを脱ぎはじめた。

綿の長靴下を穿いていたが、長靴下を脱ぐ。ペチコートを穿いていたが、ペチコートを脱ぐ。

ブラスバンドの演奏がはじまった。

町のほうでは委員会を組織し、地域のすべての村の代表者が委員会に加わった。人びとは傾斜地へモミの枝と苔を採りにいき、小学生たちがそれを編んで葉飾りを作り、女たちの監督のもと、紙製のばらを差した。その間、男たちは敷石を外して、背の高い支え《フロン》（と彼らが呼ぶところのもの）、すなわち皮を剥がないままの高い支柱を地面に打ちこんだ。ここへ葉飾りを取りつけるのだ。

木々は、引き手つきの荷車や、馬二頭をつないだ四輪馬車で、傾斜地から運びおろされた。低いところへおりてきた森の木々は、通りすぎるぶどう畑に驚き、湖にはなおさら驚いた。普段は湖から遠く離れた位置にいて、高飛車に見下しているのだから。

男たちは鞭を鳴らす。目いっぱいかけたブレーキは絶え間なく鋭い音を立て、まるで霧のなかをゆく船のサイレンのよう。

真下に、町の通りがひび割れ模様を描くのが見えて、それは子どもたちが遊びで作ったあと、日なたに忘れていった泥の円盤に似ていた。

高いところから見えていた屋根の群れに向かって、少しずつおりていくと、屋根はだんだんと互いに離れ、次いでそれぞれに尖ってきた。

同時に、子どもの一群が小径のほうからやってきた。大きな子らは荷車を引いていたが、これらの荷車もまた荷がいっぱいに積んである。そして、その子たちの通ったあとは、黒土、樹脂、きのこ、モミの葉、樹皮の香りがした。その香りは、太陽のもと、湖から立ちのぼるむっとする匂いに交じって、強く爽やかに香った。人びとは各々の土地の風土が、真髄が、あらためて一堂に会し、互いに和解し、結ばれ合うようにし、各々の性質がふたたび混じり合うようにするのだ。さらに、薄葉紙、綿織物、ペンキなどで拵えたものもあり、なおかつ人びとは屋根裏部屋へ入って、まるめたまま何年もしまいこんでいた旗と、多少色あせてはいるがまだ使えそうな、いや使うことになる、ボール紙でできた楯形紋をもってくる――すると斧の音、鋸の音が聞こえてくる。商店のボルジョーさんが苦心しながら梯子をのぼるのを見てみんなが笑う、というのも突き出た腹が彼と梯子のあいだに挟まっているせいなのだが、どうにか最後までのぼり終え、窓辺に紙提灯を提げようとする――そのあいだもずっと、あちこちで、発砲音がつづく。

射撃場のなかでは射撃手たちが自分なりの鞭を鳴らした。彼らなりの革の細紐のついた大型鞭は乾いた音を立て、するとたちまちそれを真似た音が、二度、三度、四度、五度、六度と鳴る。

たちまち模倣され繰り返されるが、同時にだんだんと音はくぐもり、後を引き、長くなり、なかなか鳴り終わらなくなっていく。

それは傾斜地の形のせいで、籠の形をして二段階に出っ張っているため、くぼんだ部分がまるで音を受け入れるためにわざと作られたかのようなのだ。

一発の発砲音の反響がやまないうちに、次の一発がくぼみに入り、その次が、さらにその次が入る。行きと帰りがごちゃ混ぜになる。もはや終わりはなくなり、ただ延々とつづくだけ、あたかも傾斜地が車輪をつけてゴロゴロ走っているかのようで、それはいくつもの射撃場が段をなして連なっているせいなのだ。水辺に並ぶ射撃場では、岬から岬へ向かって水上に弾を撃ち、斜面の天辺に並ぶ射撃場では、ひだ状になった土地の上を、片方の斜面から片方の斜面へ、道や塀、人びとの頭を飛び越えるように弾を撃つ――もし、あなたが小舟に乗っているなら、あの意地の悪い大急ぎの蜂が不意に耳許でうなり、だれにも止められない勢いで一直線に飛んでいくのが聞こえるはずだし、さもなくば、その蜂は頭上の空を、アマツバメが夕べに鳴きながら素早く飛び去るときのように通っていく。

赤い旗があがるのが見える。

標的の前に赤い旗があがるのが見えて、それは中心を射貫いたという意味だ。黒いところに当たったときは白い得点板を出し、白いところに当たったときは黒い得点板を出す。

遠くには、四つか五つの標的が石積みの枠に囲まれて並び、それぞれの上にある大文字のA、B、Cが標的の番号を示している。標的はこうして特定の日になると息を吹き返す。傾斜地がまるで鞭打たれて精根尽きた馬車のようになるときに、標的は活き活きとするのだ。

ときには、得点板が長いことうろうろしてから、標的に置かれることもある。

「おい、畜生……なにやってやがる！」

そしてこう言うのが聞こえる。

「そんなわけないだろ！……四点だったはずだ、当てた自信がある。ちょっと右寄りの四点だ。この銃のせいなのか、それとも弾薬か？　リュバテル、おまえの銃と弾を貸せ……」

男は再度、位置につく。みんながそこにいて、それぞれ立ったり、膝をついたり、伏せて一セット撃ったりしているのだが、射撃手は乾いた土に寝そべり、一連の呼鈴に従いつつ、腕まくりをして、柔らかい麦藁《むぎわら》帽子のつばを引き下げて目許を覆い、左目をしっかり閉じ、もう片方の目をしばたたかせて、地面すれすれに狙いをつけはじめる。見ていると、銃身がゆっくりゆっくりとあがってきて、さらにあがり、少し片側へ寄り、もう片側へ寄る――つづいて、肩に衝撃が走り、同時に空薬莢《からやっきょう》が飛ぶ。

「四点、四点！　ほら見ろ、俺はわかってた、言ったとおりだろ。四点！　ルイ、記入してくれ」

そして別の者は、

「三点。記入してくれ」

水を飛び越え、下方でつながるふたつの勾配を飛び越え、塀に囲まれ、階段に囲まれて。そして黒い得点板、白い得点板、赤い旗。

「五点。記入してくれ」

「記入したよ」

ぶどう畑のなかの、ひとつの法面から別の法面へ。ひとつのぶどう畑から別のぶどう畑へ――弾は湖の上も通るが、ただ、ここはやりづらい、特に日が暮れてくると、空がまるごと落ちてくるので、黄色すぎたり、ばら色すぎたり、白すぎたり。彼らが「勝負にならねえ」と言うのは、ふたつの光に抵抗しなくてはならないとき。上から来る光と、下から来る光、たくさんの色があって、衣装もちの娘が着替えるように、くるくると変わる。次いで、大きな白い雲が光を跳ね返しながらやってきて、それは極地の海ではいくつもの雪原が思い思いにたゆたっているという、本のなかで語られる光景に似ている……


彼女はもう一度、鏡で自分をちらりと見て、まとめ髪が乱れているのに気づき、ほどいたので、髪の毛は神さまがくださったままの姿で両肩に垂れた。

家にはだれもいない。どの射撃場でも射撃がつづき、ブラスバンドが行進曲を吹いている。櫛を外せば、もはや抑えられていない髪は、両手に取ることができるから、どこまで伸びたかもわかる。カラフ、コップ、水差し、市松模様の蠟《ろう》引《び》き布で覆われた小さな化粧台、モミの床板、壁に数枚の絵。背中の真ん中、ベルトの位置より下まで伸びた。ブラスバンドは軍隊行進曲を演奏し、それから指揮者が「止めてください。やり直し……七小節目、いいですか?……」指揮棒が黒板の前で行き来する。ブラスバンドの男たちは学校のベンチに座っており、ただし大型の楽器、つまりボンバルドンや低音の楽器担当は立ちっぱなしだ。軍楽の演奏がふたたびはじまる。黒く、くるりと巻いて、つややかに光る髪の毛が、波だった湖面のごとく、横からの光を受けて揺れる。彼女は勇気を出した、勇気を出している、もう少しだけ勇気を出す。真新しい自分になるために、まるで生まれたばかりのようになるために、そしてすべてをはじめからやり直すために。ブラスバンドは辛抱強く行進曲の練習をつづけ、発砲音はあまりにも多いので耳に入らなくなってきた——長くて、まるくて、細くて、張りのある両腕、まっすぐで左右対称な二本の線となって上まですっと伸び、ほとんど震えていない……でもそれは本当じゃない。浅黒い肌。それから、さらにその上に、顔。彼女は勇気を出す、そして驚く。これがわたし?　口がひとつ、鼻がひとつ、目がふたつ、たったそれだけ、月みたいな顔、お月さまみたいに飾り気のない、まんまるな顔がこちらを見ている。それから歯を見せた、小さくて白くてネズミみたいな歯……そこで、もう一度、彼女は言う、「勇気を出さなきゃ、信じなきゃ……」顎が少しふくらんでいて、ハトが鳴くときに似ている——そのせいで、のどの上に筋が一本走っているのだが、そこまできて、気持ちにはずみがついた。きれいなドレスを取りに行き、こう思う、「あのひとのためだから」。恋が戻ってきて、あらゆるところにいた。外にも、内にも、空中にも、心のなかにも。存在するすべてのなかに、自分という存在のなかに、物のなかに。そして、日光が入ってくると、恋は日光のなかにもいた。

というのも、日光が不意に窓から入ってきたのだ。庇から離れ、庇とぶどう畑の向こうの山とのあいだに来ていた。他方、彼女はボール箱に入った新品の靴と、絹のストッキングを取りに行く。なにもかもがきれいになっているのだから、自分もきれいにならなくてはいけない。

花嫁みたいに真っ白な衣をまとう、その間に太陽は山へとおりていき、山は両腕を伸ばして身を起こす、まるで恋する女が寝ているところへ、恋する男が来たときのように。そして重たすぎる頭は前へと進み、肩のくぼみに収まる。彼女は笑う、「花嫁みたい……」。すっかり白くなり、すっかり準備ができている。

ブラスバンドは舞踏曲を演奏しはじめた。声が聞こえる、

「明日はいらっしゃる？」

「行きたいけど……」

「来られない理由があるんですか」

「子どもがね、体重が増えてきたから」

声が聞こえる、

「ばかなこと言わないで！　わたしたちと一緒にいらっしゃい。馬車に乗っていくから、子どもはみんな馬車に乗せればいいのよ」

「まあ、ありがとう！」

声が聞こえる、

「さあ、貸しな……おまえには重すぎるだろ」

ジリエロンが水汲み場で水を汲んできた少女に言っている。そしてジリエロンは、

「さあ、いいから、そのバケツをよこしな……」

射撃場で射撃がつづく一方、ブラスバンドはワルツを奏で、だれもが外へ出ていて、女も子どももいっぱいいる、
酒蔵の戸は開けられて、ワインが匂う、台所の戸は開けられて、パンが匂う、スープが匂う——互いに呼び交わす
——連れだって飲みに出る、明日の待ち合わせを決める……

「そして、わたしは行く、行ってあのひとに言う……」

鏡の前に白いドレス姿で立ち、

「わたしは言うの、「わたし、意地悪だった。あなたのことを警戒してたの、それは結局、わたし自身のことを警戒してたから……」」

声が聞こえる、

「あなたも？」

「そうしようかしら」

「それじゃ一曲、一緒に踊らせてください」

「なにがお好みでしょう？」

「ギャロップか、ソティッシュで[007]」

小刻みに震える笑い声、なぜならそれはジャキヤールばあさんで、あとからわかったところでは御年七十二歳。でも、そんなことはいいじゃないですか。「もちろん、いいわよ！」

ブラスバンドはワルツをはじめから終わりまで、ひとつの間違いもなしに演奏しきった。

暗くなってきた。射撃場からひとが戻ってくる、三々五々、銃を肩にかけて。

広場には、ベッソンがいる、ベッソンが相変わらず仕事をしている……

翌朝、六時に、射撃大会がはじまった。九時から十一時は中断し、その後再開して十二時までおこなう。つづいて、蒸気船が人びとを地域の中心にあたる町に運びはじめた。

臨時便が三便出て、汽笛はもはや鳴りやまず、一人また一人と乗客を埠頭に吐き出す。大きな白い外輪船で煙突はひとつだけ。イタリア号、サヴォワ号、ローヌ号、モン＝ブラン号（いずれもレマン湖で就航していた、または現在も就航している蒸気船の名称）。

そして人びとはゆっくりと船を出て、陽光のなかへ流れていったかと思うと、不意に広場の木陰に入り、ご婦人方の帽子はろうそくを吹き消したかのようになる。というのも、赤い帽子が流行っていたから。

湖のほうから来た人びとは、傾斜地の方角を目指した。街路をのぼりつつ、装飾に見惚れる。葉飾りをくぐり、旗飾りをくぐり、次々に現れる四つの凱旋門をくぐるのだが、門にはそれぞれ標語が掲げられており、そのひとつは、

　　ぶどう作りを讃えよ、
　　ぶどう酒こそ団結の元なれば……

と、見事な大文字で四角いボール紙に書かれ、人びとの頭上で風に揺れている。

　ふたつ目の標語が言うには、

　　人生は短く、来訪諸氏は
　　今夜のうちにお帰りになる
　　我々のことを思い出したまえ
　　ご帰宅ののちも……

その間、たしかに人びとはやってきて、見あげては、標語を読んでいた。

　そうやって鉄道橋のふもとまで歩いてくる。これ以上先へは行かず、ここで止まる。

　ここで人びとは立ち止まり、ここで人びとはたたずんだ。測量技師の図面のごとく、土地が目の前に立ちあがるのを目にした。地域の全体が姿を現す一方、自分たち自身は中心にあたる町に、つまり地域の真ん中に立っていて、眼前には地籍図の抜粋が、規則正しく並ぶ黄色や灰色や緑色の四角形、村を示す赤い染み、小道を示す一本線、道路を示す二本線などで描かれている。淡彩で、薄く、むらなく色をつけた具合だ。

地域があり、彼らは地域の中心をなす町の周縁にいて、待っている。湖水に、つまり利用できない以上、数に入らない四つ目の方向には背を向け——人間たちの土地、ひとの住む場所から、待ち受けるものはやってくるので、彼らはひょっとすると来たかと、何度も眺めてみる。でも、まだなにもやってこない。

最初にそこに立っていた人びとは、時間が経つにつれ戻っていき、また別の人びとと入れ替わった。相変わらず、なにも来ない。まるで壁紙だ。一向に動かない、語らない、黙っている、地中にもぐってしまったかのようだ、日曜だから。ぶどう畑にはだれもいない、道にもだれもいない。大時計が二時を打つ。

最初は太鼓の音だった。

村の数は簡単に数えられる。どの村にも道路が通っていて、同じ一本の道路がつづくこともあれば、複数の道路が交わることもある。いくつかの村の人びとは、上のほう、すなわち尾根のほうから来る予定だ。他に、傾斜地の中腹から来るものもあるし、もっと下のほうから来るものもある。これらの村を簡単に数えられるのはなぜかと言えば、裸で、剝き出しで、絵に描いたようにすっと目に入ってくるからだ。ひとつ、ふたつ、三つ、四つ、五つ。加えて、村から離れて立つ数軒の家のかたまりがあり、いくつか廃墟となった塔がある。

五つの村、すなわち五つの自治体。まだなにも起こらない。次いで、太鼓の音がしたような気がする。下のほうにいる人びとは言う、「聞こえた?」「いや」「たしかに聞こえたよ……ほら……」

見ることはできない、遠すぎるから。上のほう、ずっと上のほうの村、尾根の上、左側。そこの人びとの紋は黄金の玉《ぎょく》と十字架で、まさにいま、彼らは頭上に玉と十字架を掲げた[008]。玉と十字架を、自分たちの手前に、道路の両端にそびえる塀よりも高く掲げて、村の一番端にある家の角の向こう側から出てきた。太鼓が先頭で、次にブラスバンドが来る。村人たちは幟のあとを、黒い晴れ着姿で歩く、玉が描かれ十字架が描かれた楯形紋の後ろを歩く。村長、村議会議長、議員。それから付き添いの娘たちと射撃手たちが、あの高いところにある道路の、左のほうに見える――他方、より低い位置の右側からは、いまや緑色の三本のモミを表した紋をもつ人びとがやってくる。

そろそろだ。まだなにも見えない。上にいる人びとは左から右へ進み、より低いところにいる人びとは右から左へ進んでいるのだが、まだ見えない。玉と十字架の後ろ、三本モミの後ろには、村の人びとがいて、三本モミのほうにもやはり白い衣装を着た付き添いの娘たちが八人、そのなかにマティルドもいるのだが、二人ずつ並んで歩いている。そしていま、花を手に、二人ずつ、日陰から出て姿を現す、白いドレスを着て、美しい髪を見せて――わたしたちの苦労の日々ののちに約束された女たち、あるときわたしたちのものとなる女たち、いやわたしたちというより、おまえのものになるかもしれない、その女は報いとしておまえと寝床をともにし、おまえは彼女に口づけをひとつあたえるのだ、それからもうひとつ、そしてさらに三回目は、じっくりと。

まだなにも見えなかった。次いで、「おい！　見えるか？」

「ひとつめだ、見えるか？」

「ふたつめ」

「三つめ……」

「三つめはどこにある？」

今度は、中ほどにある村だ。合わせるとたしかに三つある、三つの幟が塀の上に飛び出しているのが見分けられる。今度のは、房がたくさんついたぶどうの株だ。

そうこうするうちに、いまや四つになり、次いで五つになる。少しずつやってきて、近づき、大きくなる。いまや塀の上から、人びとの顔や、上半身や、ニッケルめっきの楽器がはっきりと見分けられて、幟もまた、こちらのほうへ傾けられ、こちらへ向かってくるのがよく見える。

すると、ここに住む人びとと、大きなぶどうの房がその一房だけで布地の上の楯形紋を埋めつくすという紋をもつ人びとは——頃合いを見計らって合図を出した。一発の大砲と、教会の鐘。

ここに住む人びとは、他の村々の行列がもうすぐ集結することを見てとったものだから、自分たちも行列を作った。消防士たちは綱を持って走り、群衆を街路の脇へ、歩道へと押しやり、そこに場所を取ることができなかった者は広場まで押されていった。大砲が撃たれ、鐘が鳴り、ブラスバンドが一斉に演奏をはじめる。鐘、大砲、合奏。

どの窓も外へ向かってふくらむかのごとく、人びとの頭がはみ出している。すり減った砂岩の額縁のなか、四階分、五階分と、積み重なる顔また顔。家々の正面玄関は、基礎が人の体でできているかのよう。窓から見ると、敷石をところどころに見つけるのがやっとのありさまで、それほど旗や楯形紋や葉飾りだらけだった。もはやそれらが揺らめくのが風のせいなのか騒音のせいなのかもわからず、その間に教会の鐘は揺れ、大砲は一定の拍子で撃たれる。この土地の全体から人びとがいなくなってここへなだれこんでいるのは、水が屋根から落ちてくるのと似たようなもので、この場所で彼らはみんな迎え入れられるのだ、なぜならここそが中心であり、終点だから。そして、この場所をさらに美しくするために、目の前には湖があり、そこにはたくさんの船、たくさんの小舟が、太く低いニレの幹や、より細くて高いポプラの幹の合間から見える。そして、並ぶ屋根の上には、だれかがいて、さらに空からもだれかが眺めている、つまり一機の飛行機が。その背後には、弧を描いて傾斜地が納まっていて、ほうぼうから挨拶され、歩きまわられ、音楽や呼鈴の音に優しく撫でられていて、時には大砲の音が巨大なシャボン玉のように、ぶどう畑の塀にぶつかってはじける……

まさにそのとき、窓から見ていた人びとは、敷石がゆっくりと動き出し、するすると広場のほうへ流れていくのを目にしたから、手を打ち鳴らし、いいぞと叫んだ。白、白と黒、そしてまた白、「いいぞ、お嬢さん方！」それから赤と白、「いいぞ、玉の紋！」そしてさらに「音楽万歳！」と来たが、この声にいたっては聞き取ることができず、いくつもの口が開くのが見えただけ、それほどまでに音楽は急に鳴り響き、同時に人びとの目はくらんだ、というのも演奏家たちは楽器をピカピカに磨いてあったのだが、それらの楽器が、屋根と屋根のあいだに差した陽光の下をくぐったのだ。――次いであちこちで帽子が掲げられた。「モミの紋、万歳！」そして「お嬢さん方に万歳！」薄いストッキングに、革製の上等な靴で、顔をきりりとあげて、笑ったり、合図で感謝を示したり、そんなお嬢さん方に人びとは花を投げる……

真っ白だった……

次いで、ふたたび黒くなり、そこには麦藁帽子や銃身が混じっていて、そうやって列は流れつづけ、同じ速さで、一定の拍子で、同じ足並みで、同じ方向へ動く、動いていく。


広場の、東側の端には、木馬と射的。反対側の端には、大型テントを張った集会所。

警察からの指示で、式典のあいだは、木馬を回すこと、射的をおこなうことが禁じられている。群衆はしんとなり、最後の軍楽が鳴りやんだ。白鳥が一羽、羽をばたつかせてから、飛び立つのが聞こえた、空気をひゅんと鳴らして、入り江の上空を。木々の上のスズメたちは邪魔をされたが、あらためて自分の場所にもどってきた。その音とともに、湖の音も聞こえた。波はないのだが、どんなに凪いでいるときでも、水面には動きが生じるもので、それは呼吸する胸元の動きに似ている。動きは上へ向かい、下へ向かい、上へ向かう。

だれもが黙っているあいだ、湖の音が聞こえた。一人目の演説者が立ちあがる。

「ぶどう作りのみなさま……」

斜面の上のほうには、ベッソン、すなわち詩の源である男がいるが、詩は彼のもとを離れた。人びとにとって、もはや彼は必要がなくなる。だから、この同じ瞬間、彼は立ち去ろうとしている。

人びとは舞台の前にいて、舞台には大きなテーブルがある。湖の波音が聞こえる。舞台上で、一人目の演説者が立ちあがった。

一人目の演説者が立ちあがり、他方、テーブルの周りには、お嬢さん方が半円型に並んでいる。両手を重ねていて、剝き出しのきれいな両腕が、体に対し斜めに伸びている。

第一の演説

「ぶどう作りのみなさま、射撃手のみなさま、親愛なるみなさま……」

白鳥はすでに入り江の反対側に着いた。そこで白鳥は降下し、手のひらで水面を打つときと同じ音を立てて着水した。

「ぶどう作りという、ひとつ事に徹するみなさま。ぶどう作りという、為すべきを為し遂げたみなさま。射撃手およびぶどう作りのみなさまへ、わたくしから敬意を表します。みなさまが作りあげた、まさにそのものゆえに、というのも、それは隠そうとしても隠せるものではないのですから……」

テーブルに並んだ祝いのワインを指し示す。

「あまりに輝かしく、あまりに美しい色で、あまりに香りがよく、あまりに味がよい。それがここにあるので、敬意を表するわけです。上澄みだけをすくうような方々もおられます、うわべの楽しみで事足れりとする方々です。対して、あなた方は深く事をおこなった。あなた方は、まず土にぶつかっていきます。土を見つめて、「行くか?」と、こう言うのです。親愛なるぶどう作りのみなさまはよくご存じですが、この土というものを相手にすると、ぶつかっては汗を垂らし、怒り、泣き、罵り、呻《うめ》かなくてはなりません。ぶつかっては何度も「否」と言わなくてはならない、聖ペテロがそうしたように否認しなくてはならない、それはわたくしたちが土を愛するがゆえでありまして、時により愛は裏返しとなり、逆向きに働くのです。しかし、あなた方は耐え抜きました。そしていま、すべてが報われたわけです……」

「そのとおりだ」とボヴァールは言う。

「そのとき、物事があなた方に似てくるということが起こります、周りじゅうでそうしたことが起こりはじめるのです。周りは変わって、あなたは変わらない。周りはあなたに似せて、あなたに従って変わるのです。あなたの言うとおりになってくる、あなたに屈して、従順になる。あなたは見て、こう言います、「これは、わたしだ……」と。見渡して、言うのです、「これはわたしだ……ああ、あれもわたしだ」と。ぶどう畑にはもはやあなたしかいない、どこを見てもあなたばかりだ。そこで真の喜びを覚えるのです、終えた喜び、為し遂げた喜び、より強い者となった喜び……」

「ああ、そうだ、そうだ、まさしくそのとおりだ！」とボヴァールは大声をあげる……「俺がいつも言ってきたとおりだ」

「……ぶどう畑でも家のなかでも同じことです、妻は元気で、子どもも元気で、台所は清潔というわけです。で、そうなりますと、男たちは集まってまいります、というのも男は満足なときには他の男に近づいていくものですし、不満なときには他の男を避けるものですから。紳士のみなさま、ぶどう作りのみなさま、親愛なるみなさま……」

拍手喝采。

「……物事を結びつける力にこの一杯を捧げます。仕事における結びつきと、それがもたらす、その次の結びつき。みなさま、ぶどう作りの方々、射撃手の方々、議員の方々、各担当局代表の方々……物事を結びつける力に、本日わたくしたちがこうして共にいることを可能にしてくれたものに……」

ボヴァールは真っ先に立ちあがり、いいぞの声が飛び交うなか、杯を掲げた。

第二の演説

「みなさま、

わたくしも同じことを申しあげるためにまいりました、なぜなら間もなくお気づきになるでしょうが、大事なことというのは少しの数しかなく、しかもつねに同じなのです。ただ、わたくしは家族の名においてまいりました、そして家族の一員としまして、まずは栄誉ある弁士に謝意を表した上で、おっしゃったことをわたくしたちは理解したと、こう申しあげます。それから、こうも申しあげたいのです。「いまこそ、わたくしたちのあいだにお入りください、なぜならあなたもまた、家族の一員なのですから」と……」

するとすぐ間髪入れずカラマンは、止めようとする人びとにかまうことなく口を挟んだ。

「賛成！」

「……わたくしたちは金銭によって分断され、利害によって分断されました。ずっと一緒に働き、同じ仕事をし、同じ土を耕しているのに、わたくしたちは分け隔てられて生きていました、分け隔てられて生きていることを不幸に感じていました。未だ金銭を乗り越えることができず、金銭に取りこまれていました。利害があり、嫉妬があり、政治的対立があり、諍《いさか》いがありました。体の苦しみだけではなく、心の苦しみもあり、それが六日間つづきました。そして七日目が来たのです」

「それなら知ってるぞ」とカラマンは叫んだ、「昔から知ってるんだ」

みんなはカラマンを黙らせる。

「……と言いますのも、世界は六日かかって出来たのでありまして、ついに今日、七日目がやってきたのですから……」

そしてカラマンは片手を挙げてまたなにか発言したが、その声は弁士の声に紛れて聞こえなかった。

「……たった一人の人間なのです。老いも、若きも、男も、女も、子どもも。なぜなら、ひとつの土地がわたくしたちを受けとめたのでして、その土地はここに、ご覧のとおり、すぐそこにあり、わたくしたちを膝に載せ、スカートと胸元に押しつけるように力のかぎり抱きしめているのです。——性別があり、年の差があっても、隔てるものはもはやなにもないのです、これほど互いに交ざり合っているからには、もはや二度と解きほぐすことはできないのです、そうではありませんか……」

一方、カラマンは片手を挙げるに留まらず、体ごと立ちあがったので、みんなはやむを得ず、無理に座らせた。

「……交ざり合ったこの同じ血が、二度とふたたび分離されることはないのです、今日この日は、先ほど申しあげましたとおり、七日目なのですから……本日はこれだけを申しあげて終わりにします、なぜかと言いますと、特定のどなたかのことをお話しするならば、分け隔てることになってしまいます。あれこれの会社のこと、組織のことをお話しするならば、分け隔てることになってしまう……浅黒く日に灼《や》けたぶどう作りのみなさま、ご婦人方、小さな娘さん方、若いお嬢さん方……いいえ」

彼は言う、

「わたくしにはそのようなことはできません」

「おっしゃるとおり！」とカラマンが叫ぶ。

「……代わりに、もう一度だけ、どのように一体を成しているのか、わたくしの目から眺めてみたいのですが、よろしいでしょうか？　わたくしは少しみなさまから離れて、遠目に眺めてみます、そして戻ってまいりますと……こう思うわけです、「静かだった」と……」

実際、もはやなんの物音もしない。カラマンすら黙っていた……

「……晴れた日曜の只中で、実に穏やかに一体を成しているのです。ただほんの少し、片側へ揺れては、もう片側へ揺れるのです、母親が子どもをあやすときのように……一人の子ども……大勢の子ども。ここにいるだれもが、一緒なのです」

彼は口をつぐむ。長い沈黙がつづいた。次いで、大砲が一発鳴った。

賞品の授与がはじまった。

一人また一人、射撃手たちがテーブルのところへ行くと、お嬢さん方は各々にあたえられる賞品を、葉飾りと花飾りの合間から取り出す——銀の杯、錫の壺……


人びとは射的の的を射ていた。回転木馬は三台あった。蒸気で動くものが一台、小型の馬一頭が引くものが一台、そして人間が腕で回すものが一台。三種類の音楽が大気のなかで入り交じるさまは、三本の煙が無風のため消えずにいるときのようだった。一人の男が、ハンマーで力いっぱい、トルコ人の頭をかたどった台を叩いて、賞品をねらっていた。叩いた衝撃で、目盛りに番号を振った梯子状の装置に沿って鉄製の部品がのぼっていき、上のほうには鐘があって、これを鳴らさねばならない。鳴れば、もう一度叩ける上に、黄金色の葉のついた素敵な紙製のばらを上着にピンで留めてくれる。ただ、この男は上着を脱いでいたので、ばらはシャツに留められ、そうやって四つのばらを獲得していたのだが、まだ止めなかった。

彼は言った、

「さあ、みんな見てろよ」

人びとは言う、

「機械が壊れるぞ！」

「六回……七回……」

頭の左右に腕をあげたかと思うと、ハンマーは半円を描いて宙を切る、木の幹を割るときのように。ただし、彼の場合、まるで地面を割ろうとするかのようで、地面は足許で軋み、震える。次いで、雹害防止砲[009]を放ったときに似た破裂音が響く。

天辺の鐘が鳴る。

「八回！」

「なんてやつだ！」

だが、男はまたも両腕をあげる。主人に言う、

「ばらは地面に置いてくれ……」

装置の主に向かって、そう言う。

「九回……地面へ……さあ、見てろよ」

そしてみんなはまたもや足の裏に衝撃を感じ、遠くからでも足を通じてその音は聞こえつづけて、他方、回転木馬は回り、子どもたちは小さな木馬に、大人たちは蒸気で走り汽笛を鳴らすほうに乗る。銅製の小部屋が四列も並び、上部は鏡や絵で飾られているのだ。

木々のあいだには電飾がある。電飾は木から木へと連なり、湖岸に沿ってつづいていく。

電飾は花綵《はなづな》状に、何列も重ねて枝に吊ってある。白いランプがひとつ、次いで緑のランプがひとつ〔白と緑はヴォー州の旗の色〕。

わたしたちの二色、わたしたちの美しい二色、片方の色は石を、塀を語り、もう片方の色は葉が開いたときのぶどう畑を語る。

「どうだね」と彼らは言った、「うまいこと飾っただろう？」

さらに蒸気船が、出航し、到着し、汽笛を鳴らし、外輪で湖面を叩いたが、それらの船自体もまた旗や色つきランプを満載していて、そこには船が連れてくるほかの土地の色も加わっている、三色旗、黄と赤の二色、赤と白の二色〔三色旗はフランス、黄と赤はジュネーヴ、赤と白はサヴォワの旗の色〕。他の土地から船に乗って訪れるのだ、二箇所、三箇所、四箇所と、周囲の土地から惹かれてやってくる。それなら、みなさん、よそのみなさん、いらっしゃい、場所はありますす、それに渇きをいやすものもありますよ、ワインと、それから人情と……

集会所は満員だった。肩が触れ合っていた。テーブルの両側に置かれた長椅子に腰かけ、目の前には舞台があって、壇上では白い衣装の体操選手たちがピラミッドを作るさまが、ベンガル花火に照らされている。花火は、緑がひとつ、白がひとつ、緑がひとつ……

その間も回転木馬は回り、人びとは射的の的を射る。

「十七回……十八回……ばらは俺の前に置いてくれ……」

ドン！　ハンマーの一発、鐘。

「十九回……地面に置くんだよ、いいか」

ドン！

そして上のほうへひゅっとあがるのだが、いまやなにも見えない、日が暮れたから。でも音は聞こえて、鐘が新たに鳴る。それは広場の東側の端で――もう片方の端には集会所のテントがある。中央には仮設舞踏場がしつらえられ、上がり口の何段かの階段も、演壇も整い、周囲は板で囲われて、モミの枝が釘で打ちつけてあった。

青年はマティルドに言った、

「来ない？」

歓声があがった、体操選手たちに応えて――二人は芝生の上を歩いた。

ボヴァールのほうは、こう言っているところだった、

「ここまで来れば死ねるな……報われたんだから……」

集会所のテーブルに着いていた。その場所で、ブラスバンドの演奏の合間に、ここまで来れば死ねると、声を出して語りはじめた。

息子を呼んだ、

「アンリ、いるか」

恋する二人は一緒にいた、芝生の上を一緒に歩いていた。そして舞踏曲となり、ブラスバンドはメドレーを奏で、人びとはリフレインを合唱する。

ボヴァールは言った、

「俺をよく見ろ……先に逝くのは俺だ、忘れるな……俺を哀れむんじゃないぞ。俺が永遠に横たわっているのを見る

ときには、こう思うんだ、「すべてうまく行った、親父は報われた」と。こう考えるんだ、「順番どおりだ、勘定は合っている。親父はあたえたが、あたえられもした、釣り合っている」と」

そして向こうでは、二人がダンスを踊った。そしてこちらでは、ボヴァールが、

「そういうふうに考えるんだ……」

息子が自分よりも先に逝くとは考えない。それに、万一、息子のほうが先に逝くのだとしても、

「おまえが俺の目を閉じるときはそう考えるんだ、それは俺がおまえの目を閉じることになったとしても、同じことだ。みなさんも聞こえたでしょう、あなた方が証人です……」

そこで彼は自分の作ったワインを一本もってこさせた。するとカラマンが、

「承知した！」

ボヴァールは自分のワインをもってこさせる。

「俺のワイン、俺自身のワインだから。さあ、あなた方が証人です……アンリ……」

アンリと杯を合わせる。

「ジリエロン」

ジリエロンと杯を合わせる。

「ブロン、おまえも」

ブロンと杯を合わせる。

「カラマン、おまえも」

カラマンはもうずっと前から自分の番を待っていた。カラマンは飲んだ、そして黙っていた。ひと息に飲み干すが、なにも言わず、次いでグラスを置くが、やはりなにも言わない。それから、みんなに見られているのを好機とばかり、右の手を大きく開いた。

五本ある指のうち、四本を閉じる。

一本の指、その指だけを見せて、言う、

「ひとつ。ひとつきり」

するとジリエロンがうなずく、裏切られたジリエロン。しかし彼は「なんでもないことだ」と言った。裏切られ、妻は去ったが、彼は言う、「それはもう勘定に入らない……」妻もなく、子もなく、家もなく、家具もなく、土地もなく、ぶどうもない、だが言う、

「やあ、カラマン！　乾杯だ、カラマン！」

なぜならカラマンは言うのだ、

「たったひとつ！」

人びとは舞踏場で踊っている。赤い襟の水夫たち、青い襟に糊のきいたパンタロンの水夫たち、きれいに髪を波打たせたお嬢さん方が、ランプの明かりのもとにいる。たったひとつの動きがあり、たった一人の人間がランプのもとにいる。演壇には音楽家たちがいて演奏しているけれど、音楽も、音楽家も、あらゆる場所にある。ここで鳴ってい

る音楽がどこで終わり、別の音楽がどこではじまるのか、もはやわからない。そのなかで人びとは回転し、移動し、歩き、止まり、腰かけ、立っている。あらゆる場所に同じ音楽が鳴っている、なぜならその音楽は自分のなかにあるから、わたしたちのなかにあるから。どこへ行こうと、どこを見ようと、だれもが触れ合っている、肩と肩、肘と肘、心と心で。一人が動けば、すべてが動く。そしてコンゴはと言えば、遅れてきたので、舞踏場にようやくたどり着いたところだった。着くなり最初の一言は、「ここに入ってるんですよ」

上着のなかにある手紙を撫でると、緩衝材入りの、まだ糊づけしていない封筒を開く。そしてあなたを舞踏場のランプの下へ引っ張っていき、こう言う、「読みあげますから」けれどもだれかに言われる、

「お静かに！」

実際、隣で急に話し出したひとがいた。ミリケだ、年老いたミリケ、ぶどう畑のなかを、上のほうからおろしてもらったのだ。

彼は両脇から支えられ、支えるほうは二人がかりで、彼と一緒に来た、それぞれ片方の脇を抱えて階段をおりる手助けをしたが、それは彼がずっと昔、発破によって目を焼かれてしまったからなのだった——彼は日が燦々と照る日でも闇のなかを進み、陽光を浴びてぶどう畑のふもとを進みながら、「いまどこにいるんだ？」と言うのだった、「一体どんな天気なんだ？　暑いのはわかるが、曇りなのか、灰色の空なのか、嵐が来そうなのか、それともきれいに晴れてるのか？」

するとと周りは言うのだった、

「きれいに晴れてますよ」

そんなふうに、闇のなか、目をもたずに。二人のひとに脇を支えられて——そのとき、だれかがコンゴに言った、

「ここを離れな」

なぜなら老ミリケが言ったのだ、

「見える……」

いまや、彼こそが舞踏会の様子を教えてくれる。彼が語るものは人びとの目には見えない、なぜなら彼は自分のなかでそれらのものを見ているのだから。

ひとは舞踏会を見る。そして彼のほうも見ているのだが、ただ見る方法が違う。彼は自分よりも少し背の高い仮設舞踏場の前にいる。なのに、首をあげることはなく、下を向く。あたかもそれが下のほうからやってくるかのように、地下からやってくるかのように。

「妙だね、全部見えるよ」

連れられてきて、老ミリケは目を閉じたまま、そこにたたずむ。そしてコンゴは手紙を手に遠ざかった。

ミリケは目をもたない、目をもたないが見える、目をもたないからこそ見える。

「剽軽《ひょうきん》だね、あの女の子は、そうじゃないか？　あのばら色のリボンをつけた黒髪の女の子だよ、指くらいの太さしかない小さな小さなリボンをつけた……」

その間、何組かの二人連れが舞踏場の周縁を散策している。ばら色のリボンはどこにもない。彼の言うような黒髪

の女の子はどこにもいない。ただ、彼には見える、彼にしてみれば見えるのだ。

「おや、ガタバンが来た……」

ガタバンはいない。

「それにロジーヌも……おおい、ロジーヌ……」

ロジーヌはいない。

けれども彼は声をあげて、

「やあ、ロジーヌ……元気にしてる？」

彼は言う、

「恋人を変えたんだね……」

彼は会話する。ひとくさり語りかける。それから、

「なんだ、クリシネル、相変わらずおまえがバス担当なのか！」

と、舞台上のずっと高いところにいるはずの音楽家たちの一人に声をかける——うつむいたまま、

「いや、すぐにそうじゃないかと思ったんだ、あんなふうに吹くのはおまえしかいないから……やめないで、つづけてくれよ」

都合のいいことに、バスはたしかにそのとき、楽器に溜まった水を出すために演奏を止めたのだ。だからミリケは、自分が間違っていなかったことを理解した、

「返事なんかしなくていい！　早く演奏を再開してくれ！」

相手はマウスピースをつけ直し、ふたたび吹きはじめた。ミリケは言うことを聞いてもらえたのがわかった。嬉しくなり、彼は言う、

「ああ、どれも真っ白でかわいらしい、よそゆきのドレスだな、それにリボン、結んだリボン！　それにしてもずいぶんよく照らす明かりを使っているな、なんの照明だろう、灯油ランプか？」

流行や習慣を遙かにさかのぼり、まだ電気のない時代まで戻ってしまったが、自分のなかにそれが見えるのだ。彼は、そこにあるものを見ているのではなく、そこにあったものを見ている。

そしてコンゴは、そのあいだ、手紙をもって集団から集団へと回る。

コンゴは片手を上着のポケットに当ててから、えっちらおっちらとやってくる。服は裾がすっかりほつれ、カラーもなく、雨の染みだらけの帽子を耳のところまで深くかぶっている。人びとは喝采し、彼を呼ぶ。今日は、そう、だれであろうと、現れたなら迎え入れられ、わたしたちのなかに居場所を見出すのだから。だれでもそうなのだ、もはや違いというものもなければ、距離というものもない。

「こっちだ、コンゴ……」

みんなはあちこちからコンゴを呼ぶが、彼は、よそで先に呼ばれているからあとで寄る、という合図をする。笑い、耳の傍でばら色の片手を動かす。そして大声でこう言う、「もう少ししたら、そっちにも行って手紙を読みますよ、約束です」――人びとに押され、抱えあげられ、くるりと回る。ブラスバンドは新たな曲を演奏し、人びとは喝采す

る。彼はやってくる、「こっちへ来い、早く早く、そこへ座って。ほら、一杯……」

するとカラマンは、

「ひとつ、ふたつ、三つ、四つ、五つ、六つ」

次いで、指を一本立てて、

「ひとつ」

片手を開くと数がある。彼は数える。

数えあげる。手をむすんでは、ほどく。


恋人たちは二人きり、これほど多くの体に囲まれながら二人の体だけがあって、ほかはどれも存在しないかのようだった。もはや自分たち二人しかおらず、次いで、もはや二人ですらなくなった。二人はふたたび芝生の上を歩いた。騒音のなかを、まるで物音ひとつない静寂のなかであるかのように進んだ。頭のなかにある言葉はもはやどれひとつ、いま思っていることの役に立たない。話す必要があって、でも同時に、どう話していいのかわからない。

「ああ、君は意地悪だから……」

彼女は一段と彼のほうへ体を傾げる。傾げることで答える。

「するとある晩、あいつらが「あの娘のところに行こう」と俺に言ったんだ。俺たちは四人だった。そのときかもしれない。ねえ、そのときだった?……」

けれども、彼女もまた、もはやなにを言っていいか全然わからない、だから体を傾げる。

照明をつけた木馬がずっと遠くで回っている、それから木馬は遠くで黙る。二人は、なおも芝生の上を歩いている。湖岸に着くと、木の幹のあいだに石のベンチがある。二人にはすべての明かりが消えるのが見え、すると自分たち以外のものはすべて遠ざかっていき、目の前には空がやってきて、空のなかには星々がやってきた。青い坂をのぼっていく、というのも二人の前には水があるから。わたしたち、わたしたちの体、わたしたち二人、でもひとつでしかない、あなたとわたし。地面がひっくり返ったかのように感じられ、二人は空の上から眺めている。漁師の小さな家の前には、筌《うえ》〔円筒形の籠で魚を獲る漁具〕が積んである。白い鴨が黒い雌鶏とごっちゃになって眠るその横に、二組の櫂《かい》が壁に立てかけてある。二人は山の頂から眺めている。ものはすべて下のほうに、ごく小さく見える。砂浜があり、小石の浜がある。そして空はひっくり返ったから下にあり、彼は腰かける、いや腰かけたのは彼女だろうか？　二人はもう自分たちの手をほどくことができないのがわかる。彼はもうどれが自分の手でどれが彼女の手かわからない。握っているのか、握られているのかもわからない。自分の感じていることが、自分と彼女のどちらが感じていることなのかもわからない。彼女は彼の思考のなかで考え、彼は彼女の思考のなかで考える。彼女はさらにいっそう、前へ倒れかかる。自分自身の頭を、彼自身の心臓の位置にくっつける。彼女は彼の心のなかで考える、自分自身の頭で考えたことを。一発の花火が二人の頭上で炸裂し、色とりどりの三つの球体が落ちてくる、青いのと、緑のと、赤いのと、そして彼は球体がおりていくのを眺め、同時に球体は彼に向かってのぼってくる。花火は空のなかをおりてくる一方、水のなかをのぼっていく。二人はもはや、自分たちが座っている石と同じものになり、そして対岸の岩山の上には、さらに岩山がつづく。岩山より下の、低い位置には、また空が広がる。下のほうにふたたび現れた空は、二人のもとにうずくまっている。空にある普通の星々に、人間の作った星が今宵は加わり、人間の作った星のほうは、おりたり、のぼったり

——そして二人は微動だにしない……

第十五章

まさにこの日を選んで、彼は旅立つことにした、なぜならもはや人びとにとって、自分は必要ないとわかったから。ベッソンは背負籠の底に、いつものように下着類と仕事着を丁寧にたたんで収めた。その上に、紐を使って、柄つき籠や物入れ籠をつなげ、積みあげた――もはやここでは使われることのない籠、ひとつ、またひとつ、どれもしっかり皮を剝いだきれいな白い柳でできている。あの見事な柱、見事な構築物、蒸気、雲を、ふたたび作る。そして、背負籠を地面に置くと、両手を高くあげて、籠からはみ出す最後の数個を、上のほうへ二重結びで固定する。

村にはもうだれもいない。彼は去るが、彼が去るのを見る者はいない。

貸家の家主の女は、家の鍵を彼に渡し、キョウチクトウの樽の下に隠しておくよう求めたのだった。そして言った、

よい旅を！

彼女は祭へ出かけた。

彼は一人きり。だれにも知られることはない。

背負籠を子どものように両腕に抱きとる。椅子に載せる。テーブルには載せようとしたところで載せられなかった

だろう、積み荷の背が高すぎるから。

椅子に載せる。それから後ろを向いて、少し腰をかがめなくてはいけない。

廊下を進み、後ろ手に戸を閉める。錠のなかに太い鍵を差して回すと、引っかかり、ギシギシいい、キーキーいう、油が足りないせいだ、引っ張ってもなかなか抜けない。

玄関の階段のところまで来る。階段をおりる。路地に出る。そこでは、庇の下でキョウチクトウが散りかけている。鍵を樽の下、二個の敷石のあいだに置く、言われたとおりに。路地をのぼっていく。

小さな広場に着く。

しばし立ち止まり、自分がいた二本のスズカケのあいだの場所を見る。最初のころは雨が降れば頭上に覆いを渡したが、その後、頭上には、小さな束を成した葉が太い枝の先に生えてきて、それはまるで岩場に生える灌木のようだった。

彼がいたところ、これからいなくなるところ、二度といなくなるところ。だが、だれも彼のことは気に留めない。

しばし立ち止まり、見る。それから踵を返し、右手にある別の路地に入るが、この路地は街道へとつづいている。まだ何歩かは日陰のなか、ゴツゴツした小さな敷石の上、上下二段の窓が二列、三列と並ぶ下を進んだ。どの窓も開くことはなかった。

宵だった。傾斜地のなかの街道をのぼりはじめる。さらにもうしばらく歩く。宵だ。フェルトの帽子を後ろへずらし、杖を持って進むことで、だんだんに事物の上へと上昇していくので、こうなると事物が彼から離れていくのか、彼が事物から離れていくのかわからなかった、というのも彼はひとつの方向へ進み、事物は逆方向へ進んでいくのだから。事物は退き、縮まり、小さくなる。村は退き、同時に縮まり、下へおりていく。村は横向きに流れると同時に斜面を滑り落ち、進む者はただただ進む。

虚空にぶらさがる小さなばら色の食堂が目に入るところまで来た。食堂のなかにはだれもいない。彼はそこに、塀の上に腰かける。その場所は切り立った斜面で、石塀の面に区切られながら、すとんと湖まで落ちていく――このあと、食堂の前を通り、さらにその先に、街道の最初の曲がり角が来る。というわけで、彼はそこに腰かけて、いま来たほうを向いている。だれもいなかった。一人きり。湖のほうを眺める。長いあいだ、湖はセメント製のタイルにじょうろで水をかけたかのようで、かけた水によってタイルの表面に、交差する黒い線が浮かびあがっていた。長いあいだ、山はほとんど見えず、それは暑さのせいで立ちのぼる白い埃が原因で、まるで部屋をほうきで掃くときのようだった。強すぎる光、強すぎる太陽の輝き。そしてすべてがごちゃ混ぜになってそこにあった。だから彼は、最後の一仕事として、立ち止まり、事物をあるべき場所へ戻した。

山々は洗われた。湖はひとかたまりをなし、さらさらした、大きく美しく一様な面となっている。塀の上に腰かけて、彼はばら色になり、背負籠もばら色になっている。彼は事物の只中にいる。事物があるべき場所に収まっているのが目で見てわかる、もう発ってよいことがわかる。

彼は見る、すべてこれでいい。彼は聴く、すべてこれでいい。

周りには静寂、周りじゅうの斜面に静寂と孤独――ただ一点、彼方の湖畔に町の屋根の集まりがぽつんとあるだけだが、それは脈打つ心臓に等しい。

湖畔が伸びて岬になろうとするその手前、まるでわざとのように平らになった誂え向きの土地に、その集合はあるのだが、いま、それは単なる屋根および数百の住人たちの集合とは、別のものとなっている。

その場所で、人びとは歌った。人びとはともにいる。人びとは舞踏曲を演奏した、ともにいる、ともにくるくると回っている。オーケストリオン〔複数の楽器の音を奏でる演奏機械〕や手回しオルガンは人びとの言うとおりに演奏をはじめたり、止めたりと、わたしたちの意志にしたがって動く。すべてうまく行っている。だれかが演説をしたらしく、喝采が聞こえる。詩人たちがいるのだ。もはや人びとに彼は必要ない。彼らは語ることを学んだ、みんな語ることを身につけた。だから彼は口を閉ざす。彼らはみんないっぺんに話している。彼は一人きりで、これですべてうまく行っている。

彼は眺める、すべてがあるべき場所に収まっている。

向こうで人びとは新たにダンスを踊っている、すべての回転木馬を同時に回転させている。笑うのが聞こえる、というのも彼らは一斉に笑っているから。ひとつの声しか聞こえない、というのもそこにはあらゆる声があるから。

そして太陽はさらにおりてきた。だから、彼は闇のなかに入りつつあるが、彼らはそうではない。

空の星々に先立って、彼らは自分たちの星々をもっている。彼らの小熊座が見え、大熊座が見え、緑や赤の惑星が見え、星座群が見えた。彼らは街路を自分たちなりの空、自分たちなりの地上の空に見立てて、長方形や、正方形や、三角形を描いた。あまりにも多くの明かりが木々の下に灯っているので、天の川のようだ。いまの彼らにとって、もはや夜はない。そして彼は、闇夜のなかへ入っていくと同時に、向こうのほうで光が再生するのを、去っていく光に代わって別の光が切れ目なく後を引き継ぐのを見る。

すべてこれでいい。彼は一人きりで、闇のなかにいる。すべてこれでいい。

彼は立ちあがった。背中の背負籠が安定するよう、両手を後ろへ回して持ちあげながら、肩でとん、と揺する。ふたたび歩き出す。

またもや、人びとの声が届く、渾然一体となって彼の元へのぼってくる、次いで彼は小さな食堂の前を通る。

一番西のほうに灯っている明かりの数々が消えていく。なにかまぶたのようなものが横のほうからやってきて、覆いかぶさる。

彼は曲がりながらのぼっていく。明かりはどんどん減っていき、多くの声はもはやひとつの声でしかなくなって、たちまちぐっと小さくなる。

彼はさらにのぼり、側面からは低地の明かりがまったく届かなくなった。もう湖岸も見えなくなってきた。街道はもう一度曲がって、これから越えようとする尾根へ向かい、傾斜は緩くなった。尾根が、存在した事物とわたしたちのあいだに割りこみつつある。湖岸が去った。さらに、いまや湖そのものが欠けてきて、彼は振り返ると、欠けてきた湖を見る、だがすべてこれでいい、そして彼は、命あるものを後に残していく。

とうとう湖の対岸もなくなってきた。先ほどまでは見ることを妨げるものが側面から来ていたのが、今度は下のほうから来ていて、対岸にあるサヴォワは隠れてしまった。

サヴォワがゆっくりと下へおりていくさまは、まるで紐で吊られているかのようで、堂々たる山並みには、数々の村や果樹園、ぶどう畑、野菜畑、牧草地が含まれているのだが――それらは沈んでいき、呑みこまれた。

紐で吊られたかのように、つづいてやってきたのは岩場だった。岩壁にはまだ光が差していて、暗い崖縁の向こうでゆっくりとおりていくのが目に入る。

そのあとはもはや角《つの》や、切っ先や、塔や、歯と呼ばれる峰の並びしか見えなくなり、それらは互いに離れているのだが、いまは、より一体を成して見え、それぞれ隣と多少、近かったり遠かったり、といった程度の距離を保っている……

すべてこれでいい――多少、高かったり低かったり――すべてこれでいい。

そして、はじめはより低い峰、次はより高い峰。一番低いものが去り、その次に低いものが去る。十の峰があったが、もう六つしかない、もうふたつしかない。さらば、さらば、君――それから君も。ひとつだけの、一番高い、真ん中の峰――一番最初に現れ、一番最後にいなくなる。だが、君もさらばだ、すべてが行ってしまうのだから。

そしてすべてはこれでいい、と、彼はまたも振り返る。すると最後の打ちあげ花火が尾根の向こうにあがった。人間からの最後の合図、あるいは人間からの別れの挨拶なのか？　次いでその合図も消えた。

もはや前も後ろも、どこも闇しかなくなった。大きな湖の水面も、傾斜地も、両岸があったところも、もはや闇しかない。

かつて存在したものの闇が、去る者の背後にあり、他方、前方にはまだ存在しないものの闇がある――その闇に立ち向かうように彼は進む、根気よく進む、そして目の前の土手のような大きな影にも立ち向かっていく、というのも、ここから新たにはじまる。そして彼の姿は消え、彼自身も消え、そのあと、なにひとつないなかを、さらに遠くへ進んでいく、なにかを在らしめるために。

存在理由

おそらく、わたしたちにかぎったことではないのだろうし、わたしたちの運命がはじめからほかと違った、というわけでもないのだろう。

緑と白のオリーブ型の飾りがついた中学校《コレージュ》の制帽[001]、市場の出る広場にそびえる高い壁、そしてあのウェスレアン教会[002]（この名称で合っているのだろうか、この名はわたしたちにとって謎だった）、こんなものは、無分別な、あるいは半分だけ分別のついたあの日々に、たいした独創性をあたえはしない。

わたしたちもまた、書物を通じて人生に到達した。と、このように始まりを示すのは、単にきちんと年代順に進めたいからでもあるし、また事実に即すことで、せめて生の全体を見渡したいと考えるからだ。

中学時代、と言ったが、それはわたしたちのようにヴォー州出身の父と母をもつ者にとって——わたしは父方がグロ＝ド＝ヴォー[003]、母方がキュイイとリュトリ[004]だが——なんたる異境《デペイズマン》への誘いであったことか、ウェルギリウス、ホメロス、クセノフォンを課されたのだから！

まずは、異境《デペイズマン》の感覚だった。数世紀を横断し、言語を遡り、ちっぽけな自分、漠然としたちっぽけな自分自身を抜け出て、形なきものから形あるものへ向かう。とはいえ、わたしたちが元々もっているものといえば、遊戯への愛、すなわち動くことと、野生に属するものへの志向、それ以外にありえないではないか。

だが、彼らはその正反対をわたしたちにあたえた。わたしたちから動きを奪った。文明の真っ只中にわたしたちを引き入れた。書物の前に座らせた。午前中に四時間、午後に二時間か三時間（加えて宿題をする時間）、彼らは印刷されたページ以外の場所を見ることを禁じた。となると、一分一分の長いこと、太陽の翳ること！　そして木々にいるスズメの鳴き声、あるいは、市の立つ日なら[005]、灰色の布テントの下に、チーズ売りのボヴァールが赤い顎髭をたくわえ、周りをたくさんのご婦人が片腕に籠を抱えて取り囲む。上にいるわたしたちに、それらの音が届き、音に呼ばれて、早くも逃げ出したくなる。

無論、いまとなってはこうしたことは笑い話の種だが、しかしそのなかに、まさしく致命的な異境《デペイズマン》への移行がふくまれることを、わたしはここに記しておく。わたしたちのことなどおかまいなしだったわけだが、しかしそれが間違っていたとは言わない、なぜなら結果がすべてなのだから。とはいえ、わたしたちは苦しんでいた。書物とはわたしたちにとって死んだものだった、わたしたちは生きることこそを全身で求めていたのに。

わたしたちは書物を通過して人生に到達せねばならず、自分たちでもよくわからないままそのことを受け入れたのだが、子どもはまた慎重なところもあるから、従わなければ痛い目にあうことをすぐさま見抜いたのだった。

規律なるものが介入して、表面上は同意するわけだが、それは教師たちにとっては誇り、親たちにとっては安逸、わたしたちにとっては屈辱で（といっても、その屈辱は忘れ去られていく）、物事の成りゆきが加われば、じきに習慣となった。小さな命たちよ、あなたたちは、なにはともあれ野生と名づけられるべきであり、というのもおそらくそこにこそあなたたちの最良の部分があるためだが、しかしあなたたちは野原には入れられず、干し草を食べさせられた。あなたたちはこんなふうに言われた、「ここに文があります。主語はどれですか。直接被制格[006]を探しなさい」と。それらの文の核心は、活き活きした美しいものに満ちていて、あなたたちが恋い焦がれる当のものがまさに目の前にあったわけだが、時期尚早で、まったく気づかなかった。まず始めにあなたたちが抱いたのは、この食糧に対する嫌悪だったが、それは自分のなかに感じていた大いなる飢えの対極にあるものだとあなたたちは思っていて、その飢えとは、ある夏の夜にこっそりと家を出て、ヴノージュ川[007]の河口に、テントと、野営用の古い鍋と、斧と、筏を作る材料とをもって行きたいという飢えだった。

例のオデュッセウスとやらのように、と、あなたたちはしかし、たしかにつぶやくのだ。あなたたちは、ヴノージュ川はどこにでもあるのだということを感じえたのかもしれないし、実に美しい筏の見本を第五歌の数百行のうちに見出しえたのかもしれない[008]。ところがあなたたちは、組み立てるべき「構文」しかそこに見なかった。繰るべき辞書しか見なかった。文字しか見なかった。のちに、その文字が息づきはじめたときには、もう手遅れだったのかもしれない。というのも、反動として、書物のなかの生だけを好んでそればかりを味わうようになり、書物の外の生のほうは、平凡すぎるからといって毛嫌いした。後者は卑しく、価値がない、と判断したのだが、それはつまり、後者の生における偉大さとは、詩人の偉大さであるということを、これもまた、見分けられなかったのだ。あなたたちは、外の世界には、かつて偉大さがあり、それはもはやなくなってしまったのだ、と信じていた。あなたたちは、いやわたしたちは、夢の高みからおりてくるかのように、大聖堂の階段をおりてくる最中だった。そして、いまやわたしたち自身が詩人となる番だったのだが――ただ、そのことも、わたしたちはまだ知らずにいた。

わたしたちは、もう好きなように市場のなかを歩くことができたし、自分の全人生を掌中にしていた。にもかかわらず、その生が生きるに値するようにはまるで思えず、また特売品の売り子が、何メートルものバラ色や青のリボンを空中に繰り出すかのように発する呼び声が、優れた韻文のリズムに嵌まることは決してありえない、とも考えていた。

I－II

しかしそうしたことはすべて、なんでもない、というのが、ここで示したかった点である。なぜなら、選択の余地のないことだから。

最初の選択をする時点、最初の一歩を踏み出す時点に進もう、たとえ半分しかその選択に同意していなかったとしても。たとえて言うなら、パリである[009]。

それは、なんにせよ、消えることのない炎をあげて彼方に光りつづけている。その街路のざわめきはわたしたちにとって、自分自身のものとして聴きとれる抑揚をふくむ。まずは言語の面で中心にして臍《へそ》だが、わたしたちにとっては同時に、それにも増して、思考の、またいわゆる文化、つまり芸術、規範、共通する存在の仕方、共通するものの感じ方の、中心にして臍なのだ。

さて、十月のある晩、あなたは十時四十五分発の汽車に、新品のスーツケース（革製とはかぎらない）と、錠が閉まってくれない、かと思えば次は開いてくれない大型トランクとともに乗車した。例の動悸《どうき》を感じつつ、狭すぎるコンパートメントの六人目として、腹痛を覚えながら乗りこんだ。

少し眠っては、目を覚ます。夢また夢！　そして、あなたの場合も、すべての先達と同様、この最初の段階を越え、壁に穿《うが》たれたトンネルを越え、ごつごつした峡谷を、のっぺりした高原を越えて、崖の横腹を斜めにくだるにつれ、早くも平地の漠とした広大さ、未知であるがゆえになおさら感じる果てしなさが、迫ってくる。

小さく透明な半月が、あるいは明るすぎ、あるいは暗すぎる光を放っていた。満ち足りた様子の男性が、新聞をたたむと、てらてらした禿頭の上に黒い絹の小球帽《キャロット》を載せた。

将来の計画を立てながら過ごす。やる気にあふれ、しかし動顛《どうてん》してもいる。漠然としたあれこれの目標を知性は整理できない、まさに知性による助言が必要なのに。多すぎる多種多様の目標、それに欲望、しかも大きな欲望に立派で強い欲望の数々、だが互いにまるで矛盾している。自己を確立したいと望みながら、確立することを怖れる。払いのける過去、逃れゆく未来。そうしたものすべてと、さらにいろんなものが、現実化してほしい一心なのに、なんの現実性もないままにあり、ただわかるのはその現実が自分の手に届かないこと、それを手に入れるためには身をかがめるのではなく、その高みまで伸びあがらなくてはいけないことなのだ。

けれどもわたしは行く手にある十世紀分の諸々のなかに身を寄せた。その十世紀は石の橋や鉄の橋が渡された大河の岸辺にうずくまっていて、その象徴は、中心に立つノートルダム大聖堂であり、透かし模様の石の衣を堅苦しい手つきで引き寄せている。

心穏やかな者は放っておこう、彼の地には闘争があり、まずわたし自身が闘わなくてはならないのだから、そうひとはつぶやき、突き進む。よく知っていると同時に、思っていたのとずいぶん違う都市を見出す。そこではミシュレが古い鉄を売り、ユゴーが美容室《サロン・ド・コワフユール》を経営し（この仰々しい用語がいかにもユゴーだ）、フローベールはワイン商人なのだ。わたしは看板に書かれたこれらの名前を好む、なにもかもがかねてから親しんできたものだから！　あのルーヴルはすぐわかったし、あのアンヴァリッドはもう知っていた、その寸法にすら驚かなかった、バランスが正確でスケールが大きかったから（そういうことは最初は感じないものだ）。であれば、どういうわけで、これらの類似点のあとに来るもの、また下にあるものとして、まるで一番上の層を剝いだかのように、いくつもの相違点がたちまち現れ、しかもあまりに重大であるために、こちらばかりが持続してしまうのだろうか。

住まいがよくない、ということはあるだろう。時折、パリに到着して豪勢なブルジョワ並みに暮らす自分を想像してみたこともある、家賃二千フラン、セントラルヒーティング、エレベーター。そうすれば、異境《デペイズマン》にいる思いはそこまで大きくならなかったかもしれない。わたしたちはと言えば、その思いを猛烈な勢いで受けとめたので、衝撃は深かった。ホテルの中庭側の狭くみすぼらしい部屋（三かける三メートル）で、壁紙の手をつく高さに垢の横線がぐりと引かれ、ルイ＝フィリップ様式まがいの型押しビロードの家具類は、半端もので、メッキも剝げている。湿ったシーツは、黄色がかった灰色、または青くなりかけた灰色で、どちらになるかは洗濯屋次第なのだろう。そう、他人の場所、自分のものでない場所、あるいは自分だけのものでない場所——通りすぎる場所。なにより、この孤独！

状況としての孤独に加え、たぶんいっそう耐えがたい、心の孤独、つまり話しかける相手も、話しかけてくれる相手もいないこと。街路から来る孤独、知った顔がひとつもない群衆の孤独。大都会に対する敵意を抱かせる孤独、というのもあまりに多くの者が通りすぎ、だれもがこちらに対して心を閉ざしているのだ、まるで目の前に壁を立てたかのように。そして、カフェのテラスにいる彼らがくつろぎ、アプサントを前に晴れ晴れとした顔をしていると、そこにそうして座っていること自体が、こちらはお呼びでないのだと告げているように思えてくる――わたしは、仲間入りできたらと願っているのに、尻込みしてしまう。

わたしはここでは得たものについて語るのではなく、失ったものについて語るつもりだ、得るものの大きさについてはすでに知られているところだし、言うべきことが多すぎる。ある目的をもって、わたしは失ったもののことだけを語る――散逸の状態というものをご覧に入れたいのだ。だが、最初に来るのは打撃である。あの人びとはわたしよりも前にそこにいた、それが彼らの強みだ。あの人びとは自分の地元にいる、それが彼らの強みだ。わたしは液状に流れゆく空に問いかけるが、空すらわたしを否定する。わたしはあの芝居めいた会話、大袈裟な身ぶりの文、口に出すと同時に動作で表される感情を目にする（このひとたちは誇張しているのだろうと思いたくなるが、誇張してはいないのだ）。この生きた芝居、言葉の芝居、わたしはそのせいで彼らの演劇や本を嘘くさいと感じてきたが、それは単に現実をそのまま引き写しただけだったのだ。わたしはそうしたことや、ほかにもいろんなことを目にする。なにもかもが同時に目に飛びこんでくる。戸惑いぶりが滑稽になってくる。もはや、どうやって話せばいいのかわからない。どうやって歩けばいいのかわからない。ほんの僅かな習慣の違いが一番困る。そして深夜に帰ってきて、従業員が着の身着のまま簡易ベッドで眠っている侘しい管理人部屋の前を通り、ろうそくを灯し、釘に掛かった番号つきの鍵を取り、ぼろい木の階段をのぼり、ようやく鍵と同じ番号の記された焦げ茶のペンキ塗りのドアに前まで来ると（隣のドアの前には、可愛らしい女物のハイヒールと男物のショートブーツが並んでいる）、なんという失望！　そして自分の定めた目的に対してなんと恐ろしい疑いが沸くことか、なぜならその目的はいきなり自分の元を去ってしまい、自分を探しに来た場所に、自分が見つからないのだから。

これこそが新たな、深い絶望だった（自分だけがそうだったと言っているのではない）、周囲の巨大さに触れて自分がいかに取るに足りない存在かを確認するということ。自分の取るに足りなさ、自分という存在、その対極にある別の構造、別の傾向、別の布置。

そこで自己肯定が来てくれればよかったが、来てくれなかった。そんな余力はなかった。自己への諦めが来てくれれば、せめて荷は軽くなったはずだが、それを受け入れることを自分のなかで妨げるなにかがあった。ただ単に、自分に対峙する巨大ななにかの存在、そして自分の直面している形の定まらないものに対する困惑を感じるばかりだった。障害を回避することはできず、移動することはなおさらできない。残るはその大きさを目で測ることだけであり、次いで自分自身の大きさを測るのだ。すると以下のような問いが浮かぶ。おまえはだれだ？　だれでもない。おまえはなにが欲しいのか？　わからない。どこへ行くのか？　むしろ教えてくれ。こうしたさまざまな問いを、あなたは知っているだろうし、他にどんな問いがあるかもすべて知っているのだろう。本当のところ、わたしは知っていると思いこんでいたが、間違いだった。本当のところ、欲していると思いこんでいたが、間違いだった。欲することを欲した、それだけのことなのだ。失望以外のなにものでもない。倒れこんだ状態でいて、手足を少し動かしはするものの、首があがらない。すべてのはじまりである場において、このような慌ただしい動きはいかなる態度も示しはしない、というのも、身ぶりというものはまず、ある意図に、次いで、ある方向性に存するのだから。

パリの偽の沈黙を、つまり絶え間ないざわめきを聴いていた。疑問の数々、あなたたちも身に覚えがあるだろう。弱気になった日々に浮かぶあらゆる疑問、はじめは潜んでいるのが塹壕を掘って近づいてきて、不意に突撃してくる。いくつかの疑問が目に留まるのだが、そのあとからもどんどんやってくる、最初の一群から間を置かず、同じ方角へ攻めてくる。「おまえは結局、ここでなにをしているんだ?」たとえば「自分を探している」と答えるとすると、「探し方が下手だな」と来る。

「じゃあ、どこを探せばいいんだ?」とこちらは応じたくなるが、できない。そこで、心を落ち着けようと、言い訳をでっちあげたり、楽しいことを数えあげたり、こんなにものを感じる機会や学べる機会があったなどと、思いついた例を自分に向かって並べてみたり、といったことを重ねるのだが——もはや自分自身、それらを信じることもできなくなっていた。

石炭で焚いた例の頼りない火、あの石炭はホテル内でバケツ一杯を定価の四倍かそこらで買ったもので、うまく燃えず、火かき棒の先端で塊を割って小さくしたものだ。火とは呼べない代物だった。桜桃色の怪しげな肘掛け椅子に腰を沈めて、今月の残りは五十フランしかなく、食事は茶とジャムの組み合わせ。小さなアルコールコンロをこしらえ、三スーのパンを(店主を恐れて)ナプキンに隠した。柴束も試したが、湿っていたし、樹脂の多い焚きつけも使ってみたが、すぐに燃えてしまった。粘土状のぬかるみで、靴のかかとの減り方はひどい。ズボンの裾についた染みはどうしても取れない。ハンカチで顔を拭けば煤の粒を広げるだけ。砂糖を半キロ買いたいのに一キロ単位でしか売ろうとしない食料品店主の横暴。推薦状を持って行った先の雑誌編集長の見下す目。付け襟を毎日替えられない惨めさ。建物の門の前で乾いたパンを食べながら、脚がふらついて、門に嵌まりこむようにもたれかかる、そんな貧乏人と雰囲気が似てくること。多すぎる富、多すぎる人員、多すぎる演技、多すぎる売春婦。多すぎる公衆便所には、お馴染みの広告が目いっぱい貼られ、あの緑がかった、傷だらけの、腐りかけた死体のような空の下で、冬の小雨は際限なく降りつづける。

火は完全に消えてしまったから、肩掛けにくるまっている。そして笑うのだが、その笑いのなんと白々しかったことか！　もはや哀れな若者でしかなかった、体裁を繕うよりも、正直にそう認めた方がましだった。自分でも結局はよくわかっている。ただ、流されているのだ。両腕は両膝に、頭部は手のひらに支えを見出す。通りでは馬たちが滑って、さんざん鞭打たれる。哀れなひづめがとうとう耐えられなくなって、ぴたりと停止せざるを得ず、すると御者は鞭の持ち手の先の方を摑む。馬はふたたび、脚を引きずりながら歩を進め、またも止まる。不規則に跳ねるのに合わせて鈴の音が鳴り、その間隔は空いていく、一種の猛然たるギャロップ、そしてまた急停止……ああ、逃げたい、そうだろう？　あらためて、逃げたいのだ——なぜならいまや、北風で黒く見える架空の湖から見事な蜃気楼が立ちのぼり、そこでは、桶のなかにしゃがみこんだ女たちが洗濯していて、互いにくるりと顔を向き合わせると、ごしごしと洗濯物をこすりながら、思いきり大きな笑い声を立てるのだから。

I―III

あらためて繰り返すまでもないが、ここでは単純化して書いている、ひどく単純化している。帰還と言っても多種多様だ。大多数は、元来好きでなかったものに愛着を抱くようになる。遅くなってからの帰還、偽の帰還、本物の帰還、肉体による帰還、精神による帰還。

重要なのはそこではない。重要なのは、ある日、肚《はら》をくくらねばならないこと、仮の状態から脱さねばならないこと。

だれもがそう感じるわけではないのかもしれない。そう感じないという者のことは措いておく。わたしが対象とする人びととは、ひとと異なる存在となった者、あるいはひとと異なる存在になったと信じた者、少なくともそうなろうと目論んだ者が、自分の心の底へとおりていったとき、あるかたちの必要性を感じ、それは自分という個人の視点からだけでは決して見つけられないということに思いいたった、そういう人びとのことだ。

そこには進歩があり（それは、あらゆる比較対象の不在がもたらす極限的な自信を奪う点で、時には後退でもある）、その進歩とは、従属している者として自分を見るようになるということ、つまり、自分は樹木のごとく足許をつながれ、生まれたときの偶発的な状況ではなく、ある土壌から発しており、あらゆる行為、あらゆるしぐさが土によって規定されている、そういう者として自分を見るということだ。これについては、のちほど、より詳しく述べるとして、まずここでは人びとが「位置づけられている」、ということだけを言っておこう。

自分が自分であるとともに、他者であることが見えてくる。自分は現在であるとともに、過去であり、未来でもある。そして、なによりも見えてくるのは、こうした相対するものを和解にいたらせるまでには、大変な労力が要るということだ。周囲がこちらにあたえてくれるものと、こちらから周囲にあたえうるもののすべてを使うことが必要になる。

わたしたちの世代に対して、「思想」を好まないとの批判があるらしい。「思想」とはすなわち、虚構《フィクション》、と解すべきところだろう。その傾向がわたしたちの世代に特有のものなのかどうかはわからないが、わたしたちの世代は、事実を参照しようとする。善意と呼ばれるものには最大の敬意を払うが、それがうねりとなることは恐れる。普遍的な愛情はすばらしいものかもしれないが、わたしたちの世代にとって、それは出発点とはならない。言ってみるならば、むしろ到達点ということになる。つまり、雲の高みまで上昇するのだとすれば、せめて登山家のように、足で岩を踏みしめながら登るのでありたい。わたしたちは、対象を、すなわち見えるもの、触れられるものを、土台としたい。まるのまま呑みこんだ思想、それも大抵の場合は訓練を経て採り入れた思想を土台とするのではなく。ずいぶんとたくさんの流行病があった。わたしたちは結局、それらが少し怖いのだ。そして、自分たちの外へ出ることによってではなく、自分たちの内側を、奥へ奥へとおりていくことによってこそ、その新たな地平に到着できるはずだ、そして着いたら次はその上に建物を築こう、わたしたちはそのように考えている。土地への回帰、種族への回帰（物質的なものであってもそうでなくても、想像であっても現実であっても、ということだが、ただ偏狭であってはならないし、ある種の伝統主義はおぞましい）、とはいえ自己の拡大は、周囲に自然にあるものによって達成されなくてはならない。なによりもまず、自分の本当の力、あたかも隠れた泉を噴き出させるように、自分自身の力を発揮することによって自己証明しようという意識に重きが置かれる。

そのようなわけで、わたしたちは彼方へ目を向けた。湖は浮上し、山々は戻ってきた。群衆が輪になって集まり、顔という顔が中心の一点に向けられるときのように、円形に腰かけた山々は、いつも変わらない、いつも新しいひとつの演《だ》し物、つまりこの土地という演し物、わたしたちの故郷という演し物に満足しているように見えた。

だが、そこにこそ、おそらく、最悪の失望があったのだ。わたしたちは熱意にあふれていた。というのも、帰郷の危険とは、距離を隔てているあいだに作りごとを信じ、なにもかもを自分の都合に引き寄せてしまうことなのだ。さまざまなものが、踏みにじられたことに対し復讐しようとしているかに見えた。突如、高級ホテル《マジエスティックス》がのさばっているのが目に入った[010]。かつて市場の開かれていた広場、いや、いまでも市場は開かれていて、果敢にも週二回、荷車の梶棒は葉のない木立のごとく林立し、ひしめく荷車でリンゴやジャガイモが売られているのだが、人びとはその美しい丘の腹に穴を開けて、フィレンツェ風だかなんだかの代物を据えつけた[011]。目を移せばミュンヘンの真似、さらに移せばモスクワ風のタマネギ。混沌を宣するかのような、新しい街路の数々に驚く。それが規則であるかのように、矛盾がそびえ立つ。無作法がシステムとなり、嘘が基礎にして頂き、天辺にして土台となる。なにものも支えない柱が建ち、なにものも覆わない屋根が組まれる。増長するのは偽りの富のしるしであり、化粧漆喰《スタッコ》を表にだけ施してある金庫は、実は厚紙製だ。このように、いわば表層だけの混乱ではなく、深部にいたる混乱によるものであるがゆえに、居心地の悪さは倍加する。

するとｌ「町は発展しているのです」という答えが返ってくるだろうし、きっとそのとおりなのだろう。この返答につづけて、さらにこう言われる、「この人出をごらんなさい、わたしたちはいままでにない快適な暮らしを送っています」と。ただし、こうして誇らしげに語られる群衆とは、雑踏にすぎない。この黄金はおそらく貴重なのだろうが、じきにその金とわたしたちのどちらかを選ばねばならないときが来るのは自明ではないか？　成り上がりを泊めれば、その趣味を押しつけられる。付き合いが度を超せば、自分自身も成り上がりになってしまう。こうした活気は魅力的であっていいはずだが、そのためには活気が本物でなくてはならない。実際、血管に血液が増えるのは好ましいことであるはずだが、そのためには血がわたしたちのものでなければならない。ところが、このレベルで実施される輸血とは、単に患者の個性を抹消することにしかつながらないことをわたしたちは知っている。わたしは自分の郷《さと》にいるのに、ひとはもはやわたしの言語を話さない。たまに、わたしは町の端から端までを歩きながら、一言のフランス語も耳にしないことがある。ドイツ人、ロシア人、ルーマニア人、ブラジル人、ブルガリア人、さらには幾人かの黒人（新しい現象だ）、そして背が低く黄色い肌をして目の細い人びと。さまざまな顔立ちからなる地平線の眺め、その上には大聖堂の鐘塔、下には象の足のような幅広のズボンの群れ。ずいぶんと奇妙な「発展」ではないか。むしろ四つ裂きというのがふさわしい。発展するというのは、自分なりの核から出発して、同心円状に栄養を蓄え、層を重ね、内側には芽がある、といったものだ。ところが、わたしたちは、せいぜい寄せ集めているだけで、密度の高い簡潔なまとまりに到達しているわけではない。自分の側に引き寄せているのではなく、四方八方に引っ張られているのだ。そしてわたしたちが、あるひとつの方向へ行かずに、別の方向へ行っているとすれば、それは自律によるものではなく、相殺という現象によるものだ。わたしたちが同化させるのでない以上、遅かれ早かれ、わたしたちは同化する側になる。目下のところ、わたしたちは狂った方位磁石のごとく、ぐるぐると回っている。動きが止まったときには、もっとひどいことになるだろう。

とはいえ、言い訳には事欠かないし、どれも実にもっともらしい。ここですら、お馴染みの「伝統」とやらが当然ながら持ち出された。歴史的と称される例のわたしたちの役割を思い出そう、三つの大国に、すなわち三つの文化に囲まれたわたしたちは、三者の「仲介者」をつとめ、接近をもたらし、運びこまれた多種多様な金属をるつぼに投入して、しまいには合金の一種とでも言おうか、そういったものを作り出す、という役割。ひと呼んでヨーロッパ精神、というわけだ。しかし融合はなかなか実現しないので、なににも増して実務的なわれらが錬金術師たちは、教員に転じた。自らの宿命を放棄したということではなく、できるところからはじめようとしたのだ。それに、すばらしい口実があたえられることは言を俟たない。すなわち、肉体に糧をあたえる仕事となると冴えないが、教員なら、精神に糧をあたえる仕事なのだから。わたしたちの活動は同じ目的に向かう。というのも、精神と肉体がそろえば、それは人間そのものではないか。たしかに、外国人はわたしたちの生活を助けてくれるが、しかし、こちらは十倍にして相手に返しているのではないかと、そう言ってみることもできるだろう。向こうはこちらのために財布を開ける。わたしのほうは相手のために「よき指南」という宝箱を開ける。加えて、無数の妄想も！　「由緒正しき」共和派であるわたしたちの法律や制度は相手にとっては後々、手本となるだろう。自国へ戻ったとき、わたしたちの元生徒はこちらのことを思い出すだろう。そうやって、遠くで民主主義のよきパン種をふくらませることができるかもしれないとは、なんと誇らしいことか。アストラカンの縁なし帽をかぶったイランの皇帝が、柔らかい装幀で仕上げたわたしたちの民法典を、自らの所有するバラ園の植えこみごしに配布しはじめ、その植えこみからはラクダが首を伸ばすのだ。そんな夢が、この辺りでかなりの数の脳髄に取り憑いたのは間違いないだろう。かくして、わたしたちの少々露骨なところのある「ホテル産業」、というのも年間三億から四億フランという収益はなにかしら良識を逆なでするところがないとは言えないからだが、その露骨さは啓蒙の光(「光」は複数形としよう)の大量頒布によって埋め合わされるのであり、その分配にはほとんど、あるいはまったく金がかからないのだ。

ところが残念なことに、落胆と居心地の悪さ《デペイズマン》は消えない。今日の自らのうちに、取りあげるべきものをなにも見出せないわたしたちは、過去にすがろうとした。この郷はもはや、かつてそうであった郷ではない、それならばかつての郷を見てみよう、もしかするとわたしたちに必要な手本、継続すべき初期の努力、いまなにをすべきかを告げてくれる端的な指示が見つかるかもしれない、と。

わたしたちは後ろを振り返ってみた。だが、わたしたちは歴史をもたないということを確認せざるをえなかった。驚くほど、叙事詩的素材が皆無なのだった。わたしたちには行動が欠けていた、昔からずっとそうだった。わたしたちはつねに無気力で、奇妙に従属した状態で、次々と所属を変えさせられ、ある隣国から別の隣国へと回された。そして、「文化」はと言えば、こうした相矛盾する影響に阻まれて、日の目を見なかった。文化とは、主権のあるところにしかない。わたしたちは結局、歴史だけでなく、なににおいても二重、三重だった。わたしたちはされるがままにプロテスタントになった[012]。それは実のところ、神学に転換した宗教であって（ただし、不安に苛まれがちな何人かの人びとにおいてはそうではない、というのもわたしたちは幸い、不安というものをもっているのだ、ただ、それがいかに非生産的な不安であるかについては後ほど見よう）、それはなにしろ神秘性を欠いている、神秘的なものこそが宗教なのに。けちくさく、衒学的で、「他人の目のなかの藁」式の宗教で[013]、狂信的というよりは口うるさいのだが、むしろ口うるさいほうが困る。独創的ですらない、フランスやドイツ、あるいはスコットランドから来たのだから。宗教のほうはそんなところで——もうひとつの分野、つまり知的な分野に関しては、ここでもまた、複数の方法論が衝突し、やはり輸入の問題があって、教員はドイツから来るやら、フランスから来るやら。もしも「独自の」科学がほしいというのが、おそらく高望みなのだとすれば、せめて、まだ自分で選択できない年齢にある学生たちにあたえる教育には、もっと統一感をもたせてほしいものだ。

わたしたちが敗北した例はいくらでもある。知性に、すなわち対象まで降りていってこれを操るに先立ち、理論という高いレベルで世界を理解するといった意味での知性に依拠するたびに、わたしたちはあらかじめ、失敗を運命づけられている。本当のところ、わたしたちの先駆者たちにおいては、つねに感性と知性との衝突があった。感性のほうは、彼らの種族が元々もっていたものだった。思考のほうは、あちこちから調達したものだった。自身を形づくるこの二つの要素に折り合いをつけることが、彼らにはついぞできなかった。とはいえ、そうしようと力を尽くした者は多い。その点において、彼らは偉大なところを見せた。ここで、わたしたちの不安に戻るのだが、それが非生産的な不安であると、わたしは先に述べた。この演目の偉大さは、闘いにあった。この演目の悲しさは、闘いにより目的を果たせなかったことにあった。これが、わたしたちに先んじた、古参たちのありさまだ。彼らに対しいかに敬意を抱いていようとも、彼らがこうした様々な不安定さを鮮やかに反映していることを、わたしたちは自らに対して隠しておけるものだろうか。彼らは、ある状態に生まれて、ある別の状態になり、ある状態に生まれたことにまったく自信がなく、ある別の状態になったことにはますます自信がもてず、態度を決めるだけのふんぎりがつかず、それでも態度を決めることに憧れ、片方の足を踏み出しては、もう片方の足で後退し、自分のなかに閉じこもり、やがて分析のしすぎによって押しつぶされ、間違えるのが怖くて動くこともできず（間違えることはすばらしいことではないというのだろうか！）、完全に潤いを欠いた几帳面さに陥り、闘うことすらせず、無関心な人びとに囲まれてもがき――または空虚な理想主義のなかに避難し、あるいはまた力のない懐疑主義のなかに避難する、というのも、懐疑主義においてすら、行動するためには、なにかを言い切らなくてはいけない、自分自身がしっかりしなくてはいけないのだから。

「やりたくなかったんだ」とでも言いたげな諦観ほど惨めなものはない、正直さの要求するところに従うなら、できなかったと白状すべきなのだ。

何度かの身震い、それから静止。ああ、どれほど多くの田舎の司祭館、そして陶製のストーブが、物言わぬ証人となっていることか！　どれほど多くのダヴェル通り[014]の屋根裏部屋が、いまだこうした惨劇に取り憑かれていることか、そして大学の教壇もそうだ、これは遙かに仰々しくはあるけれど、悲劇的な成功というのはあるものだし、立派な出世と呼ばれるものは、しばしばその言葉のうちに相当の皮肉がこもるものだ！　それでも一応、もがいた点において、彼らは好ましい。意志を示せなかった点においては、彼らのことが恨めしい。ただ、あらゆる意志は信であって、つまり彼らには信が欠けていたのだ。そして、信が欠けていたのは、彼らが信を適切な位置に置かなかったせいである。おまけに、暮らしがやってくる、子どもたち、毎日の家事、そして避けがたい安楽志向、暖炉の傍とぬくいスリッパというやつだ。彼らにとって幸いなことに、何人かはそういったことで自らを慰めた。とはいえ、人びとが彼らに寄せる尊敬の念は、彼らが自らを慰めた安易さとは逆の理由によるものなのだ。

I-IV

これが、帰郷したわたしたちの経験する、新たな段階だった。

寂しい総括だ！　手本になるものはひとつもなく、確信をもたらすものもひとつもない。わたしたちの一部をなしていた偉人たちは、わたしたちのことを否認することによってのみ偉大になった[015]。あるいはひょっとすると単にわたしたちのことを忘れていたのかもしれない（わたしがここに記す《わたしたち》は、矛盾しているように見えるかもしれない、ときに対象を、ときに主体を指しているから。とはいえ、そこには善意のしるしと、同族関係がつづいていることを示す意図とが見てとれるだろう）。わたしたちはこうした状況に留まっていて、よそから助言がやってきてくるとなると、それはいつも同じ、こんな助言なのだ。「あなたは自分自身で大成することはありません、それはわかりきっています。他人に仕えなさい。たとえば、パリで小説家になるのです、向こうでの標準的な書き方で書いてみなさい」と。実際面において、これは理に適っている。存在しない場所、マイナスの存在である場所の出身であることは、わたしたちにとって実際上、利益でしかないはずだ、より適応しやすいということなのだから。わたしたちの形をなさないところが、柔軟さへと変容しうる。わたしたちは、この柔軟さを喜ぶよう勧められてきた、なにしろどこへでも入りこむことを可能にするのだから。家庭教師、これはつねにそうだが、ほかにも、門番、代弁者、通訳。漠としたコスモポリタニズム、わたしたちのところこそ、その発祥地なのだから、こうした仕事にはぴったりなのだ。わたしたちは繰り返し言われてきた、「北にはドイツ、南にはイタリア……」あとは推して知るべし。

ただ、こういったことのなかで、とりわけ明らかなのは、わたしたちがこれまで、不正確であることを好みすぎてきた、ということだ。わたしたちが自らを慰撫するもうひとつの方法。ここでふたたび、わたしたちのユートピアの話になる。現実に落胆すると、ひとは非現実のなかに立てこもる。生きる権利と呼ばれるものをひとが主張するのは、自分でその権利に確証がもてなくなるときだ。幻滅から幻滅へと渡り歩いて、わたしたちはとうとう、純然たる抽象に行き着いた。そしてまた、そこにはこの種族における甚だしく《非芸術家的》な側面がはっきりと現れている（こんな単語を使うのを大目に見てほしい、ほかに思いつかないのだ）、あらゆる《かたち=形式《フォルム》》に対する本能的な敵意をもち、だが自分の種族について自覚的になれるとすれば、それはかたちにおいて、かたちを通じてでしかないはずなのに、そこを見ようとしない。ひょっとすると、わたしたちが議論を好むのは（よその人間にそう言われがちなのだが）、自分たちでは正確な概念に辿りついたことが一度もないせいなのかもしれない。あたかも他者を介して自分の知識を得ているかのように！　そのとおり、そしてわたしたちは、そうであってくれと要求するのだ。だからこそ、中身のない言葉や、空疎でしかない偉大さを、わたしたちは猛烈に好む。わたしたちの郷の詩人の一人は「天空へ向かって成長する」[016]ことをわたしたちに勧めてはいなかったか。これをわたしたちが「立派な詩」と呼ぶ理由がわかる。わたしたちは、ある種の気前のよい思考に対して、警戒したことが一度もないのだが、そうした思考は気前がよい以外の取り柄はなく、おそらく、それだけでは足りないのだ。わたしたちは観念と事実とを切り離すけれども、それは観念を好むからというよりは事実を毛嫌いするからで、反映から、反映の反映へ、と移りつつ、次第に言葉しか選択する余地がなくなって、心の底では、その弱さを感じていながら、大上段に言葉を響かせる。宗教的フィクション、政治的フィクション（われわれの民主主義、われわれの自由主義）、道徳的フィクション、とりわけ気を滅入らせる幼稚なフィクション。わたしたちは、本やら、新聞やら、講演やら、あちこちから借りた観念的存在によってのみ生きる仕儀となったらしい。わたしたちの歴史は、先に見たとおり、ほぼなにも教えてくれない。わが国の伝統は矛盾している。であればわたしたちの種族、つまり、ある気候、ある食物、ある土によって作られる特定の感受性のかたちについてはどうかというと、わたしたちはそれを軽視しているように思われてならない、なにしろ先述の気前のよさに惹かれてしまうから。しかし、それは偽の気前のよさだ、なぜならわたしたちは、代わりにあたえるものを、なにひとつもっていないのだから。

それでも、わたしたちはあたえる。なにをあたえているのか見てみよう。教訓だ、ありとあらゆる種類の教え、それ以外にない。わたしたちの誇る名高い学校の数々は（これらの学校のおかげで、わたしたちがほぼあらゆる場所で一目置かれていることはよく知られるとおりだ）、結局、わたしたちの無力さを最悪なかたちで白状するものではないだろうか、なぜなら最良の教えとは、手本を示すことであって、他者に対して働きかけるには、まず自ら動かねばならないのだから。わたしがいま思い浮かべるのは、わたしたちが示す果てしない「進歩のパイオニア」としての自己愛だ。わたしたちの衛生観念の高さ、完成度の高いゴミ箱、喧伝される「学校御殿《パレ・スコレール》」（これらは、やはり衛生上の配慮により、東と南の二方向からのみ光が入るようになっている）——どれも見事だが、しかしこれらは頂点にあたるものだ。頂点であるそれらは虚空に浮かんでいて、基礎が欠けている（霧が濃いとき、われらの山々がそうなるように）。そうなると、ここに挙げたものはありふれていること、たいへん誠実な平凡さではあるものの、平凡には違いないこと、そしてつまるところきわめて偶発的な仕事であることが見てとれるのではないだろうか。その間、ドイツ的なるもの、ドイツ的はりぼて、おそるべきドイツ式「モダン・スタイル」[017]が、ますます幅を利かせるのだ。

II－I

以上が、わたしたちが苦い気持ちで、まず裏返したのちに、一つひとつ眺め、さらにもう一度裏返して、もう一度眺めなければならなかったさまざまな事柄の概要である。侮蔑的だなどと言い立てないでいただきたい。侮蔑なら、このような口調になりはしない。むしろ、自分たち同士を結びつける必要性を感じてのことなのだ。よそで獲得されたもの、見る目とセンスと、相応の経験によって得られた富の数々、それらをわたしたちは特定の領域内で利用できればと願っている、たとえば中国で絹によって、またはサンフランシスコで銀行によって財産をなしたヌシャテルやチューリッヒの市民が、国に戻って年金を浪費するように。

だが、わたしが怖れるのは、その財産の貧しさだ。眺めてみれば、霧と消えてしまった。少量の灰に息を吹きかけるかのように、たったひと吹きでなくなったのだ。同様に、この「身のまわり」、選ばれた場所、約束の土地が、蜃気楼でしかないことにひとは気づく。つまり、もはやなにひとつ残っていない、というのだから、こちらは床に就いても輾転反側《てんてんはんそく》のありさまだ。

熱に浮かされる夜――比喩で言っているわけではない――月は灰色の湖に映り、庭園の木々はすべて伐られ、空隙からサン＝シュルピス[018]の岬が見えたところにはちょうど八階建ての家が建ってしまった、よく晴れた日には教会の低く太い塔も見分けられたのに。物事の進みが遅くなったことが感じられる。わたしは病気になりかけているのだろうか。それとも終わりのときが来たのか。青年期が去ったために、ずんずん前へ進むことを可能にしていた生命力が途絶えてしまったのか。またもや逃げ出さねばいけないことになるのか、あるいは自分に諦めをつけ、間違っていたと認めねばならないのか。

さらに別の種類の疑問もいろいろと出てくる。一時の時報が鳴る。適応しなくてはならないのだろう、ひとはそうつぶやくが、それは自分を否認するのとほぼ同じことだ。あるいは、反発しようか、だが現在のところそれはわたしたちの力を越えている。あるいはまた、ただ単に立ち去るか。しかしなんであれ、予感される疑うべくもない崩壊に同意するよりはましだ。その崩壊はわたしたちの自尊心を奪うことなく、非常にゆっくりとした足どりで、その分、着実に進んでいく、ホウライシダの根が壁の割れ目に入りこむときと同じように。

それまでのあいだ、どうすればいいだろう？　他の人びとを信じる？　それはできない。自分を信じるのは、なおさら無理だ。彼らはわたしの自由意志を残してくれた一方、わたしたちにあった権能の概念をすべて破壊してしまった。ただし、例の立派な独立はというと、彼らからあれほど値打ちを自慢されたわりに、わたしにはなんの役にも立たない。選択はいつも、強いられた選択でしかない。ひとがもっとも自由を感じるのは、規律に寄りかかる、あるいはむしろ、兵役のときのように、規律のもとに組織されている場合だ。ところがいま、わたしはまるで、永遠に休暇中であるかのようなのだ。このような議論がどのくらいおこなわれているかについては、隠されがちなために、充分に数えあげられていないけれど、全体としては、足踏みせず進んではいるようだ。とはいえ、事実に即したいなら、単純化しすぎないほうがいい。人びとは長いあいだ、致命的なまでに、疑念にまみれていた。ところが、あとになって、突如、まったく期待していなかったときに、解放がやってきたのだ、促したわけでも強制されたわけでもなく、ひとりでに起きた運動として。ようやく人びとは、自分たちが事物からこそあらゆる教えを引き出せるのに、事物に触れる前に、思考ばかりを強く求めたがために、死にかけていたのだと理解した。

結局、ようやく教育やら、規則やら、理論やらといったすべてを放棄することとなった。自分たちだけを見ようとするようになった。自分は存在するのか、しないのか。これこそが出発点だ。もし自分が存在するとすれば、自分は何者なのか。そして、自分がどのような者であるか、いかに一定の性質を有しているかを確認したとして、それでは自分はなにをもって自分なのだろうか。だれによって、どこから、どのように、精確にどのような点において、自分は自分なのか。それは一体なんなのか、自分はなにを見るべきなのか、なにを理解すべきなのか。わたしたちはそこにいて、四方に事物があった。こうして自分自身の輪郭は定まったし、事物の輪郭も同様に定まった。となれば、あらゆる媒介が除かれたのだから、もはや接触が自然と生まれるにまかせればよいこととなった。外からわたしたちの元へやってくる動きに、もはやおとなしく身を委ねれば済むこととなったのだ。

わたしたちは町を離れ、農村へ出かけた。自分でないものの一切を脱ぎ捨てる、そうした時間というものがあるが、これこそは稀な時間、考慮に値する唯一の時間だ。鞄をもつ、杖をもつ、以上。そして突然、自分が、もっと以前ではなく、いまになってようやく、今日の自分という人間になれたと感じることを幸せに思う、というのも、その人間になるには、まずそれにふさわしくあらねばならないのだから。偶然により、あるいは偶然とひとの呼ぶところにより、あれほど長いあいだ彷徨《さまよ》い、あれほど多くの事物を渡り歩いたことに対して、感謝する――それらの事物がわたしたちに授けてくれたものに対して、いやむしろ、わたしたちから取り除いてくれたものに対して。それらはわたしたちに、直感しか残さなかったが、一定の方向へ導かれた直感であれば、それで充分なのだ。ただ、直感をある方向へ導くという、まさにそのことが肝心だから、そのためには自分が自分の主人にならねばならない。そうなれば、なんたる自立！　新鮮な、楽しい思いがやってきて、種々の悲しみをあがなってくれる。悲しみから歓喜が湧き出し、あなたは進む。進み、顔をあげ、すると果てしなく暗かった思い出の数々が、あなたの背後で明るくなる。中学校、ラテン語作文の時間、パリでのはじめの数か月、帰郷のたびに味わった絶望、その他あらゆることが、明るく輝く。なぜなら、そうしたことは非常に役に立つものであり、それらがなければいまの自分自身に、つまり、身軽になり、ごちゃごちゃしていたものがすっきりと片づき、重荷の過剰さそのものによって解放された状態にはなっていなかったはずだから。

必要なのはただ、いまここに握っている杖、背に負っている鞄だけだ。空っぽのポケットに風が遊ぶ。小さなポケットにまるまって入っていた最後の印刷された紙を、わたしはちぎり、風のなかに投げる。その小さな白い蝶たちは、ほかの蝶に比べて不器用というわけでもなく、ぶどう畑の塀を越えて飛んでいく。どこへ行くのだろう？　わたしの行くところへ。というのも、わたしは自分の居所にいるのだから、どこへでも行く権利がある。そして、自分の前に街道の白い紐が何本もあるのを見分けたなら、わたしはもう自然と、最寄りの見晴台へ歩いていくだけのことだ。事物は、高いところから見なければいけないから。

II－II

それにしても、現実というものの前へ、抗わずに身を置いてみれば、なんとすべてが明瞭になることか。地図上に、川は青、森は緑、畑は黄色、街道は灰色の線で示されるように、わたしの郷は目の前に、その性質をなにひとつ隠すことなく広がっている。

この土地もまた裸で、余計な飾りがなく、美しい顔と同じようにすっきりとした様子でいて、輪郭は明暗によって際立つ一方、押し出されるような量感があって、こちらでは上へ伸び、その奥では下り、時には荒々しく急激に、時には柔らかな面にしたがってなだらかに上下しつつそこにあるのだが、その全体を、わたしは一目で見渡す。

わたしの郷は目の前にあり、北から東へかけて、ほぼ一律の斜面をなして下降する。わたしの郷は目の前にあり、湖に向かって腰かけている。絵本に向かって腰かける子どものように、湖に向かって腰かけて、両肘をつき、上から覗きこみ、額を突き出し、滑らかなページの上に、雲の広がる空の反映や、さらに暗い湖自身の群青色が、きれいな絵を描くのを眺めている。その湖が、わたしの郷の向こうにある。表面には油の斑模様が見え、それは敷石でもあり屋根でもあり、鱗でできていたり、亜鉛でできていたり、青だったり、バラ色だったり、小麦畑のようだったり、次いで花咲くツメクサの畑のようだったりする。そしてこのとき、郷よ、君が見ているのがわかる。子どもはそうやって、ページが繰られるごとに、新たな夢みる機会を見出すのだが、君はページをめくる必要すらない、天が君のためにめくってくれるのだから。

ああ、郷よ、ひとは身を乗り出して、どこに君の存在理由を探し求めてきたのだろう？　それを見つけるには、わたしたちの目はただ君の斜面に沿っておりていけばいい、するとあの鏡はまたも燦めく、あるいは錫のようにくすむ。なぜ先人たちは、山々という障壁しか、そこに見ようとしなかったのだろう。なぜ彼らは登攀者《とうはんしゃ》ばかりだったのだろう。周囲のあらゆるものが下っていく傾向を示しているのに、なぜ彼らは登ることしか考えなかったのだろう。彼らの自然への愛はつねに、アジット[019]からしかはじまらないものとされていた。象徴となってきたアルプスだが、わたしたちはそれを視界の彼方に置く。わたしたちは、周囲にあるものは周囲に、中心にあるものは中心に置くのだ。

素直に地形に従うまでだ。もう一度言うが、ここにあるのは一枚の地図。岸辺が弧を描いて取り囲むこの湖、この水面、この水の塊の結果として、まず、ある気候が生じる。この水のせいで、ある風と雨の状態が決定され、したがってある地面の働きが決まり、したがってある光の様相が決まる。この水が、事物を空気のなかに位置づけ、事物の価値はこの水に左右される。この水がわたしたちの文化、つまり生き方を、またその結果として風俗を決定づける。この水がすべてにおいてわたしたちを決定づける。わたしたちは互いにこんなふうに言うのだ、「わたしたちよりも自然の摂理におとなしく従うシトー修道会の坊さんたちが最初の苗を植えた[020]、この丘のふもとで、わたしたちがぶう農家をやっているのは、ただただ、あの巨大な反射鏡、巨大な蓄電池、巨大な調整器があるおかげじゃないか？」と。湖が形づくる広大な面、この一定した水位が基準をなす。わたしが高さを見積もるときには、この水面を支えにし、水面との比較で高さを測る。同時に目に入る湖岸のあらゆる地点が、空の下（下にはまた別の空があるわけだが）、あたかも同じ長さをした何本もの綱の先にぶらさがるかのように、その位置に留まっている。砂利の地面の上に寝そべって横を向けば、黄色や赤の染みとなった村々がいちどきに視界に飛びこむ。ヴィルヌーヴからニヨンへ、ヴヴェーからル・ブーヴレへ、モルジュからトノンへ[021]、まっすぐな線を引きさえすれば、一対また一対と、これらの点は結びつき、ひとつのまとまりが生まれ、関係が打ち立てられる。湖が隔てているのではなく、別のものがわたしたちを隔てていたのだ。湖とは、結びつけるもの。その湖にこそ従うべきだった。なぜなら、湖は湖であるのみならず、大河でもある。この先に垣間見える長い河の、神秘の揺り籠にあたるのだ。さらに、特にこの河について言うならば、それは氷河から生まれて、高地と平野とを走り、しまいには海に立ち向かう。揺り籠とは、すばらしい言葉だ、その形ゆえに揺り籠、そして、そのなかに眠る者がいるゆえに揺り籠。ある種族、ある性格の揺り籠。ああ、ある文明の、と言えたなら！　というのも、わたしたちはローヌ河畔の住民であって、なにはともあれ、南に向かっているのだから。そこでわたしは、この南なるものの神秘のはじまりについて考えてみるのだが、それはシオン[022]において早くもはじまっているのであって、ずっと下流では、シオンを繰り返すかのような対称性により、アヴィニョン[023]が、平野の真ん中に、シオンと同様、二つの大きな岩塊をそびえ立たせている。はじまりから、肯定されているのだ、ただし照らす光は異なるのだが、とはいえそこまで異なるわけではないから、すぐに同定できる――そして唇はすでにオック語のリズミカルな話し方を口ずさんでいる[024]。シオンからラヴォー[025]の斜面へ移ると、今度はヴィエンヌ[026]周辺のことを連想するのだが、そこはやはりワインを産するところで、急な坂からなるにもかかわらず、ぶどうの若枝を育てるための栄養豊富な土に覆われている。またも新たな対称性、ただし向きが逆だ。つまり、こちらは上流だが、ぶどう畑は谷側にあり、向こうは下流だが、ぶどう畑は山側にある。そしてこうした釣り合いはいくつもあるので、たとえばジュネーヴはリヨンを予告するし、河の両岸には山が、丘が、平野が、太陽が、次いで霧が、さらにまた太陽が、代わる代わる並ぶのだ。そして彼方に、とうとう海が来るのだが、それは内海である[027]。

またも、神秘の呼応。その内海は、形から見て、わたしたちの湖と同じであり、また色も似ていると言われる。違いは規模にある、なぜなら湖は支流にすぎず、海が真の中心なのに対して、湖のほうはほんの小さな中心でしかないのだから。ただ、海を通じて、湖のほうへやって来るもの、波を越え流れをさかのぼって来るものは、ローマおよびローマの船団、さまよえるマリウス、敗れたカルタゴ、そしていかだに乗ったオデュッセウスだ。

このようにして湖がわたしを書物へと連れ戻したのだが、いまやわたしは、本なしで過ごすことができる。ここでは、今後、自分の目と感覚だけが効力をもつ。それだけで足りる。目と感覚の周りに、わたしの記憶の数々が配される。さらには、目と感覚によって、記憶が呼び起こされ、新たに作られる。こうして、まず二つの岸辺が近づけられ、次いで発展の両端をなす点、すなわち出発点と到達点が、近づけられる。そして、腕のよい指物師が枘穴《ほぞあな》を使って板を組み合わせるように、わたしは統一的な物体を構成する。時には、自分の夢を拡大せねばならない。物事は、反響を通じてしか意味をなさないから、遙か彼方を見ることが必要になる。周囲に空洞が少しあってこそ、「音」は羽ばたく。しかし、早くも自分の視線を然るべき位置に戻し、ふたたびすぐ傍にあるものに集中すると、わたしは見入る、というのもまさにそこからすべてが発さなくてはいけないのだし、そこからひとつのかたちが生まれなくてはいけないのであって、そのかたちがどのような類縁をもつものなのかは、あとからわかってくるのだが、あくまであとから、いわば独りでに生じなければいけないのだから。

現時点では、ひとつの《かたち《フォルム》》であって、そこにすべてがある。それ以外のものは放棄しよう、実際すでにそうしたわけだし、わたしは剝き出しの状態でいる。残っているのは、ここにいる自分から、自分の周りにあるものへの問いだけ、そこでわたしは、周囲にあるものを目でたしかめながら、いまだ外部にあるその存在は、転換しなければ効力をもたないだろうと考える——その存在が自らを収めると同時に、わたしをも収めるようなかたちで転換しなくてはならないのだ。とはいえ、適当に転換するのでは駄目だし、こちらの求める方向へ転換するのでも駄目だ、なぜならわたしに自分なりの性質があるのと同じように、事物にも事物なりの性質があるのだから、それを曲げてはいけない。どちらへ行くか、どの高さまでのぼるかという指示は、あらかじめ事物のうちにふくまれているのであって、わたしのすべきこととは、まず、きわめて従順でいること。ああ、訛りよ、おまえはわたしたちの言葉のなかにはいるが、まだわたしたちの芸術のなかにはいない。おまえは、身ぶりのなか、身のこなしのなか、草を刈ったりぶどうを剪定したりして戻ってくる者の引きずるような足どりのなかにすらいる。あの歩き方をよく見て、それから、わたしたちの文章のなかにそれがないことを考えてみてほしい。わたしたちはいつまでも学校教師でしかないのだろうか——文化と呼ばれるものへと自分たちを引きあげることは、わたしたちにとって、故国を後にする機会がひとつ増えたことにしかならないのだろうか？　本のなかでわたしたちの言葉が話されるのは、例外なく、馬鹿にされるためだった。そういう人びとの演劇団体があって、そこには一人芝居の語り手もいれば、ヴォー式喜劇《ヴォドワズリ》[028]の作者もいる。この連中はひとつの口調、すなわち俗悪調しか知らなかった。自分たちのことを下品に嗤《わら》うのだ。わたしたちの俚言《りげん》は、実に味わいがある上に、速く、明快で、きっぱりして、力がある（まさに、わたしたちが「フランス語」で書くときにもっとも欠けている特性だ）にもかかわらず、わたしたちは、まるで自分たちのことを恥じるかのように、品の悪い喜劇や笑劇においてしか思い出そうとしなかった。ところが、これこそは、すべてを引き寄せる先として目指すべきもの、手本として取りあげるべきものであり、そしてここにもまた、転換が必要となる、というのも転換なくして芸術は存在しないのだから。基礎として取りあげるのにふさわしいのは、この形式だ、なぜならこれはわたしたちのもの、すでに存在するもの、定まったものであって、ここにこそ、梃子の支点があるのだ。まさにこれを通じて、事物は早くも自分自身から抜け出すのだが、それはあらかじめ存在するこの訛りに促されてのことで、その訛りは事物自身の生み出したものなのだから、畢竟、父から息子へ、息子から父へという二重の親子関係が築かれるわけだ。

ともかく言いたいのは、事物の周囲に、そこから響きが出るのに必要な量の空気のようなものがすでにあり、その一種の発光によって、なにかが起こるのに不可欠な感性と心情との芽生えが生じる、ということだ。わたしのなかに、ある言い方、ある組み合わせが鳴り響くなら、事物はすでに口実でしかなくなる。わたしが自分のうちに握りしめているのは別のもので、最初あまりに強い力で引き寄せたためにそれはちぎれて、事物のあった場所には穴が空いている。あらかじめの存在としてわたしにあたえられたのは、統合への思いだ。断片であるわたしは、断片へと向かうのだが、わたし自身は部分として向かうのだし、相手の事物も、部分である。全体的な調子のなかに、わたしはこれ以上なく微細な細部にいたるまでを取りこもうとしている。言葉のうちに、言葉の組み立て方のみによって、外から見るとすべてが互いを支え合い、動かせば全部が変わってしまうような一種の相互浸透を生じさせようとしている。はじめにあるのは、共通するひとつの性質をもつ全体的な考えであり、心情を介入させることで、その考えを復元していくのだ。それを成すには愛が要る、愛とは大それた言葉だが、やろうとしていること自体が大それているのだから当然だ。また、こう言ってくるひともいるかもしれない。その新しい関係性は簡単な目論見ではないが、もしわかってもらえたとしても、まず感じてはもらえないだろう、と。ところが、感じなければいけないという、この一点こそが肝心なのだ。

感じる、とは、わたしたちのところでは実に違和感《デペイゼ》のある単語だ。しかし、わたしたちはこの際、お馴染みの知性至上主義、と呼んでいいものかと思うが、その知性至上主義と手を切って、直感をつないでいた引き綱を解いてやってはどうだろうか。わたしたちは直感というものを警戒しすぎて、ほぼ完全に削除してしまっていた。この土地は、暮らす上ではきわめて性格が豊かなのに、考えるとなると、なぜこれほど性格が貧弱になってしまうのか。おそらく、思考の操作が、わたしたちにとっては、むしろ水面下にある生を否定することを含意するからだろう、本来はより上位の視点から、生を肯定すべきなのに。芸術家は、直感に沿ってものを考える。わたしたちは、直感に反して考える。ここでもまた、非芸術家だ、よそにも増して非芸術家なのだ。そして、わたしたちは、この土に負っている感性を、自分たちのもとから、藪のごとく引き抜き、その草木を積みあげて、火を放った。

だが、ひとがもっとも生きたいと願うのは、死んでいくのを感じるときだ。わたしたちは小学校の教室で息を詰まらせていたし、戸外の空気を求めて喘いでいた。そして、事物の前にふたたび置かれたとき、わたしたちは救われた気がした。事物とじかに接すること、衝撃と反応、これがすべてだ。もう一度言うが、哲学者たちが言うような「物自体」としての事物ではない、なぜならわたしたちは哲学者ではないのだから。そうではなく、部分としてのさまざまな事物があり、わたしたちはその前にいて、それらがひとつの総体を目指している、といったことだ。根本的な点なので、強調してもしすぎることはないはずだが、方法はひとつきり、手段もひとつきりしかない。すなわち、《合致《コンヴナンス》》である。芸術は、無限に多様であることが尊重されるとともに、ほぼまるごと、この語ひとつによって定義される。なにが合うかを知ること、なにが合うかを見てとること、対象があたえられた上でそうする以上、対象は口実でしかない。選び方を知っていること、選択のうちにすべてがある。合致の意味するところは、連れだって進むこと、同じ一点へと向かうこと。下から上へ向かって、同じ一点を目指す、つまり縦にした三角形の二辺のように、高次の一点へと収束していくのであって、そこでは二つの力が、両方を凝縮した別のひとつの力へと溶け合うのだ。

この合致の法則以外に、法則はない。教科書において対象と関係なく「美質」とされているものがわたしにとってなんの役に立つというのだろうか、ある種の気品やら（別の種類の気品には大いに愛着があるが）、軽やかさやら、速さやら——目の前に見える丘の起伏が、あんなにゆっくりと時間をかけて頂上へ行き着くというのに、ある絶壁の美しさが、その重さにこそあるというのに、また、喧伝される例の気品なるものの対極として、ある身ぶりの苦しげなさま、額に寄せた皺にこそ、ほんの少しずつ湧き出す表情があるというのに。自在さがなんだというのだろう、わたしは不器用さを書きたいのだ、一定の秩序がなんだというのだろう、わたしは無秩序の印象をあたえたいのだ、空気をふくませすぎてどうしようというのだろう、わたしの前にあるのは目の詰んだ、隙間のないものなのだ。わたしたちの修辞学は、現場でわたしたち自身が作るべきものだ、わたしたちの文法も、わたしたちの統辞法も——そして、いったん事物の衝撃を受けとめたなら、あとは、あるがままに復元していくだけのことだ。

哀れな活動、と言われるかもしれない、しかし深みに対するわたしたちの愛着を、ここに活かすよう努めればよいではないか。合致という言葉（と事実）が使い途《みち》を見出せない場面はないようにわたしには思える、芸術においては当然、と言っておくが、それだけではなく、生においても。ここでは、かたち《フォルム》に関してのみ、合致というものを扱うが、だからといって、かたちが生を上回るという意味にはならない。この形式《フォルム》＝かたち《フォルム》という新しい語は、生という語に緊密に従属しているにもかかわらず、わたしたちのところでは奇妙な不信感に覆われている。形式とは、わたしたちにとって、なにかしら表面という観念、引いては浅薄という考えをふくむもので、それゆえわたしたちは反発する。わたしたちは、実現された意図よりも、意図そのもののほうを好む種類の人びとだ。結局のところ、わたしたちは相変わらず、偶像破壊者なのである[029]。わたしたちは自らの宗教に、石像に対する蔑視を負っている。形式が話題になるのは、たいてい、内容との対比においてでしかない。とはいえ、この二つの用語が、排除し合うのではなく、互いによってこそ存在するのだということを、決定的に把握するよう努めねばならないのではないだろうか、というのも、あらゆる知識は意識を前提としており、わたしたちが意識するのは、まさにその意識がまとうかたちを通してのことなのだから。わたしたちは、薄闇めいた決まり文句を好みすぎるのだが、それは深みをわかっているという自惚れを満たしてくれるからだ（この深みについては先に言及した）。わたしたちの例の真面目さなるものがその原因なのだろうか。物に対する嗜好を告白することで身を落とすのが怖いのだろうか。それとも、さらに掘り下げるならば、より重大な話にはなるが、一種の宗教的感覚がわたしたちを「滅ぶべきもの」から引き離すのだろうか——滅びるものはすべて再生し、再生はつねにかたちを通して、かたちとしてなされるのに。だとすると、地上のあらゆる生に対するキリスト教的な一種の侮蔑に行き着くことになる。そこでは、もうひとつの、より高次の生が持ち出されて、その生こそが、移りゆくものに対して、永遠なるものを示す、というわけだ。このような態度には偉大な部分があるかもしれない。これこそが、もしわたしたちが標榜するならば、わたしたちの唯一の《かたち》となるのかもしれない、なかなかに目新しく、思いがけない意味合いにおけるかたち、少々イスラム的かつ愛情を伴った、書字のみというかたち、それは芸術に転換するとすれば（このとき芸術が存続するならの話だが）、書道《カリグラフィ》ということになるだろう。ここで、わたしたちのところでは聖書の言葉を家屋に掲示したり、寺院に書きこんだりすることに、わたしは思いをいたすべきだろうか[030]。だが、繰り返すが、こうした類いの好みが偉大さをもちうるとすれば、まず率直に、それを自ら引き受けることが必要だろう。

II－III

しかし、わたしたちとしては、意に介さず先へ進むしかない。すでに湖が浮上したわけだが、わたしたちのほうには、生が要る。すでに、ラヴォーの丘の上から、ぬるい風が波のように降りてきて、ぶどうの花の香りを届ける。人びとは行く、道を進む、鞭を鳴らす、車を押す。わたしたちは生のすべてを好む。滅びるものであるからこそなお、生を好むのだし、苦しめられたからこそ、余計に好む。生に対して、約束を果たさなかったからといって、否定の権利に類するものを振りかざしたりはしない、そういう権利を主張する輩もいるのだが。わたしたちにとってみれば、生はあらゆる約束を果たしてきたし、約束した以上に果たしてきた。わたしたちはあらかじめ生を受け入れたし、あとからも受け入れる。そして生にふくまれるすべてがわたしたちの関心を惹く。ここでは、鉄道路線が湖岸すれすれの堤に建設されていて、湖をまたぐことすらあり、向こうから、気高いまるみを帯びた大きな弧を描いて延びてくる。

その上に、蒸気機関車と、小さな窓のある百両の客車を落としてくれればいい、わたしはその黒と白の腹が進むのを眺め、他方、後方では列車がしなやかに線路の曲線に身を沿わせるから、一瞬、湖岸のかけらそのもの、動くかけらのようになる。百足がやってくる、かぎ爪を広げ、その爪で、まるく平たい小石や、バラ色の石鹸に似た煉瓦の破片や、艶消しされた瓶の底を引っ掻いていく。そして、その上は、段々畑になっていて、段々の頂上へぶつかってくるのは白と灰色の空、そこへたくさん空いた穴から太陽の光が差しこんで、おりてくる、まるで腕を伸ばすように――そこには、五百年前に建てられた低い塀が、互いに積み重なりながらのぼっていく。階段状にのぼっていくと、その土台の上には、天気のよい夏の日という円柱がすっくと立ち、他方で街道はベルン風の屋根をした家々のあいだで狭まって、ちょうど曲がり角になったところに、三つの小さな滝がある。滝の音がするとともに、霧が顔に吹きかけられる。あなたは角を曲がる、滝の音は小さくなる、聞こえなくなる。それでも、さあ、岸辺に沿ってさらに進んでみればいい。そこには小さな町があり、ポプラの大木がカーテンとなって、町はその後ろに隠れ、少しだけそのカーテンを開けているように見えるのだが、そこへ一陣の風が起こり、町は隙間越しにあなたに笑いかける。

町は、紐つきの帽子をかぶった老女の顔をしているのだが、例のバラ色の頬を保った健やかなおばあさんたちのように、いまもって可愛らしい。左の手、心臓の側の手に、古い楡《にれ》の大きな束をもっているが、それは、ジャン＝ジャックや、羊飼いや、ミュゼットの楡なのかもしれない[031]。少しだけこの老女と、彼女自身の言語で話してみてほしい、その言語は挿絵つき聖書を思わせて、あなたたちはひととき、そこに留まる。彼女がペチコートを広げて腰かけているのは、急な斜面をなす高い丘のふもとの、ほんの少ししかない平たい場所で、あなたは彼女と別れたあと、そこをのぼっていくのだが、遠く離れてから、あらためて帽子を脱いで彼女に挨拶する。すると、斜面に正面から挑む小石だらけの険しい小径がやってきて、その小径を縁取る塀のひとつは、階段のように鉄の欄干を備えている。鉄の欄干に加え、時折、ベンチのようなものもあるのだが、座るには位置が高すぎる（少なくとも、片方の端に座ろうとするなら）、というのもこれは背負桶を支えるものなのだ。ここには木はなく、赤っぽい裸をさらすぶどうの株や、その葉による緑色の装飾しかない。けれども、上のほうへ行けば、木々がある。これがわたしたちの郷の美しいところで、低いほうは水とぶどう、裸と光なのだが、この階層をのぼりきって、台座の上へ到着すると、突然、土地の様子が変わって、霧につつまれがちとなり、豊かに爽やかに草が生え、畑が継ぎをあてたように縫いつけられ、森がところどころもくもくと茂るのだ。そこに生がふたたびはじまる、似ていながら異なる生が。低いほうでは、人びとは一人の上にもう一人がかぶさるかたちで、それぞれの段、それぞれ違う高さに立ち、両足の周囲には鉛の兵隊の足許にあるようなごく小さな四角い土地をもち、その場所で硫黄撒布のふいごを扱ったり、片腕を高くあげては木槌で添え木を叩いたりしている——が、今度は、人びとは同じ平面にいて、一人の後ろにもう一人がいる。こちらの人びとは赤い機械の座席にぎごちなく腰かけ、機械の後方ではいくつかのハサミのようなものが陰険な感じで勝手に働き、人びとは声をあげて家畜たちを興奮させる以外になにもしていないように見える。けれども、彼らはまた、身をかがめて草を刈ることもあり、そのときには油のまわった揺るぎない腰を軸に、一定の間隔で胴をひねって、両脚は一歩ずつ代わる代わる、支柱をずらすように進んでいく。彼らの傍にあるのは、水飲み場、そこへ飲みに来る牛たち、庭、菜園、果樹園——すべてがより伸び伸びとして、広大で、開けていて、彼方には林が一本の線を描く一方、窪地の底には、小川のはじまりがあり、まだあまり幅のない川とはいえ、エビが釣れ、岸辺を縁取るハンノキの藪にはカワセミが巣を作っている。さらには、凝乳《グロ・レ》の土地、富裕なチーズ屋の数々、備えられた釜は手入れが行き届いて、見事な金時計のごとく光る。勢いのいい水が太い真鍮の注ぎ口から花崗岩の水槽に落ちる土地、膨大な堆肥をもつ上に他の建物もひけをとらない大きさである土地。そして麦藁は、村によっては側面に飾りができるようなかたちに編みこみ、別の村々ではただ積みあげるだけだが、その重さ、大きさはすでに将来の収穫を予感させる。さらに進もう、さらにのぼろう、最後の峰を越えた。いくつもの泉があふれ出し、南へ行くか北へ行くかで迷いはじめる。ここがわたしたちの郷の終わりだ[032]。

あふれた水は、多くの川を通じて湖へ流れ落ち、地中海へ向かう。それらの小川の流れが方向を変えると同時に、すべてが変わる。だから、追うのはやめなければならない。ここから数キロのあいだは、まだ同じものとして見ることができるが、だんだんと違いが目立っていく。

わたしたちの郷は、とても小さいけれど、それがかえっていいのだ。わたしはこうして、土地を眼下にまるごと捉え、一目でそこにあるものを数えあげることができる。まるいクルミの木の隣に、尖ったサクラの木。リンゴの木は幹が白い。あれらの赤い屋根、青い時計の文字盤、通りかかるだれかが畑にいるだれかに投げかける一言も、一時の鐘が鳴るのも、一匹の犬が吠えるのも、この土地にふくまれるものをわたしはひとつも逃さない、耳に届くものだろうと、目に届くものだろうと。こうして実に楽に見渡せるものだから、この土地の意味するところに到達することも楽にできるのだが、それはすなわち特有の調子や性格ということであって、わたしが重要だと思うのはそうしたものに尽きるから、残りのすべては放っておく。それだけで、すでに盛りだくさんではないだろうか？　この統一性、類縁性、家族の面影が介入して、なにかがわたしにそれを訴え、それが毛穴という毛穴からわたしのなかへ入ってくるとき――そして、わたしはもはや、ひとつの方法でしか物を書くことができないだろうとわかるのだが、それこそは、この土地に特有の方法であって、千とおりの文、あらゆる抑揚の可能性のうち、たったひとつの正解があるはずなのだ、わたしはそれを見つけるまでは満足しない、なぜならそれはここのもので、わたしもここのものだから。

そうした文は、具合のよいときにできるものであって、いつでも到達できるわけではない。弱気なときにはなにもかもが疑わしく、《自らの》真実すら疑ってしまう。だが、準拠すべき時間はなによりも、力のみなぎっているときだ、それは自分が自分でいられる時間、考慮すべき唯一の時間なのだから。自分を強く感じるときには、なんという確信が湧いてくることか！　そんなときは、もはや自分が自分だけを支えにしているのではない、自分など何者でもないのがしっかりと感じられる。力のある時間には、ひとは自らを忘れる、自分を忘れるのでなければ強くなることはできない。自分を忘れることによって、対象にとっては生きることが可能になり、そうすることで、ひとは対象によりよく迫ることができる。対象を変容させている自覚がないときこそ、ひとはより深く対象を変容させるのだ。真の独創性は無自覚である。はじめは、自覚のある独創性かもしれない。けれども、自身の奥へおりていくにつれ、遠い彼方は目に入らなくなってくる。もはや自分しか知覚できなくなることによって、ひとは自然に自分自身となる。だれにも似てはいけないのだが、自分ではだれにでも似ていると思いこんでいなければいけない、ということなのだろう。そして、もしも、あなた方のしていることを説明してほしい、と言われたなら、もはやこちらは自分自身を見せるのではなく、引き受けた一連の事物だけを見せればいいはずだ。召使いが、命令を受けたとき、厳格にそれに従うように。

II－IV

ただし、対象「そのもの」は、いかなる関心も引き起こさない、という点を、いま一度、強調しておきたい。

近年、「地方主義」と呼ばれるものがずいぶんとよく話題にのぼる。その実体と、言葉と、どちらがより不快なのかは定かではないが。こちらとしては、そのような郷土芸能の愛好者たちとははっきりと線を引く。わたしたちの習慣、風俗、信仰、服装、われわれならではと称される単語の数々、牛乳を入れる背負桶のことをボイユと呼ぶだの、こういう細々したことばかりが、これまでわたしたちのところの文学好きの興味を引いてきたと見えるが、こちらとしてはそのようなものは重要でないと見なすばかりか、警戒するのが望ましいと考える、なぜなら、危険だからだ。わたしたちの為すことはひとつとして、読者の好奇心と、「事情通」になりたいという欲求に向けたものであってはならない。固有のものは、わたしたちにとって、出発点以外ではありえない。固有のものへ目を向けるのは、まさに一般に共有されるものを愛するからであり、そこへと確実に到達するためなのだ。固有のものへ向かうのは、抽象を怖れるためで、というのも、固有のものなしでは、一般は抽象に置き換わってしまうかもしれず、両者は混同される場合もあるが、まったく逆だ。一般という言葉が意味するのは、大多数の者にとって生気を感じられる、ということ。抽象化とは概念、一般とは情だ。事物が、伝達されるために別の次元へ運ばれることを、こちらはまったく望まない。望むのは、ただ事物が露わになることなのだ。引き出されるのは理論ではなく、印象である。その印象は簡明なもの、つまり普遍の領域にあるものであってほしい。ほんの僅かの出来事と、複雑でない手段。生、愛、死、原始的なもの、どこにでもあるもの、永遠にあるもの。ただし、その素材が、アフリカのものだろうと、中国のものだろうと、オーストラリアのものだろうと、「わたしたちのところ」のものだろうと、それが実際に効力をもつためには、わたしたちの感覚を襲うもののもつ固有性の極において感じとられねばならない、というのもそれだけが、直ちに理解可能なもの、直ちに深々と体験され受け入れられるものだから（生まれと、土に張った根をめぐる大いなる謎のせいで）。

ここでは美の話はせず、作用の話だけをしよう。情から生まれたものである芸術は、情に行き着くべきであることを、また、芸術は、情の伝達という方法によって作用することを、よく考えよう。芸術が対象を人びとのあいだに広めるのはたしかだが、対象は容器でしかない。ところが、対象こそが、わたしたちをほかから区別するものなのだ。逆に、わたしたちは人間がひとつであることを肯定する。ひとたび違いを感じたあとで、向かおうとする先は、生けるものすべてに共有される高次の類似性なのだ、というのも、アダムの肋骨からまるごと引き出されるかたちで、イヴはアダムのために創られたわけで――二つに分かれる必要があった彼らは、しかし、その後ふたたび、ひとつになったのだから。

だから、決着をつけよう。感受された対象と感受する主体という二元性が、新たな一元性へと溶け合うように。「国民文学」を主張しようとするようなことは脇へ置こう。それは要求が高すぎると同時に、要求が低すぎる。要求が高すぎる、というのは、国民文学なるものは、国民言語がなければ成立せず、わたしたちは自分たちの言語をもっていないから。要求が低すぎる、というのは、わたしたちがよそとの違いを主張するために持ち出そうとするものが、外的な違いであるように思われるから。そうした違いはこれまでに何度も繰り返し数えあげられてきたものだから、ここであらためて説く意味はないだろう。自分たちの政治体制や、宗教や、道徳を、周囲の国々と対比するのは、対象を「そのもの」としてしか見ない、ということだ。わたしたちの道は、それとは逆の方向を向いている。

　その道を果てまで辿る者はいるだろうか？　わたしたちにはわからない。けれども、もしも、いつの日か、わたしたちのところでしか書かれえないひとつの書物、ひとつの章、たったひとつの文が現れるなら、つまり、とある丘の曲線をまねた抑揚をもっていたり、たとえばキュイイからサン＝サフォラン[033]にかけての、きれいな岸辺の小石に寄せる湖水のリズムと同じ拍子が刻まれていたりする、そのようなものが書かれるなら——そんなほんの些細なことが実現するなら、わたしたちは赦された思いになるだろう。

手本としてのセザンヌ

001

（抽象的なセザンヌではなく、わたしたちのような、表現のあり方を探求する者が検討するにふさわしいセザンヌ。）

あの小旅行のことを話すべきだろうか、そしてカヌビエール通りのすぐ傍にある広場で、どうやって路面電車に乗るのかも[002]。路面電車は急がないから、すぐには発車しないけれど、それにしても、なんとよい天気だろう！

マルセイユの秋の朝、秋と言ってもわたしたちのところの夏に近く、とはいえ暑さはすでに息がつまるほどではなくなってきて、海からは微風が吹いてくる。さて、どういうわけであなたはそんなにうれしい気分でいるのだろう？

通りの賑わいのせいか、帽子をかぶらず髪型も靴も完璧な女の子たちのせいか（髪と靴以外もなかなかの出来だ）、群衆から大混雑の人込みへとたちまちふくらみつつ楽しげに羽目を外す人びとのせいか、制服やら、青い襟やら、ターバンやら、ドレスやら、トルコ帽やらのせいか。とにかく、こんなときは、ひとの性質はすぐに変化して、なにもかもが然るべき位置にあるような、なにもかもが最適な按配に整えられているような気がしてくるものだ。

係員に乗車時間を尋ねると、にこりともせずこんなふうに答えるのだから、好もしいのは訛りだけとはかぎらない。

「二時間です、「道中の事故」がなければ」

信じてもらえるかわからないが、この場合の「道中の事故」は恐怖を感じさせるものではない、脱線するのだろうかと思うと、前もって愉快な気分になってしまう。それとも、アメリカ西部のように、列車強盗が待ち伏せている危険があるのだろうか、道路脇のどこかで、金持ちのイギリス人を狙って、といってもそんなイギリス人はここにはいやしない。

いるのは四、五人の地元の若者だけで、軍の適性審査委員会に寄ったところだから、ボタン穴を青白赤のリボンでわんさと飾り立てている——そしてゆっくりと内輪話をしているのだが、みな痩せ型で、かなり背が高く、黒髪ばかりでもなく、なかなか真面目そうで、身ぶりも落ち着いている。

恐れていた猥雑な品のなさはここには見当たらなかった。素朴さのなかに慎みと信頼が交ざっているのが、予想と正反対だっただけに、わたしをはっとさせた。時には一見、無邪気に見えるが、それは仮面であって、裏には繊細なところが多々見受けられ、激情も宿していそうだが、ただし内に秘められている。

はじめは港の倉庫群の裏手に沿って進む(記憶のかぎりでは)。それからやっと、登りになる。

そこは工場街、とりわけ石鹼工場と製油工場が多いことが、匂いでじきにわかる。左手には高い煙突の群れが煙を吐いているものの、広い空の清らかさを濁らせるにはいたらず、その空はあまりに真っ青なせいで、黒っぽく見える。

この土地の真の姿はすぐには現れない。丘の上のほうまで来て、郊外が少しずつ途絶えるにつれ、見えてくる。

進むごとに、こちらの位置は高くなる。工場に代わって見えてくる小さな家々は、背が低く、着飾らず、簡素な輪郭で、漆喰塗り、黄色い瓦屋根は壁すれすれで切れている。この辺で、松の冠をかぶった赤い崖がだんだんと見えはじめ、海が葉叢の隙間にところどころ垣間見えるが、その海は見下ろす海、上から眺める海だ。

彼は港を知ろうとしなかった、交差するマストも、艦船の黒い船体も、片手を腰に当て、袋の重みを受けとめつつ身をかがめて行き来する男たちも。彼の郷《さと》は、もっと奥まったところ、彼の郷は高原にある。

看板が一枚、「セザンヌ靴店」と、本人も気に入ったに違いない文字の形と色で書いてあるのが、もうすぐ着くことを知らせてくれた。

丘の肩に着くと、急に斜面が途切れ、街道は目の前に平たくつづくばかりか、少し下りさえする――そこで高原の全容が出現し、丘また丘の起伏や、ぎざぎざや、断層や、点々と散らばった多くの家々が（しかし集落はひとつもなく、いずこも灰色や白の立方体が偶然にまかせて置かれたかのようなのだ）、視線を奥へと導くと、そこには大きな山々が白っぽく連なり、麓にエクス＝アン＝プロヴァンスが鎮座している。

わたしはこんなに奇妙な印象を受けたのは初めてだったが、それは不意打ちだったり、未知だったり、特別だったりするせいではなく、ここでもまた、逆のことが起きたのだ。つまり、わたしは家に戻ったかのように感じたのであって、この突然の変化によって、居場所《デペイゼ》を失ったというよりも、むしろ、居場所《ルペイゼ》を再び見つけた気がしたのだ、とでも言えば、印象が正確に伝わるだろうか。

とはいえ、ただ懐かしい気がしただけ、という意味には受けとらないでほしい。訛り、物腰、見下ろす景色、垣間見える海の青さ、こうしたものは準備段階にすぎなかった。自分の家に戻ったかのように感じるのだが、それは、より《完成》され、熟成され、意識され、ようやくまるごと肯定された、そのようなわたしの家ないし「わたしたちの家」なのだ。

それはまるでラヴォー[003]の街道を、ラヴォーの高いところの街道沿いを散策しているかのようで、といってもここにはぶどう畑はなく、代わりに松があり、より開けた空間があり、景色の広がりがあり、それぞれの要素がより前後に重なって、より深い色合いをしている——だがそれでも、やはりラヴォーの街道沿いを散歩しているかのようで、そうしていると自分のなかに、自分自身とはなにかについての、より明確な考えが宿り、自分自身への信頼感が増して、突如豊かになった感覚を覚える。

ああ、花開くとは、なんたる甘美！　生きる喜び、懸念のなさ、身をゆだねるということ。自分をよき自然の手に預けたように感じる、よき自然はわたしの面倒を見てくれて、それ以上のことはしないだろう。あれほど多くの種族が不幸のうちにあり、一種の呪いが彼らの身にのしかかっているのは、単に彼らがあまりに北方に生まれたせいなのだと、得心が行く。

わたしたちは海水が一定の温度になったとき海からあがってきたと言われている。同じ温度が気温のうちに見出されさえすれば、わたしたちは以前とは違うふうに、ただし同じ悦楽をもって、その空気に浸るのだ。

わたしたちはひょっとすると歯を食いしばることを好みすぎていたのかもしれない。意志の緊張がほどけるにまかせてみようではないか。

しかしこうしたすべては序の口にすぎないし、それに、ドイツ人のような喋り方でもある。

＊

わたしたちはエクスで、黒オリーブ、にんにく入りソーセージ、小鳥料理の昼食を摂った。

待ちきれない思いで、わたしは給仕の男に、《彼》のいた通り、つまりブルゴン通りはどこか知っているかと尋ねた。

給仕は知らなかった。わたしはそれほど驚かなかった。もう高齢の給仕で、極端に礼儀正しく、きちんとしていて、小声で話し、こちらが話しかけるときには目を逸らす。教会の香部屋《こうべや》係か、司教つきの従僕あがりといった様子の男だった。

土地の者ではなかったのかもしれないが、土地の者だったとしても、彼がその通りを知らなかったことについて、わたしは大して余計に驚きはしなかっただろう。セザンヌはつねに、自分の村においてすらだれにも名を知られない運命にあった。であれば、彼の住んでいた通りが知られているわけがあるだろうか。

幸い、居合わせた一人の紳士が親切にも然るべき情報を自ら授けてくれた。「ブルゴン通りですか？　市庁舎前の通りをずっと行って、噴水まで来たら左へ曲がるのです。他のひとも教えてくれるでしょう」

鉄製の骨組みに吊られた大きな鐘のまるい全身が、うつろな大空を背景にくっきりと姿を現しているのが見える。大聖堂のポーチでは、フロマンの絵画[004]とタペストリーを見物させられる。狭い街路に入っていけば、両脇にしんと並ぶのは、ものによってはふんだんに装飾を施された古い屋敷で、息絶えた偉大なる過去のもたらす憂鬱が、司法官たちにふさわしい厳しさと、気高くも調和している。こうした通りのひとつに彼の家があるとわたしは思っていたが、まったくそうではなく、彼の通りは、貧しいと言ってよいような通りだった。

その通りもまた狭く、歩道がなく、背の高い建物の正面はのっぺりとして、汚れが目立ち、一階は商店、各種の小商い。とても市街地らしい一方、すでに郊外特有のぞんざいさもあり、庭や緑はどこにもなく、彼方の田園が多少見通せるといったこともまるでなかった。

なぜわたしは、これほど完璧なまでに「定石どおり」の慎ましさを、たちまち好ましく感じたのだろう？　こんな彼にこそ、わたしはますます好感をもったのだ。この辺りに山ほどある由緒正しい建物に彼が暮らしていたと知った場合に比べて、より偉大で、より彼らしい気がした。

機会があって偶然に見つかった集合住宅の一戸、あるがままに受け入れた状況、こんな類いのことはどうでもいいと見なすこと。こんなことに力を注いでなんになる、わたしたちの為すべきことはほかにあるじゃないか？

とはいえ、あまり後ろへ退がれないために、首を反らして上を見あげ、カーテンの向こうに陣取った相当数の両目ににじろじろ見られているのを感じつつ、ようやくのことで、四階のさらに上に、空に縁取られ、屋根に載るかたちで、白い四角をしたアトリエがあるのを認めたとき、わたしの感情はひどく昂ぶった。

中には入れなかったので、外から見たかぎりだが、ずいぶんと小さく質素なアトリエに思われた。察するに、四枚の裸の壁があるだけで、ところどころにカンバスを乾かすための釘が打たれているのだろう。

扉には三つの呼鈴が提がっていた。近寄って、名前を読んでみたが、彼の名はすでになかった。きっと、ここでは彼は完全に忘れ去られ、どんな思い出も、どんな足跡も消えているのだろう。彼が四つに折ってテーブルの脚を安定させるのに使った素描すら、ここにはなく、それらはのちに広げられ、折り目を伸ばされて、非常な高値で商人に売られていった。そして、おそらくは《別種の》俗人にあたる、絵画とはほぼ無縁な人々がやってきて、あのアトリエを「物置場」として使い、「物をしまう場所がいつも足りなくて」などと言いつつ、物置場があってよかった、と思ったことだろう。

もはや彼はここにいない、いるわけがないのに、わざわざ会いにやってきたのはなぜだろう？　わたしは繰り返し自分に問うていた。それでも、この墓に来るという敬虔な務めを果たさずにはおれなかった。ただ、いまやわたしには、生きた彼が必要だった。

町を出るだけのことだった。小さな町だった。

小径は塀に挟まれた登り坂になった。すべすべした緑色がニワトコの新芽を思わせるバッタの一種がいて、アフリカから来たイナゴではないかと思うのだが、時折、目の前の砂に着地する。

塀があるので、まだなにも見えず、ただ糸杉の頂きやまるい葉叢が間遠に覗くだけだった。けれども、わたしの求めていたものがようやく眼前に立ち現れると、それは四方にそびえ立ち、わたしに飛びかかってきた。

その廃墟は、大きな割れ目が斜めに入り、片流れの屋根が載っている。灰色の岩が水平な層をなして積み重なったあいだに、芝生の踊り場のようなものがある。ねじれて赤褐色をした高い木々の梢は、傾いだ土地を背景に好き勝手に交差しているかに見えるものの、伸びる方向は厳しい掟によって定められている。あのくすんだ緑の枝は、空というカンバスの表に、上から下へこすりつけられたように見えて仕方がない。このように、集合、接近、総合、嵌めこまれたもの、量感をなすもの、そしてそれらの核心があり、さらに、そのすべてを上回るものとして、空があり、それは日陰に入った緑色と隣り合ってすら、もっとも暗い色価を表し、正午の日光は容赦なく両者の境目を区切る。どちらを向いても、彼がそこにいて、もはや彼しかいなかった。

彼がいるのは、ここなのだ、とわたしは思い（同時にほかの場所にもいるのだろう、あらゆる人々の心のなかにもいるのだから）、とはいえ、外界において彼を位置づけたい、いわば台座を見つけたい、という気持ちでいた。ここにあるものこそが台座だった、それは裸で、見事な石で、然るべきものだった。すでに見たことのあるこの屋根の重なりからなるピラミッド、まるで小石の山に棒を突き立てたように天辺に塔が建ったピラミッドが、遙かに見えるのは、よいものだった。傾いだ線もよかった、斜めに走るこれらの線は、見事に傾いで、見事に斜めになっていた。この孤独感もよかった。ここでは、石と建築のみが支配する。人間の存在は介入しない。あなたの描いた風景を思い出してみると、そこに人間は決して現れない[005]。この地で出会うような人間という意味では。そもそも滅多に出会わないのだ、不毛の地で、耕作地も牧草地もないのだから。彼にとっては、時刻やら、いわゆる社会生活やらに、なんの意味があるだろうか。多くの者が、自然に「活気をあたえよう」と思ってしまうのは、そうした人々の描く自然に魂が欠けているせいだ。そうやって彼らは噴水の周りに女たちの一団を配し、「主題」にすがる。逸話はごく自然にやってくる、彼らは行き当たりばったりなのだから。それに対して、ここには、地質学的な、と言ってもいいような赤裸々さがある。木が一本ある、植物が一本ある、それだけだ。そして壁もあるが、この壁は地面でもある、なぜならこの地面というのはまるごと岩だからで、建物を再建するなら、つるはしの一撃でわたしはこの岩を突き崩す。ここにもまた、全体性がある。そして、人間の姿がようやく現れるとき、それはだれでもいいから通りすがりの者を道端で呼びとめて、モデルになってほしいと頼むわけだが、そのとき彼はモデルを景色のように、独立した、それ自体のものとして扱う。肖像画、酒飲みの面々、カード遊びをする人びと、古い肘掛け椅子に座る部屋着の女たち。この場合、欠けているのは風景だ。背景には灰色の壁面か、時代遅れの模様入り壁紙があれば事足りる。衣装、佇まい、しぐさ、こうしたものはたしかに「正確」かもしれないし、完璧に特徴をつかんでいるのかもしれないが、わたしにとってはまったくどうでもいいことだ！　ここでもまた、大事なのは量感であって、量感以外にない――そして、こめられた感情は、実に壮大で、強くこちらに訴えかけ、時には抑えられているがゆえに高貴だ、対してほかの者は、感情を貶めており、表層的にしか感情というものがわからないがゆえに、配置やら「主題」やらによって表面に散らすばかり。だが、ここでは、感情は深みをもち、肉や、神経や、血と、しっかり混ざり合っている。彼自身が物質だから、彼はかたち＝形式《フォルム》によってのみ表現しようとするのだ。

セザンヌにとっては、どんなきっかけでもかまわない。というのも、この地に根を下ろした以上、遠くへなにかを探しに行きはしないのだ。周囲にあるものを、存在するがままに受け入れる、ということが、ここでもまたおこなわれる。周囲にあるものを使う、ということ。はるばるオセアニアまで出かけていった者もいるわけだが[006]、彼はオセアニアを自分の心のなかに見つけた。

こうしてわたしは、すでに路面電車で受けた印象をあらためて感じたが、先ほどとはまた異なる強さで感じたのだった。つまり、土地と人間との密接な結びつきということだが、両者はあまりに分かちがたく一体化し、互いに絡み合っているため、辺りを見渡しても、どちらがどの領分に属するのか、まったくもって見分けがつかなくなっている。

わたしはそこにいて、無数の考えをぼんやりと頭に浮かべていた。石ころの多い街道の下には、アーチが穿たれ、秘かな音を立てて灌漑用運河の水が流れている。こうして、突如、郷里の湖の想念がわたしの目の前に立ち現れ、風景が「芸術の素材」と呼ばれるものになることであたえられる偉大さは、悲しくもまっさらなまま遠ざけられたわたしたちの湖には、いまだ欠けている、と感じた。いや、そうとは言いきれないじゃないか、とわたしは思った、ホドラーがやってきたのだから[007]。けれどもわたしたちに必要なのは、本当に彼だったのだろうか。ともかく、この土地がここに姿を現し、迫ってくる、そういったことを実現するための権限をもたらしているのは、ほかでもない、反映するものとされるものとの、完全なる一致なのだ。一方ではこれらの外界、そして他方ではひとつの気質。つまりひとつの自然《ナチュール》と、もうひとつの性質《ナチュール》との一致である（もっとも簡素で、もっとも壮大な言葉を使おうではないか）。

ひとはセザンヌのことを、従順な人間とは思ってこなかった。ああいった類いの気質をもつ以上、つまり、想像するに、好むと好まざるとにかかわらず（ひょっとすると、疑念と不安に襲われるような日々ともなれば、内心、反撥を覚えながら）、あまりに強烈な要求、《自分を曲げる》能力のあまりに完全な欠如に支配されている以上、彼が事物とそこまで近い関係にあり、事物を前にしてそこまで謙虚であるとは、考えてみなかった。自分の外にある力に自発的に従うよりは、むしろ、矛盾へと向かう自分の内面の力に、決定権をゆだねそうな気がしていた。変更したり、強調したり、「作りあげたり」しそうだと見なしていた、作りあげるというのは、無からひねり出すという意味ではないが、大きく見せたり、あるいはもしかすると、ずらしたり、ということだ。ところがこうしていま見てみると、逆に、彼はこれらの外界のなかにあらかじめ存在しており、潜在的にはすでに身も心も外界にいたように感じられるのだ。

おそらく、もはや外界のあれこれを彼の目で、彼を通してしか見ていないことになるのだろう。だが、それらはなんと一気に偉大になることか！　あまたの画家がここにイーゼルを据えてきた。水彩画家たちの哀れな地よ！　安易な南仏《ミディ》、戸外の南仏、美的効果の南仏、点描の南仏、数々のオペラに唄われる「美しき太陽」を添えて。ああ、彼の南仏はといえば、正反対だ、その南仏は深刻で、厳格で、あまりに密度が高いゆえに暗く、抑制され、内にこもり、艶消しされた調和が行き渡っている。あの青と緑のさまざまな階調を隣り合わせにしたものがつねに基調となり、全体に広がる灰色が深みと埃とを表現する、というのも、表層や偶発とは別のものを見る者にとって、光とは、結局のところ、埃なのだから。そこには、ほぼスペイン的とも呼べる気質、つまり内に秘めた激情が、動作には表れないままにふくらんでいくような性質がある。知性と感性とのおそるべきカトリック的統一、すべてをそこへ閉じこめようとするおそるべき義務感。

相矛盾する感情、それは感情であって手法と呼ぶことはできない、なぜならセザンヌにおいて手法は存在しないのだから。いまこのとき、真実がなんと鮮やかに躍り出ることか、だれが勝利を得たかがなんと明瞭に目に見えることか、だれに理があるかがなんとよくわかることか！

なんと彼はそこにいることか、なんと彼は孤独でいることか、なんとほかのすべてが崩れ落ちることか。なんとあらゆるものが試行、習作、小さな嘘であることか、なんとあらゆるものが彼の傍らにあっては束の間のものであることか！

そしてもはや、彼が見たのと違うふうにこの土地を見ることは不可能になった。どこへ行こうと、彼だ。どこを振り返ろうと、彼しかない。——幹と幹のあいだを規則正しく空けてスズカケを植えたあれらの中庭や、ほうぼうの市門にいたるまで。市門は、赤いズボンの士官がいる時刻で、そこには地方生活なるものがのさばり、アプサントの香りのなか、カフェのテラスにちょろちょろと蠢《うごめ》いている。

そこにもまた彼がいる、なにがあろうと、彼を否定するもののなかにすら——彼のしかめ面、彼のマント、ふちが赤くなった目、彼の怒り、彼の素朴さ、あの自意識こそが、ともかくも、いまや唯一、目に見えるのだ、彼が自らの高みにまで引きあげたこの郷の全体を通じて。

*

だが、わたしは先に、手本について話したのだった。その件に戻ろう。

引き出される教えをよく見つめよう、最初の衝撃を受けたあと、その効果を見極めようとする段になれば、その教えだけが重要なのだから。

ここにおいて、大いなる教えとはなにかというと（教えというのは、わたしたちにとって、また、わたしたちの置かれた場所ということになるこの地の高原にとって、という意味だが）、わたしたちはここで一人の人間と、その人間を生んだひとつの土壌に面と向かっていて、両者の接近、両者の相互浸透についてほんの少しだけ検討したわけだが、すでに土壌のほうは重要性を失っている、ということだ。

あのセザンヌのプロヴァンスなるものは、地理上、どこにも位置していない。ひとはそれを、地域として、地方としては決して捉えない。そこにいる人物たちは、前述の通り、「正確」でありうる。衣装、しぐさ、佇まいにおけるこのような正確さは、わたしたちの関心をまったく惹かない。彼の作品を前にして、観光客らしい好奇心が湧くようなことはない。「実際に行って見てみたい」などとはまるで思わない。さてここで、よろしければ、ミストラル[008]のことを考えてみよう。わたしはこのページでふたつの名を近づけてみたが、運命はこの二人の人間を空間において近づけた。しかし、ミストラルのほうには、風光明媚なもの、郷土芸能風のものがある、被りものや、ファランドール踊りや、三つ穴縦笛《ガルーベ》や、牡牛の群、郷土のための郷土、プロヴァンスのためのプロヴァンスがある。彼は、旅行してみたい気にさせる。彼は、好奇心を刺激する。ほかの部分で偉大なところがあるのは認めるが、それでも彼には、ややそのような側面があるのではないだろうか、そしてそれはセザンヌには断じて見られないものなのだ。

ミストラルと並べると、セザンヌはなんと削ぎ落とされていることだろう！　先ほど言ったことを、再度強調させてもらうが、この画家において、ただちに普遍のレベルへと移し替えられないようなものはひとつもない。これはいまだプロヴァンスなのだろうか？　たしかにプロヴァンスではある、ただし土台においてであり、土台においてのみ、そうなのだ。その上に、精神による建築が作りあげられ、それは精神にのみ呼びかける。それは、プロヴァンスであるあまり、もはやプロヴァンスではない。
とはいえ、セザンヌにおいては、プロヴァンスによって、あるいはプロヴァンスを通してなされなかったことはひとつとしてない。彼がパリで戸惑い、パリで不安を感じたことは、ひとの知るところだ。自然から遠ざかると力を失ってしまう彼は、「自分に合う」自然を見つけてはじめて、自分自身でいられるようになった。彼のセーヌ＝エ＝オワーズ[009]を描いた最初の数枚の油彩（印象派の時代で、彼はピサロ[010]の影響を受けていた）には、まだ赤い屋根と鮮やかな緑があり、その後を予感させはするかもしれないが、たしかなものには全然なっていない。下のほうは湿気が高すぎ、上のほうは動きが多すぎ、川は流れ、靄はたなびく。彼にはおそらくまだ、それぞれの構成要素が揺るぎなく不動であることと、粗野にすら見えるほど角張っていること、という、自らの思い描くものにとって必要な点が欠けていた。帰郷してようやく、自分自身と合流したのだ。

　このようにしてセザンヌ一人が、この土壌を通じ、わたしたちのために、パリに対峙するひとつの芸術を立ちあげてくれるのであって、それは、ある血縁、ある地縁の芸術であると同時に、普遍的である。ここにもまた、先に挙げたものと近い、ひとつの教えがある。ようやく見つけたこのようなとっかかりがなければ、彼は自らの仕事を果たすことはできなかっただろう。とはいえ、それはとっかかりにすぎない。繰り返そう、この土壌は、つねに彼の芸術の下に横たわってはいるが、足許にあるものにすぎないのだ。

　こうしたものと対比すると、内輪で通用する窮屈な教義の数々は、なんとつまらないことだろう！　最近言われるところの「地方主義作家」などは、なんと取るに足らない、地方一辺倒の、ひとつの場所にこだわる連中であることか！　セザンヌはわたしたちにとってなんと手本になることだろう、尺度を欠くことが多すぎるわたしたち、自己愛が傷つくことを予感して大きな物差しを選ぶのを怖れがちなわたしたちにとって。この点において、セザンヌは、わたしたちと類縁性があるだけに、とりわけ強く関心を引く。偉大なものはなんであれ教えをもたらすにもかかわらず、多くの作り手のなかで、特に彼に目を向けたのは、たまたまのことではなく、わたしたちのごく近くにいるせいだ。まず時代において、さらに感性において。空間において、とも言えるだろうか。彼の地で頻繁に自分の郷や種族を見出す感じがしたことへの驚きについては、先に語った。これによって、学んだ内容にいっそうの強さ、いっそうの親密さが加わったのだ。

助言が次のようにあたえられるとき、それはほとんどわたしたち自身のものと思えるような言葉で語られている。「移し替えなさい、対象などなんでもないと思いなさい、ある性質を守るのは大切だが、解釈を通して守るようにしなさい」というふうに言われるとき。また、「仲介なしに事物を見ることを習い覚えなさい」というふうに言われるとき。さらに、これはセザンヌ自身の書いた言葉だが、「自然を元に描くとは、その目標物を複写することではなく、さまざまな感覚を実現することなのだ」というふうに言われるとき。

彼のもとへ向かい、こうしたことを感じ——そして、去ること。ただし、このような手本が要求する責務に、背を向けたりはしないこと。

セザンヌの孤独、ということを、よくよく考えよう、彼の精神と、慕うことを求める心とは、どれほどの空洞に取り巻かれていたことか。わが身を完全に捧げるとなれば、慕う相手はただひとつ、かくも高みにある事物の数々が示してくる冷酷さのみであって、こちらの求めに応えたり報いたりするのに、その相手が使う唯一の方法とは、こちらの内面に響くひとつの声よりほかにはなく、その声は、これらの事物たちにふさわしくありたいなら、絶えず事物よりも遠くを見つめ、絶えず事物を超えていけ、と大声で告げるのだ。

その努力は、死によってのみ中断される。ほかの者は胸像や、全身像になったが、彼の偉大さを示すのは、つねに身にまとっていた沈黙だ。彼の栄華とは、胸像にも、彫像にもなることなく、郷の全体を自分に似せて彫りあげたことなのであり、実際、彼は自らのものである丘の連なりに相対して、すっくと立っていたのだ、彫刻家が片手に槌を、片手に鑿をもち、大きな大理石の多面体を削り落としていくときと同じ姿で。

ベルナール・グラッセ[001]への手紙

親愛なるグラッセ様、

包み隠さずにお話ししますが、わたしがこの手紙を書こうと思ったとき励みになったのは、あなた自身が手紙を、少なくとも手紙に類するものを書く方だということです。つまり、あなたもまた、自分の行為について説明する者、ときには説明することをよしとする者であって、また説明したのちに、雑誌記事という鏡をもってきて、自身を人目にさらすとともに、自身の姿を自ら眺める者です[002]。釈明とは、弱さにすぎないことも多いでしょう。行動する者にとっては、釈明とはしばしば、自分にとってその行動が終わったこと、もはや行動しないことを示するしともなります。しかし、説明することは、自らに許す単なる小休止、という場合もあります。その場合、行動する者は（他人のためという以上に）自分自身のために、自分のしたことを要約し、自分の力を増大させるために自分についてまとめる必要を感じるのであって、あなたの場合はまさにこれにあたると感じられるわけです。それゆえに、あなたの事例は非常に興味深いと思われるのですが、一般的に言って興味深い、という以上に（と、ここからが本題ですが）、あなたの場合にきわめて特異なのは、そうすることによってあなたが突如、自社の著者たちと同じ平面上に立つ、ということで、これによって著者たちは（上に述べたとおり）非常に励まされます、相手はもはや出版者であることを越え、同業者でも、同類《コンフレール》（わたしの大嫌いなひどい言葉ですが）でもなく、一人の人間なのだと、したがってこちらも一人の人間として思いを吐露しようという気になるのです。著者たちは、あなたの書くものを読む大勢の読者のなかでは、ごく些細な一部、ほんの少数ですが、それでもあなたにとっては特別な読者です。あなたからすれば、著者たちは、あなたと結んできた、そして現在も結び、これからも結ぶだろう（と彼らは期待するわけですが）関係によって、きわめて例外的な読者であることは把握しておかれる必要があるでしょう。その著者たちは、ただ出版社の社主と仕事仲間という関係においてのみ発言するのではなく、一方では自分の知性と心情の一端を見せてくれる人間的な存在、そして他方では知性と心情を備えたいと望み、また、悲しいことに、それらの一部をさらすのが仕事である人間的な存在、という関係において発言することで、自分が高められたような、誉れを受けたかのような気分になるのです。どうか（わたし自身に関して申しあげますが）感謝の気持ちを述べさせてください。あなたの書かれたものを、わたしはいわば、二つの射程から、あるいは二つの面から読みました、というのも、わたしはまず、単純に、だれもと同じような眼差しをもっているわけですが、同時に、あなたの出版社に所属する栄誉に浴しているからです。そして、あなたが行動に悪影響をあたえることなく当の行動について語ることができるとお考えであり、また、見たところ、あなたにとっては、行動することと表明することとのあいだに取り返しのつかない矛盾などはありえないようであることから、わたしは大いに励まされて、わたしはわたし自身のささやかな行動からいっとき身を離し、もしよろしければ、あなたに、わたしの行動についてご説明を差しあげたいのです。

グラッセさん、あなたはずいぶん遠くからわたしを迎えにいらっしゃいました。あなたから受け取った最初の手紙は「外国宛て書簡」でした。一九二四年の日付ですから、四年以上前です[003]。わたしはそのころ、現在と同じところにいました、すなわちパリからとても遠くにいたのですが、それは単に地理的に、キロメートル数によってパリからとても遠いのではなく（本当のところ、キロ数はたいしたものではありません）、このあと取りあげるいくつかの理由によって、いっそう遠いのです。ともかく、わたしはあなたから非常に離れたところにいて、とても孤独で（いまも非常に孤独ですが）、そしてここで述べておきたいのですが、空間上の距離《ラ・ディスタンス》と、人間関係上の距離《レ・ディスタンス》（これら二種類の距離）をものともせず、あなたはわたしのことを気にかけてくださいました。わたしはパリからとても遠くにいた上、パリで自著を出版することを考えるような状態からもほど遠かったので、この隠れ家で、自分自身の元手だけを使ってなんとかやろうと、わたしなりにあくせく働いていました、いまもここにある四本の見事なポプラに囲まれた小さな庭を眺めながら――いま、南西の風がざっと強く吹いて、ポプラの最後の葉を散らしたところです、いまは十一月の終わりですから――必要とあらば自分一人で切り抜けてみせると固く決心してはいたわけですが、そこへあなたの開いてくださった最初の扉がやってきたのです。あなたが主導してくださった、というのが、まず一点目。その点に感謝します。そして、二点目ですが、自分にとって非常にありがたい申し出を受けたのに、わたしはすぐに受け入れず、一定の抵抗を示したことを覚えています。これは、自分が思うようにあなたの役に立てないのではないかと怖れたせいでした、どういう意味かと言えば、大人数の読者ないし購買者を、つまりはいわゆる「ベストセラー」を、あなたにもたらさないのではないかと思ったのです。いわゆる大衆という、商業的に大事な唯一の相手には届かないのではないか、と怖れたのです。あなたの出費に対し、充分な利益、充分な「見返り」で埋め合わせられないのではないかと怖れたのです。そして、わたしの怖れは十全に現実となったにもかかわらず、結果として（まだ二点目のつづきです）あなたはわたしを見捨てませんでした、わたしの認めるところ、そうする権利があなたにはあったのに。あなたはわたしを「打ち捨てる」ことをせず、わたしの考えるところ、収支は極端に悪かったはずなのに、その結果に厳格に従うことをせずにいてくれました。これによって早くも、編集者にして社主の向こう、実業家の向こうに、人間そのものの姿がわたしの前に現れました。この点についても、感謝します。

なかなか具合のよい手紙になってきたようです。現時点ですでに、あなたの意図とわたしの意図とのあいだに複数の共通点を見てとることができます。わたしはあなたのなかにいる人間に目を向けます。あなたのほうは、単なる著者ではなく、わたしという人間に目を留めました。あなたは、わたしという人間だけでなく、わたしがそうなりたいと思っている人間、あなたの世話に値しない惨めな著者だったのが、いつかあなたのおかげでなれるかもしれない、そのような人間に目を留め、また、目を留めたことを証してくださった。そして、そこにあなたの美点があります、というのも、相手の男はよそ者なのですから。先にわたしは、あなたから最初に受け取った手紙の封筒に貼ってあった、一フラン五十サンチームまたは同等の価値を有する切手のことに触れました。この価格と色は、あなたの通信が「政治的」国境を越えてようやくわたしのもとへ到達したことを公式に示しています。フランス国を出て、別の国に入っていったわけですが、その国はたまたまフランス語を（ほかの言語と並んで）話す国で、しかし政治的な意味では、もはやフランスではない。言語からいえばフランスなのですから、フランスであると同時に、もはやフランスではないのです。この曖昧な状態は、わたしの場合についていえば、といってもわたしの場合にもかぎりませんが、かなり重大なすれ違いのきっかけとなっています。どうか（ここでは人間として語っていますから）この人間が、自分の場合と、同郷の多くの人々の場合とを一緒にすることをお許しください。彼らもまた、パリから来る書物（とりわけあなたのところの書物）の、きわめて忠実で、熱心で、良心的で、なおかつ、比率からいって、非常に数多い読者です、なにしろ彼らの言語で書かれているのですから――ここでは、この人間の故郷であるヴォーという狭い国の事例を披瀝させてください。わたしはヴォー人であることを幸せに思っています。ヴォー人であることを誇りにすら思っています。しかし、ちっぽけな国なので、知られてはいませんし、ヴォーが属する「スイス・ロマンド」ないし「スイス・フランセーズ」〔いずれもスイスのフランス語圏を指す〕にしても、たいした大きさではありませんから、やはり似たようなもので、知られていません。人口は八十万人しかなく、ヴォー州はといえば、三十万人です。この土地の現在のありようについては、まったく、あるいはほぼ、知られておらず、知られているとすれば「文学」、それも過去の時代の文学についてで、それはジュネーヴ人であるルソー、ローザンヌ出身であるバンジャマン・コンスタンといった、一人か二人の出身者あるいは代表者のおかげですが、二人とも、もはや実体を欠いた存在、文学的存在、または、さらにひどいことには「イデオロギー的」存在になってしまい、フランス作家という大きなまとまりに非常に強く結びつけられているか、あるいは完全に組みこまれています。彼らの後継者であるわたしたち、物書きにかぎらずということですが、わたしたちについては、ほとんど、または全然知られないままです。これが大筋においてわたしの国の運命で、似すぎていると同時に違いすぎる、近すぎると同時に近さが足りないことによるのです――フランス的すぎると同時に、充分にフランス的でないことに。つまり、知らずにいるか、あるいは、知っていながらもどう扱えばよいかわからないか、どちらかなのです。発見しに行こうという気には全然なりません、遠い島ではなく、したがって、なんの好奇心も呼び起こしませんから。ところが、なんらかの理由で、その土地が出現し、その存在が露わになると――そうなると、明らかに、不安を呼び覚ますのです。たとえば、その土地の者が自分なりのフランス語で書こうとすれば、フランスの文芸批評家たちは不安になります。いや、先走ってしまいました。この土地とフランスとを隔てる政治的国境の話題に戻りましょう――まず訂正・補足しますが、この国境は政治的なものだけではありません。色つきの（ピンク、黄、青の）線で地図上に引かれているだけではなくて、いろいろな細さの何本もの割れ目が、概ね北から南にかけて、黒っぽい色をした長い棒のように走っています――これは、フランスとわたしの小さな国のあいだに山脈があることを示しています。わたしたちは政治だけではなく、地理においても分かたれているのです。あなた方とわたしたちのあいだには、ジュラ山脈があり、このジュラ地域はブルゴーニュ公の首都ディジョンとはもはや切り離されていますが、ブルゴーニュ公がわたしたちの公爵だった時代もありました、いまは違いますけれども。あなた方とわたしたちのあいだには、かなり大きな土地の起伏があり、これも乗り越えねばなりません。さらに、そちら側から来る場合なら、はじめは気づかないほどのとてもなだらかな斜面、広大な平原の重なり、次々に重なるので上へ積まれていることすら忘れそうになる段丘を、少しずつ登っていけばいいのに対して、こちら側に来ると、急峻な斜面、ほぼ垂直の下降ですから、地面の構造には対称性も連続性もなく、ただ断絶が、唐突な断絶があるのです――ですからわたしたちヴォー人は、鳥の巣のなかにいるかのようなのです、つまり、ジュラの尾根を越えた途端に突然目に入る巣の底に、わたしたちはいるのです。ひとは長時間、峡谷や、フェルトのように短い草が生えた牧草地といったほぼ平坦なところを這ってきたあと、長いトンネルに入ります（ヨーロッパ最長のトンネルのひとつです[004]）――すると突如として、空高くにいます、いきなり飛翔していて、飛行機に乗っているかのようなのです、下にも上にも果てしなく青が広がり、自分の足許にも周囲にも空中に穿たれた大きな穴が広がっていて、そこをジグザグに進んだり曲がったりしながら全速力で運ばれていき、前触れもなく次々と、北へ、南へと連れていかれるものだから、しまいにはなにもかもひっくり返って、方位がわからなくなります。

乗客たちは廊下へ出ています。なにかが変化したことに惹かれ、彼らはそれぞれのコンパートメントから出て、長方形の大きなガラス窓に顔を寄せ、銅製の横棒に両手でしがみついています。ふらつき、態勢を立てなおし、またふらつく。片方からもう片方へと全員が同じ方向へ傾き、また全員が片方からもう片方へと逆方向へ傾きます。そしてわたしはこのとき、隣のひとに、ひとつの山を見せています――が、山は消えてしまいました。湖の対岸にある、サヴォワ・アルプスのダン・ドッシュ山を指さしていたのです。指の先にあったのですが、もう指の先にはなにもありません。山脈ごと、横へ滑っていって、目の前から取りはらわれ、代わりにヴォー・アルプスが現れましたが、これもまた、たちまち通りすぎてしまいます。「それで、あそこの尾根の向こうにあるのが、ヌシャテル湖で……」と、ひとつの文を述べはじめたばかりなのに、もうヌシャテル湖はなく、そこにはただジュラ側の線路沿いににつづく背の高い法面があるだけ。このように、下降していくあいだずっと、この土地の全体が回転台に載っているかのようなのです。しかし、だからこそ、土地の様子はよく見えますし、とりわけ、四方が閉じられているのがよく見えます。フランス語が話される土地ですが、フランスの国境をまたいだ向こう側にあり、この土地自身の境界線があります、西はジュラ、南はレマン湖とサヴォワの山々、東はヴォー・アルプス、北はスイス高原を予告する丘の連なり。ヴォーはあなたの眼下に全容を見せて、巣のなかにうずくまっており、そこへ向かってこちらは何度か円を描いて飛びながらおりていきます、雛たちのところへ帰っていく鳥のように、青と白と灰色に縁取られて——爽快な空気、明るく澄んだ空気のなか（たとえば、夏のはじめの美しい朝）、湖に近い山々の頂がまだ雪をかぶっている時分に。そして、その後ろでは、一瞬だけ、空の底に、まるで配膳台の上に並んだ皿のごとく、氷河が横並びにずらりと並んでいるのが垣間見えます。下のほうに青、その上に青、その周りに青。つまり、湖があり、空があり、山々があるのです。二つの紺碧のあいだを降りていくと、山頂が青い衣や白い衣をまとった天使のように揺れます。それはヴォー州ですが、ヴォーの国という古来の名もあり、その名にふさわしいのです。なぜなら、ヴォーはなによりもまず《国《ペイ》》です、いかに小さくとも。つまり、欠けるところがなく、すべてのものを生産でき、必要とあれば、なにもかも自らまかなえるのです。すばらしいのは、そこでは紺碧のなかにいるとともに、土の上に立ってもいることで、しかもそれは非常に質のよい土です。山々が空にたゆたうと同時に、牧草地、果樹園、畑、農場、村が、あなたのすぐ傍に並んでいるのです。見れば牧草地に事欠かないのがわかります、大量の草を生む土地なのがわかります、麦が育てられているのがわかります。あらゆる種類の果物があるのがわかります、りんごに桃、いちじくにブルーベリー——一方では、すでに最初のぶどうが顔を見せています——ということは、この国はさらにワインもできるわけで、しかも自分のところで必要な分以上にできるのです。空の下に階段状をなし、目の前にある水面に照らされ、暖められ、標高三〇〇メートルから三〇〇〇メートルまでという高低差によって、おそろしく多様な気候を集約し、言うなれば段々の上に南の産物と北の産物とを集め、和解させています。欠けるものがない、だからわたしはここが好きです。一目見渡すだけで読みとることができる、だからわたしはここが好きです。ほんの小さな国ですが、同時に、とても大きな国が、特異な幸運によって縮小された、そんな国なのです。その国は、見おろすあなたに自らの姿をあますず見せてくれます、まるで一葉のページが、あまりに明快に書かれているために、その豊かさと多様性に満ちた意味がまるごと、いちどきに現れるかのようです。そして、先ほどの話題に戻りますが、フランスの辺境にあるこの国では、フランス語を話します、フランス語だけを話します、フランス語だけを話してきました——これが追加の幸運、最後の到達点、ほかのすべてに加わる最高の栄誉で、だからこそわたしはなおさらここが好きなのです。ただ、繰り返しますが、ここは閉じた国です。フランス側からは、地理的な境界線によって閉じられています。この国は、歴史的には、統一されたフランス、まとまったフランスに属したことはありません。つまり、ときにサヴォワのような家系に従属したことはありますが、フランスの家系に従属したことはありません。フランス国家の一部になったことは一度もないのです。さらに、社会的にも、フランスという共同体のなかに位置づけられたことはありません、この点についてここで歴史を辿りなおすことはできませんが、ともかくわたしの申しあげることの背景として、いまから思い描いておいていただけたらと思うのです。

以上が、グラッセさん、わたしたちの置かれた特異な状況です。あなたはフランスのフランス人であり、わたしたちのほうは、言語において、言語のみにおいてフランス人です。わたしたちはあなた方と密接な同族関係にあるとともに（それは本当のところ、もっとも強い、本物の、永続的な、深い同族関係ですが）、しかし他方では、数々の理由により、あなた方にとって異邦人です。わたしはパリへ行くときパスポートが必要ですし、なるべくなら行きたくない役所へ出頭すると、いかにもユダヤ人らしい東方ユダヤ人や、いかにもアジア人らしいアジア人と法的に同一視されることに辛い思いをします。このことがあるから、わたしはもうパリに行きません。わたしたちの湖を渡るとき（というのも、この湖はあなた方のものであるとともにわたしたちのものでもありますから）、わたしはパスポートが必要で、しかしこの湖は旅へと誘《いざな》う最高に美しい水面であって、両岸を隔てるものではありません、今日では湖自身の意志に反してそうなってしまいましたが、もとは隔てるのではなく《つなぐ》ものです。このことがあるから、わたしはもうサヴォワに行きません、そこもまたわたしの郷《さと》で、大勢のひとがわたしと同じ名字をもっているのに。おわかりでしょうか、わたしたちは「またがっている」、つまり苦痛な、落ち着かない状態にあるのです。けれども、こうした現在生じている支障については、参考程度にだけお話しすることとします。この状態が深いところでもたらす結果のほうが、わたしの関心を引きます、というのもそれは今日にはじまったことではなく、昨日でもなく、つねにそうだったのですから。わたしたちヴォー人は、代わる代わる、ブルゴーニュ人、サヴォワ人、ベルン人となって、いまはスイス人です。ブルゴーニュ、そしてサヴォワ、そしてベルンといった国が独立国であったころ、わたしたちはそれらの国に従属していました。公爵がまだ君主であったころに、公爵を戴いていました――王の、すなわち、フランス王の臣下だったことは一度もありませんでした。したがって、歴史的にも、政治的にも、社会的にも（つまり風俗、慣習、趣味、感情、そして言語の面で）、フランス王国の伝統に参加したことはありません。その伝統は歴代の国王の周囲に、彼らによって、彼らのせいで、彼らのために、さらに、ときには彼らの個人的衝動のもとに、ゆっくりと形づくられていきました。あなた方の偉大な十七世紀をわたしは愛していますが、それはわたしたちのものではありませんでした、つまりわたしたちはあなた方の十七世紀を「生きた」わけではなく、わたしたちは十七世紀をもたないのです。なぜなら当時、わたしたちはベルン人で、要するにまったく声をもたず、存在していなかったのですから。そしてまさにこの時代に、上に述べた理由によって、「フランス」語は、いまも存続する数あるフランス系言語のなかで、決定的に形が定まったのでした。すなわち、文学的でありえた多くの言語のなかで、ひとつの文学言語が完成したわけで、そのひとつの言語の卓越性と揺るぎない完全性によって、その他の言語は、もはや方言や俚言でしかなくなったのです。わたしは「あなた方の」十七世紀が好きで、フランス語が好きで、それは使用を認められた「あるひとつの」フランス語ですが、それでもわたしは（よその出身ですから）そこに、実に偶然の、偶発的な、（生じなかった可能性もある）現象をしか見出すことができませんし、わたしや、わたしたちの言語に関して言うならば、まさに、その現象は生じなかったのです。わたしは、一定のフランス人にとって、一定の状況において、そのフランス語が必然的な性格をもつこと、したがって心底から真正な、生きたものであることに、尊敬と感嘆の念を抱いていています、その言語は彼らにとっては本当に自分たちの本質を表現するものなのですから――まさに、同じ理由によって、わたしはこの「古典的」言語のうちに、フランス語で表現しようとする者のだれもが使い、これからも使わねばならない、固定された体系をもつ唯一の言語を見出すことを拒否します。なぜなら、何百ものフランス語がかつて存在し、いまも存在していて、今日なお、少なくとも二つの大きなグループ、二つの大きなカテゴリーがあるのです〔パリをふくむ北フランスの諸方言を指すオイル語と、南フランス諸方言を指すオック語のこと〕。オイル語の一種が（過去において）並外れた成功を遂げたからといって、今日もまだ存在する数々のオイル語やオック語を忘れてはなりません。それらは、存在するばかりか、ほどけたり編み直されたりを絶えず繰り返しています、つまり生きている、生成しているのです、それに対して例の言語（あの「文学的」言語）は日増しに動きを止め、死んでいき、それを使う者に、語彙やら、統辞法やら、文法やらについて、少なからぬ一連の規則を勝手に課します、勝手にというのは、その人びとがそれらの規則を生きたものとして体験したわけではないにもかかわらず、ということです。また別の言い方をするならば、さまざまな形をもつこの「古典的」フランス語は、ずいぶん前から、もはや《アカデミック》なフランス語でしかなくなっていて、その主たる結果として、アカデミックになればなるほど、有無を言わせぬ、権威主義の、排他的なものになっていくのです。さらに、この「古典的」と呼ばれるけれども実際はもはやそうではないフランス語が、今日にあっても、ある一定数のフランス人、たとえば、一定の条件のもと、一定の界隈で育った、一定のフランスの、ないしはパリのブルジョワにとっては有効なのだと認めるとしても、だからといって、どうしてそれがわたしにとって有効なのかはよくわかりません、わたしはフランス市民でもなければ、パリジャンでもなく、先祖にもそういうひとは一人もいませんし、王の臣下だった先祖もおらず、宮廷やサロンの一部を担うことを引き継いだわけでもないのですから——というのも、宮廷とサロンもまた、生きていたものであり、したがってこの言語は生きた言語だったのです――けれども、わたしたちはといえば、学校を介してそれを知っただけでした。わたしたちは、その言語を自然に話すことはできません。書く前、話す前に、習わなくてはならないのです。

グラッセさん、ごらんのとおり、わたしがあなたに提出するのは、ひとつの事例です、そしてそれはわたし一人の事例に留まりません。この問いは、わたしにとっては個人的な問いですが、同時にとても一般的な問いです。だからこそ、あなたも関心をおもちになるのではないかと考えたわけです。そして、結局、わたしが自分のことを語らざるをえないとすれば、それはわたしが自分なりにこの問いを解こうとしたためであり、あなたの著者の一人だからでもあり、さらに、あなたの著者のなかで、おそらくもっとも頻繁に、もっとも断定的に、「書くのが下手」だと非難される者だからです。こうしてわたしは、あなたの「仕入れ元」の集団において、たった一人で、極左派だか極右派だか（どちらでもお好きなように）を構成しており、ある特異な批判の対象となっています。しかも、「書くのが下手」なだけならなんともないのですが、わたしは「わざと」下手に書いていると非難され、ゆえにますます許しがたいということになり、そのせいであなたにとっては相当に不快な金銭上の帰結がもたらされる一方、わたしにとっては、精神上の帰結とでもいったものがもたらされ、これもまた同様に不快なものです、なぜなら、諸々考え合わせてみると、わたしは「誤っている」ということになるのですから。念のために申しあげますが、この非難はわたしにとって、なににも増して深刻なもので、実のところ、わたしを傷つけるただひとつのものなのです。それはわたしのあらゆる意図、あらゆる探求の、まったく正反対です。それはわたしの核心部分を傷つけます――わたしはつねに真率であろうと心がけてきましたし、「下手な文章」を書きはじめたのも、まさに、より本当らしく、あるいはもっと言うならば、より本物であろうとしたためです。できるかぎり本当らしくあろう、本物であろうとしたためなのです。これこそが、やりおおせる目的でわたしが出発点とした、わたしにとっての核心部なのですが、ところが人びとは、実に不名誉なことに、わたしを連れ戻して、わたしのやりようが下手だと言うのです。これこそが、この議論において、わたしにとってもっとも辛い点です。なぜなら、わたしは《似せよう》とした、なにかしらに似せようとしたのに、人びとはわたしが異なっていると、しかも正当な理由もなく異なっていると断言するのです。わたしは自分を忘れ、わたしの好きな人たちのためにわたし自身のことを忘れてもらおうと思っているのに、人びとは逆に、わたしが「目立とう」としているのだと文句をつけます。わたしとしては、わからない、というか、もうわからなくなってしまって、時によっては、もはや自分の決めた態度（という言い方で合っているなら）、自分の人生を賭けて決めた態度に疑いを抱くほどです――そこで、今度はわたし自身が、もしかすると実際、自分は《間違っていた》のかもしれない、とつぶやくわけですが、それは怖ろしいことで、もしそうだと納得してしまったなら、わたしは即座に、永遠に口を閉ざすことでしょう。けれども、本当にそうなのでしょうか。グラッセさん、わたしがあなたを必要としていることがおわかりでしょう、わたしは引きつづきあなたに向かって語ります、あなたをいいように利用してさらなる説明をつづけます。さて、よろしいでしょうか、わたしの国はつねにフランス語を使ってきたのであり、それは、言ってみれば「自分のところの」フランス語にすぎないとはいえ、当然のものとして使ってきたわけです、なぜならフランスの多くの地方と同様にラテン系なのですし、その意味ではブルターニュやバスクやアルザスよりもフランス的なのですから。

わたしの国は「自分のところの」フランス語を当然のものとして使います、なぜならそれが母国語であり、習う必要もなく、その地に毎日毎時生まれる各々の生きた肉体から引き出される言語なのですから。当然のものとして、そのようなフランス語を話すのですし、その面ではフランスのほかのあらゆる土地と完全に平等です——ただ、同時に、政治上のフランスとは国境線によって分かたれているために、時の流れのなかでフランス内部に作りあげられた一種の《共通》フランス語に対しては、その外側にいます。そこでわたしの国は、二つの言語をもつことになりました。一つは習わねばならない言語、もう一つは生まれながらに使ってきた言語です。自分の言語を喋りつづけながら、同時に、こちらの学校で「よいフランス語」と呼ばれるものをがんばって書いてきたのですが、たしかに学校にとってはよいフランス語でしょう、学校が専売特許をもつ商品なのですから。フランスのあらゆる地方に、多かれ少なかれ、このような学校のフランス語と野外のフランス語（もはや俚言ですらありません）との乖離がありますが、それでも学校のフランス語をそこそこ楽に使うことはできます、というのも自分たちの共通の中心であるパリを通じて、自分たちのフランス語にはなっているからです。上で見た理由から（例の国境のこと、パリからの距離、そしてとりわけ伝統の違い）、わたしの思うに、いま述べたような乖離がほかのどんな場所よりも大きいのが、わたしたちの小さなヴォーの国だろうと思います。しかもここは、まったく農民のみ、土に親しむ者のみからなる土地で、したがって原初の暮らしととても近しい関係にあるのです。この国では長いこと独自の俚言を話してきました（フランコプロヴァンス語系の俚言、サヴォワ語の一種です）。次いで、ほかの地方と同様、学校の影響のもとで、少しずつ俚言を手放しましたが、アクセントは失わなかったので、ある種のフランス語をヴォーのアクセントで話すことで、そのフランス語はふたたび、実にヴォーならではのものになりました。たくさんの表現、たくさんの独自の単語、そして無論、学校のフランス語からすれば「間違いだらけ」。しかし、グラッセさん、わたしの身に起きたことを言わせてください、というのもわたしは、ここでは自分の個人的体験のみに依りたいと思っていますから。こういうことです、わたしは自覚的な年齢になってすぐ（悲しいことに、そういう年齢になるよりもずっと前から物を書いていたものですから）、自分の小さな国には二つの言語がある、つまり話されているものと書かれているもの、一つは差し支えなければわたしのほうでヴォー語と呼ばせていただくもの、もう一つはよいフランス語にあたる（あるいは、そう信じていた）もの、この二つがある、そう気づいたのみならず、後者のフランス語（わたしたちが習わねばならないほう）については、わたしたちは非常に出来が悪いということにも気づきました。わたし自身、それを習い（ほかの多くの者に比べて、おそらくそこまで出来が悪かったわけではない程度に）、それを使っていましたし、少なくとも使っているつもりではいました。周りでもだれもが使っていました、少なくとも物を書くこと（本、雑誌、ともすれば新聞も）にきわめて強い熱意で臨んでいた者に関しては、そうでした——しかるに、どういうわけか、わたしはどんどんこのフランス語に不満を抱くようになっていき、それは自分が、ある性質や事物に開眼するにつれ強まっていったのですが、それらの性質や事物は固有のもので、作家の存在理由のひとつは、まさに固有性を表現することにあります。それまでは、実のところ、そうした固有性にまでは至っていませんでした、まだ小学生でしたから、できなかったのです、そのころはいくつかの文学上の手本、とりわけヴィクトル・ユゴーに倣うことに満足していました（すでに多くのロマン主義戯曲をものしていたのです）——ところが、ちょうどそのころに小学校を卒業して、いくつかの印象を覚えるようになりはじめると（と、単純化しますが）、つまり生きるということをはじめると、お馴染みの「よいフランス語」、わたしたちの書き言葉が、いかに自分たちのこと、自分のことを表現することにかけて無力かを見てとって、不安に捕らわれたことが思い出されます。周囲を見渡すと、このフランス語はわたしたちにとって、習い覚えた言語（そして結局のところ、死んだ言語）であるだけに、いわば遮断の原理のようなものが働き、そのために、印象は、あるがまま忠実に形をなして外へ伝えられるのではなく、出ようとする途上で電流が足りない場合のごとく減少し、しまいには自らを否定してしまうのです。たとえば、自分の言語だと信じていたものを使って、フランス語の明晰さを称揚しようとすると、むしろその曖昧さにしか到達しないことにわたしは気づきました。フランス語の精髄そのものとして提示されている自在さが、自然と出てしまう不器用さを逆に際立たせることになり、かえって不器用さをさらけ出してしまったほうがましなくらいだと気づいたのです。速さはといえば、骨を折って表面を取り繕った遅さにほかならず、このように、あらゆる美質のうちに、裏返しのようなものが認められる。なぜならそこには《翻訳》が、それも、うまくいっているとは言えない翻訳があるからです。わたしはおずおずとこう考えたのを覚えています。翻訳するのをやめてみることだってできるんじゃないだろうか、と。本当に表現する人間は、翻訳しません。自分のうちに運動が生じるにまかせ、それを最後までつづけるだけのことで、その運動自体が、自ら言葉を組織するのです。語る人間には、翻訳する暇はありません。語る人間には、自分の語りを翻訳する暇はありません。語る人間には、そのようにして自分自身を裏切る暇はないのです[005]。ここでは、わたしたちは二つの言語をもっていました。一つは、「よい」とされるほうの言語で、ただわたしたちのものではないために、うまく使えません。もう一つは間違いだらけと言われるほうの言語ですが、わたしたちのものであるために、うまく使えます。ところが、わたしの感じる情は、この事物に負っているのです……。「この話し言葉を書いてみたらどうだろう、《わたしたちの》言葉を書いてみたら……」それが、わたしのやってみたことです（出来不出来はあるでしょうが、ここではわたしの意図についてのみ話しています）。わたしは、書かれていない（まだ書き言葉にならない）言語で書きました。強調したいのは、わたしが本当らしさを好み、本物であることを心から志向するがために、こういうことをやった、ということです（わたしの受けている非難の正反対です）――つけ加えれば、《忠誠心》ゆえに、そうしたのです。

グラッセさん、時代や状況が違えば、いま述べたような決断を擁護するのはかなり難しいだろうということを、わたしは否定しません（実のところ、わたしはあらゆる物事に関して、とても分別があり、冷静なのです）。特定の時代においては（小さなわがヴォーの国においてさえ）、この件に唯一関わりのある層である上流社会の人びとは、性質も趣味も非常に国際的ですから、フランスの上流社会で使われるフランス語を最大限に活用しえた可能性がきわめて高いでしょう。わたしと同様にヴォー人であるバンジャマン・コンスタンが、下手なフランス語で書いているかどうか、わたしにはわかりませんが、おそらくそうではないと思います、にもかかわらず、その「よいフランス語」は彼の言いたいことを表現しています。固有の欲求と共通の表現手段とが真に対応していた時期は、たぶんあったのでしょう。そのことを否定はしません。けれども、わたしは別の条件のもと、別の時代のもとに生まれました。なんとしても服従せねばならないという必要性が、つねにわたしのなかで優位に立っていました。存在するものへの従属、自分の現状への従属。空間のなかのある場所にわたしは生を享《う》け、時間のなかのある瞬間に生を享けました。これがまずわたしにとっての大きな現実であり、決定的な動機でした。わたしの性質が発達するにつれて、自分の目にそれらの現実が好き放題に飛びこむようになるやいなや、わたしのうちでそれらはすべての場所を占めました、したがってわたしが最初にとった進路は、多くの青年のような、政治あるいは形而上の方向ではなく、地形、地理、地質、つまり実に具体的な方向でした。これはひとつの欲求に要約できます。すなわち、わたし自身を表現するよりも、存在するさまざまなものを表現したい、そして、存在するさまざまなものを介し、存在そのものを、自分を通じて表現したい、ということです。ところが、これらの存在物は特定の存在物であり、わたしもまた固有の存在、空間におけるある場所、時間におけるある瞬間に生まれた者です。この場所と瞬間に対して、間違いなく忠実、あたうるかぎり忠実であるためには、どうすればよいのでしょうか？　対象に従うこと、特定の対象と特定の秩序と一定数の事物に従うこと、そのようなことをする以上、自分のなか、自分一人の内部ではなく、自分の外部に、わたしは自分の存在理由を設定したのです。物を書いていたわたしは、長いあいだ、ひどく不幸な気持ちでいて、なぜなのかは自分でもわかりませんでした。物を書きはじめたときは、まだ小学生で、ごく幼い少年でした。はじめ、わたしはとても不幸な気持ちで、それはなぜかというと、自分に向かって「おまえはなぜ物を書くのか？」と問いかけては、さらに「おまえにその資格があるのか？」とも問いかけていたのです。そのころ、わたしはまだ「上手に書く」ことに精を出していました。けれども、その同じ忠実さ、従順さ（まだ無意識の、あるいは少なくとも消極的なものでしたが）は、自分の周囲や背後を見まわすよう、わたしに仕向けました。すると、自分と同じ種族の人びとがいて、わたしは非常に気まずい思いになるのです、というのも、わたしの出自にあたる人びとは、祖父母も、曾祖父母も、見渡せるかぎり遠くまで振りかえってみても、だれ一人「物を書く」ということをしたことがないばかりか、「物を書く」ということがありうると考えたことすらないのです、商用の手紙や家計簿以外のものは、という意味ですが。わたしの先祖にあたるぶどう作りや農家の人びとはだれも、物を書くというのが使命でありうる、彼らの職業と同等の職業になりうるとは一度も考えたことがありませんでした。ですから、ほかにやることがあるのに、わたしがそうやって時間を無駄にしているのを、彼らが苦々しく思っているのが、わたしにはひしひしと感じられました。したがって、十歳か十二歳のころ、中学生のわたしがはじめて詩を書いたとき、わたしは彼らに隠れて書き出したのでした。時の彼方からわたしを目に留め、眺めている彼らに対して、どれほど恥ずかしく感じたかをわたしは覚えています。そこでわたしは彼らから隠れ、またわたしにとっては目に見えるかたちで先祖たちを引き継ぎ、引き延ばす存在である自分の両親からも、隠れていました。とりわけ、母からは隠れていました（とはいえ、母はその後、わたしに賛成してくれたのですから、当時もすぐに賛成してくれたはずですが）。そして、自分の小さな机の前に座り、ラテン語翻訳のノートを前に、巧妙にもページのあいだに一枚の紙を挟むことで、母が夜遅いのを心配して突然入ってきた場合にも、それほどの危険を冒すことなく、自分の書いている「詩歌」を隠しおおせたのです——覚えていますが、それは八音節詩で、ひとつの星について書いたものでした、ちょうど目の前にある屋根の上に見えていた、冬の夜の青白い小さな星。十二歳でした。母が入ってきて、「まだ終わらないの？」と言います。わたしは、ノートのページをめくり（めくることで同時に、乾ききらないインクが不揃いな線を描いている紙を消滅させて）、ほぼ終わった翻訳を素直ぶって母に見せるのですが、ご丁寧にも最後から二つめの文で中断しておいたから、これであと十五分は稼げるわけです。わたしは彼女から隠れ、同様に、自分の出自にあたる人びとから長いこと隠れつつ、「見られたら、どう思われるだろう」と考えていました。大学入学資格試験《バカロレア》の受験勉強をしながら、長大なロマン主義戯曲を書きつづけていたときもありました。あのひとたちが「困ったやつだ、不合格になるぞ！」と言うのが聞こえてくる気がしたものです。さらにそのあと、文学の学士号を準備していたときは、毎日毎日、十二音節詩《アレクサンドラン》を積みかさねては、「上手に」書き（規則通りに）、できるかぎり「もっともよい」フランス語を書くべく奮闘して、そこには「見事な」雄弁による躍動感と、修辞学によるさまざまな助力を加えたのですが、その修辞学の秘密については、まさに教わったばかりでした――いまや狭い屋根裏部屋に鍵を閉めて閉じこもるわたしは、ますます《彼ら》から隠れ、ますます彼らにどう思われるか不安に駆られて、居心地の悪さは増す一方です。そしてとうとう、ある日、自分の内奥へ深く降りていき、より本当の自分自身に到達したとき、同時にわたしは彼らと出会いました。彼らはもはやわたしの外にはいませんでした。彼らとわたしとを隔てていた距離は無化されました。彼らとわたしのあいだには、もはや齟齬はありませんでした、なぜならわたしは彼らに似つつあったからです。彼らはわたしを見分けてくれました。わたしは彼らの言語を話していました。もはや、一方に彼らが、もう一方にわたしがいるのではなく、わたしたちはようやく互いに知り合ったのです。突然、二十二歳のころ（わたしはパリに到着したところでした[006]）、ある夜、彼らはわたしの奥深くから駆け寄って、それまでわたしが見習っていた外部の手本に取って代わりました。こうしてわたしは、彼らの話し方のように書くことをはじめたのです、なぜなら彼らは、手本なしに話すからこそ、上手に話していたのですから。彼ら自身が自らを表現するようにして、彼らを表現すること、彼らが身ぶりによって自らを表現するようにして、言葉で彼らを表現すること、こうしたことをやってみるようになったのです。彼らにおいては、言葉もまた身ぶり、彼らなりの身ぶりなのです――彼らのほうは野菜畑やぶどう畑で、わたしのほうは、彼らの教えに従いつつ、紙の上で。不意に、彼らはもう怒っていませんでした。わたしは彼らに隠れる必要がなくなりました。わたしは彼らのつづきをおこなうのです、よき息子がそうすべきであるように。わたしは「流儀を継ぎ」、彼らはわたしを許してくれました。

どう言われるかはわかっています。後退したと非難されるのでしょう。おまえにそんなことをする権利はないと言われるのでしょう。習い覚えた（しかも、必要な）規則を意図して忘れるなら、それは不自然なものにしかならない、と言われるのでしょう。そんなふうに「文学」を免れようとして逃げる、あるいは、逃げようとする、それこそ文学の極みだ、と言われるのでしょう。わざわざ古典文学の学士号を取っておきながら、百姓にふたたびなる、あるいは、なろうとするのでは、骨折り損だ、と言われるのでしょう。そんな迂回は、意識的すぎるのではないか、だからどうにも怪しげだ、と言われるのでしょう。計算高い、と非難されるのでしょう。実際、そのように非難されたわけです。忠誠心を装ってはいるが、その実、なんとしても独創性を手に入れたいと思っているらしいのが透けて見える、そう言われるのでしょう、いや実際言われました。したがって、まず正確を期したいのは、ここまでに披瀝してきた内容はすべて、わたし自身の目からすれば、表現のレベルにおいてのみ意味をなすということです。わたしとしてはあらゆる誤解を避けようとしているのですが、驚いたことに、批評界のほうではあまりに頻繁に、表現のレベルと説明のレベルを混同します――感じさせようとするレベルと、わからせようというレベルとを。繰り返しますが、わたしはここで、言うまでもなく、この二つのレベルのうち前者を、前者のみを相手にしています。説明のレベルでは、共通言語の、いわゆる文学的な「フランス語」の《便利さ》が紛れもなく優位に立つと、わたしはなんの抵抗もなく認めます。その場合、言葉はなによりもまず抽象的な記号であり、読者の便宜のため、一連の取り決めによって、できるだけ長持ちし、明確であるよう固定されることが望ましく、それは温度計の度数だとか、時計の文字盤、地図の経線の場合と同じことです。重要なのは、まず書き手が、次に読み手が、ある言いまわしの意味がどこではじまり、どこで終わるのかをできるだけ正確に知ることであり、そのような言いまわしは、意味を摑むのに、あるイメージと近づけるようなことを必要としないし、左右を補強して安定させるのに、事物そのものの現前を必要とすることもないのです。ですから、わたしがここで相手にするのは、表現のレベルにかぎります。さて、わたしに対する批評が有効かどうか、見てみましょう。このレベルで考えたとき、わたしが間違っているという批判は、どういうことを指しているのでしょうか。わたしへの非難は、つづめて言えば、わたしが自分ではない者を自分として通そうとしている、ということです。わたしはたまたま「学業を修め」ましたが、そのことから、わたしが学業とはなにかすら知らない者だと読者に思わせて騙そうとしているとして（それがわたしの目的だとでもいうかのように！）非難されるのです。「あなたは百姓ではない、文学士だ。わざと「下手に」書いているのだ。われわれを騙し、自分自身をも騙している」。腹黒い肉屋よろしく「目方をごまかしている」と非難されかねないありさまです。グラッセさん、わたしはすでに、こうした批判の一部に応えたと考えています。けれども、ごらんのとおり、この議論は大いに深められましたから、このまま徹底的に取り組めば、きわめて面白いものにすらなりうるはずです。というのも、文体の、あるいは単に文法の問題を通じて、今日における社会構造全般が関わってくるでしょうから。わたしに向けられたこれらの批評は、突き詰めれば、文学的・美学的という以上に、社会的なものなのかもしれません。結局、人びとが主張したいのは、わたしが特定の「階級」に属していること、ブルジョワ化したこと、「教養人」になったこと、「知識人」になったこと、自分の意志で階級を下げる権利はないということなのです。となると、知識人とは、より多くのことを《習い覚えた》点において必然的に非＝知識人に比して《上位》にあると考えられていることになり、知識人にとっては、習ったさまざまなことを忘れようとするのは、たとえそれらが彼にとって不要だとか、誤っているとか判断されるものだとしても、貧困化と見なされるということになります。大学のような「上位」に位置する学校、またアカデミックな伝統のすべてが、ここにおいて意見の一致を見ます。前者は、あなたにもたらす大量の情報によって（というのも、それはわたしにとっては情報でしかありませんので）、また後者は自らの閉じこもる規則や形式の留まるところを知らない複雑化によって、両者ともに、論理的帰結として、複雑なものは必然的に基礎的なものよりも「豊か」であり、元々複雑である（と両者が思う）書き手、あるいは両者のおかげで複雑になった書き手が基礎的なものに関心を抱くとすれば、それは自分を否定することでしかない、と考えるのです。しかし、この基礎的なものへの好みは、どこから来るのでしょうか。両者はそんなことを気に留めません、怪しげなものと断じるばかりですから。両者は、その書き手が、文学士であり、学位を保有し、見たところ教養人、ないし、洗練された、と両者の呼ぶような者でありながら、単に生理的な理由によって、自分の出どころである人びとと非常に近い位置に居つづけられようとは、思ってもみないのです。付言しますと、わたしがひととおりの「出世」を経ることを強いられたのは、わたしのせいではありません（別にそのことに文句はありません）。知らぬうちに外側から植えつけられた動きとして、わたしは（文句はありませんが）最後には「学位を勝ち取る」こととなったのですが、とはいえ学位はわたしにとっては単に一時的なものに留まり、最低限しか役立てようとしなかったことは認めざるをえません。肝心なのは、学位が本当にわたし自身を表現していたか、学位が人間をなんらかのかたちで変えたのか、ということです。そうだとするなら、なぜ、優等生のわたしが物を書きはじめたときに、あのような居心地の悪さ、孤独な印象、そして間違っているというあの感じ、さらに、不実を働いている感じを抱いたのでしょうか。それは、わたしのお話しした人びとが、すでにわたしのなかにいたからです。彼らは、わたしが文学士になるずっと前、わたしが大学入学資格試験合格者《バシュリエ》や中学生になるずっと前、わたしがお喋りできるようになるよりもずっと前から、わたしのなかにいて、《彼らの》言語を、本ではなく、血と肉によって教えてくれていたのです——わたしが生まれるずっと前からです、彼らは、わたしが可能性として潜んでいる両親の体のなかにいたのですから。わたし自身よりもずっと前から、わたしの後ろに際限なくつづく、長く、敬うべき、生きた鎖として、地上に存在していたのですから。すると、こちらのほうが、もう一つのほうよりも優位に立つのではないでしょうか。つまり、彼らの授ける教えのほうが、もう一つの教えよりも上に来るのではありませんか。わたし自身、この地上にやってきたのは彼らのおかげで、したがって自分の命すら、彼らに授かっています——本当のところ、わたしはすべてを彼らに負っているのです。それを思い出すことは、忘れることよりも本当に「不自然」でしょうか。彼らに忠実であろうとすることは、本当に「間違っている」のでしょうか。彼らのおこないを継続しようとすることは、本当に「計算」（利益を見越した計算）なのでしょうか（彼らのほうには欠点や、誤りや、不足もごまんとあるでしょうが、わたしはここで自分の意図についてのみ語っています）。

まとめますと、わたしは二十二歳のころ、つまり、ようやく自分自身を自覚するにいたったときに、自分の国で、二つの「伝統」に向き合いました。書き言葉の伝統と、話し言葉の伝統です。書き言葉の伝統は、長いあいだ古典的伝統の位置にあり、いまもそうですが、わたしは、この書き言葉の伝統もまた、そもそもは話し言葉、「生きられた」言葉の伝統であって、だからこそ十全に力を発揮できるのだ、ということを示したいと思いました。生きられた、というのは、歴史のなかで、風俗のなかで、ある特定の土地の上、ある特定の気候のもとに体感された、ということです。わたしは、その伝統が、わたしたちの伝統であったことはない、ということを提示したいと思いました。さらに、その伝統が、たしかに当初は体感されたものではあったけれども、革命以降、フランス人およびフランス国にとってすら、元の価値観の大半を失って、ひどく観念的なものとなったように思われる、ということを示したいと考えました。その伝統が、もはやわたしたちのものではないひとつの社会から発されたもの（したがって、生き残りにすぎないもの）で、たとえば、ある統辞上の序列（ペリオドス〔詩法における、異なる韻律のまとまり〕）が美しく見えるのは、人間世界の序列、人びとの思考と風俗において自然なものとして受け入れられていた序列を本当に反映しているうちのことでしかない、ということを示せたらと思いました。しかし、付随するこのような数多くの問題（せめて自分の主題がどれほど複雑かわかっていないわけではないことを示すために、ここでは簡単に指摘するに留めますが）――このような数多くの問題は脇へ置いて、ここで一つだけ残しておきたいのは、「古典的」フランス語（その名にふさわしいものであるかぎりにおいて、わたしの敬服するものですが）は、わたしにとって、わたしの置かれた環境においては、一度として有効ではなかったということ、そして、もしそれを自分で使おうとするなら、まさにそれこそがわたしにとっての「嘘」だった、ということです。わたしは、この「古典主義」（わたしがそれに心から憧れるのは間違いないのですが）にわたしが到達するとすれば、まさにそれを定義したと主張する人びとが述べる方法、つまり、自分自身の出身である伝統に回帰するというのとは、まったく逆の方法によってしか到達できないだろう、と考えました。わたしにとって、古典主義とは出発点ではなく、到着点でしたし、そうでありつづけるのです、そしてそこへ到達するかしないかは、わたし次第というよりも、わたしの力次第ということになります（おそらくは到達しないでしょう）。この基礎的なものへの好み（決まり文句に従ってこう呼びますが）とは、つまるところ、普遍的なものへの好みと非常に近いのではないでしょうか。自分の状況に対して、わたしはきっぱりと、後戻りできないかたちで態度を決めることにしか解決の道はないと見たのであって、また同時に、そのように決めることで、自分に不可欠な心の安寧を見出したのです。わたしは、話し言葉を書きました（書こうとしました）。わたしを生んだ人びとによって話される言葉を。自分の周りで使われつづけている身ぶり＝言語を使おうとしたのです、本のなかにあるような記号＝言語ではなく。そして、そのことで強く非難されました。ところが最近になって、急に、たくさんの励ましがわたしのもとに届いたのです（わたしを意気阻喪させるに充分な多くの批判に混じって）。こうして、わたしは自分の書いたものを聴衆の前で自ら読む機会を得ましたが、これによって、この話し言葉に、耳に伝えるという元来の経路を取り戻してやることができました。すると、わたしの感じでは（勘違いでしょうか）、非難を受けていたいくつかの特徴が自然なものとなり、「曖味」とされたものが非常に明快になり、特定の単語の配置が言葉の衝突を通じて身体的な断絶を示唆することを想定した部分は、声によって（そして、同種の断絶によって）その意味合いを充分に取り戻したのです。また、こうした「朗読」は、ほぼ時を同じくして流行になってきました、つまりこの口頭による伝達方法は、「ラジオ」の利用がどんどん広まるにつれて、わたしの周りで実施されることが増えてきたわけです。多くの読者にとって、この耳による読書が、もうじき目による読書と交代するのではないか（複数の理由によって、とりわけ人間ならではの怠惰によって）と問うてみることすらできます。時々わたしは、自分が極端に現代的になりつつあることを想像します（わたしがちっともそうなりたいと思っていないことは神様がご存じですし、なるとすれば自分の意図とは無関係ですが）。もしそうなればわたしは、思わず知らず、いわゆる前衛の位置に立つことになるでしょう（しかし、わたしとしては後衛のほうが好きなのは神様がご存じです、元々とても臆病なのですから）。このように時折、遙か彼方で、いくつかの徴がわたしの目の前に出現するのです、まるで「そのまま進みなさい」とわたしに言うかのように。そこでわたしはそのまま進みます、といっても、正確には、わたしはそのような徴がなかったとしても「そのまま進む」に違いないのですが。しかし、ともかくわたしには徴がやってくるのが見えます。わたしはまた、この身ぶり＝言語（また別の励ましの話です）、この「身ぶりの連続による言語」、論理がイメージのリズムそのものに先を譲る言語は、映画というものが相応の手段によって実現しようとしているものと、それほど遠くない、とも見ています。となると、新たなモダニズムだか現代性だかの免状、新たな「学士号」がいただけることになるわけです（大学の学士号よりは望ましいですが、なんにせよ、そこまで欲しいとは思いません）。三つめか四つめの点として、この言語が「固有主義」だというので、わたしは激しい非難を浴びたわけですが、たしかにこの言語は固有の人間や事物から生まれたものです。そのこと自体によって、当該言語を使う人びと以外の読者との意思疎通が不可能になる、との注意を受けました。ところが、この言語は、簡素で、基礎的で、運動からなり、なによりもまず「ダイナミック」なもので、なおかつ、この基礎的なるもの、一定の基礎的な運動、一定のダイナミズムは、あらゆる人間に共通のものですから——むしろ逆に、この言語は翻訳に非常に適しているらしく（少なくともそう言ってもらえます）、翻訳を介しても大変よく伝わり、遙か遠い地域や種族の読者たちの心にもそのまま響くそうなのです[007]。自慢しているように見えますね、グラッセさん、保証しますが、普段のわたしはこんなことはまずしません。ただ、自分の力量にわたし自身、不安があることと、あなたの傍らにあってわたしが相当に重大な批判の対象になっていることから、わたしは一方では自分を安心させようと試み、他方では、この議論に、主張であり事実でもあるいくつかの要素を提供しようと試みるのです。要するに、自分の事例に関する述懐をつづけます。このように自分の状況を詳述しながら、結局のところ自分の例が非常に特殊なものだということを確認せずにはいられません、というのも、こんなわたしには、気づけばたくさんの友人、あらゆる種類の友人がいるからです。友人であって、「一般読者」ではありません、あるいはいたとしてもほんの少数です。自分自身がいかなる党派にも属さないものですから、わたしの出会ってきた擁護者というのは、両極端の党派に属し、互いに相容れず、激しい敵意を抱いています。ごらんなさい、この「百姓」はたとえばある日、メニルモンタンの奥深くから手紙を受け取ります（わたしはだれも名指しはしません）、書いたのはパリのひと、メニルモンタンのパリジャンです。書いたのは労働者の息子で、自分自身も労働者でしかいたくないという者です（実際の彼の職がなんであれ)[008]。おかしな出会いではありませんか。説明不可能とすら言えそうですが、ただ、自分の種族に対する例の忠誠心を考慮に入れて説明してみるなら、その忠誠心は彼のものでもあり、わたしのものでもあった、ということで、説明がつかないわけではないのです。わたしは「自分の種族」、彼は「自分の階級」と言いつづけてきたわけですが、それでもわたしたちはこの点において(またその後、ほかの点においても)互いを尊重しつつ、理解し合うことができたのです。わたしにはまた——思いがけないことですが——共産主義者の友人すらいるようです。彼らのイデオロギーはわたしからは非常に遠いのですが、にもかかわらずわたしたちは、彼らの「階級闘争」とわたしなりの「種族主義」が、ともに廃棄したいと考えている期限切れの価値観に対する嫌悪において出会うのです。この点でも、グラッセさん、わたしは安堵して、自分の「決断」が、ひとによってそう感じるほどには料簡《りょうけん》が狭いわけではないし、自分の「固有主義」も、場合によっては境界線を越えて理解されることを妨げないのだから、それほど固有というわけでもないのかもしれないと、そう自分に言い聞かせるわけです。ここでいう境界線とは、国同士を隔てるものでもありますし、また、国境よりもなおぴったりと閉じられ、税関吏をほうぼうに並べた別の境界線、すなわち「党派」のあいだの境界線をもふくみます。繰り返しますが、わたしは自分の選んだ方向性についてのみ言及します——ただ、目に見えるいくつかの結果も示すことで、その方向性がひとに言われるほどには間違ってもいないし非生産的でもないことを自分でたしかめようとしているわけですが——もしかすると多少の自惚れが混ざっているとお思いになったかもしれません——さて、ここから、わたしはふたたびへりくだり(よろこんでそうします)、とても誠実に、最大の謙虚さをもって(この言葉は嫌いです、できることならむしろ、最大の恭しさをもって、と言ってみたいところです)、わたしの意図ではなく、結果について検討してみましょう、枠組みではなく、中身について。というのも、わたしの書くものの調子については、もはや異議を唱える者はいなくなるとしても、わたしの力量のほうに目を向けてみると（悲しいかな、変えようはありません）、すぐれて批評の裁きに委ねられるべき力量であることは認めます。わたしにとって不可欠に思われるのは、これまでのように、漠然と、抽象的に、正体不明の基準に従ってすべてをひと括りに断罪するようなやり方をやめる、ということです――「この著者は書くのが下手だ」と言って、それでおしまい、だとか、「この著者はわざと下手に文章を書いている」と言って、わたしが下手に書くのはどういう利益があってのことなのか（計算ずくだと言うからには）、それについては一切示さない、とか。批評のほうが説明しないものだから、わたしは自分で説明するがよかろうと思い、そこであなたに説明しつつ、おそらくは同時に少しは自分自身に対しても説明しているわけです。その他の点に関しては、わたしは自分の書くものに誤りがあることを認めます、充分すぎるほど把握していますから。ただ、知っておいていただきたいのは、それらの誤りというのは、出来合いの文法規則ではなく、わたしがあらかじめ設定した原則に反するという意味での誤りにほかならないことです。グラッセさん、あなたは世の人びとに対して強い権限をおもちです。著者、読者、批評家からなる巨大な顧客に囲まれ、よりどりみどりといったところでしょう。そこでひとつ、提案させてください。審査委員会を構成し、よろしければぜひ、あなたに委員長になっていただきたいのです。その委員長の前に、わたしが出頭します。二名の著者、二名の読者、二名の批評家。二足す二で四、足す二で、六――あなたが七人目の構成員ですから、これで奇数となり、投票になった場合の備えとして有効です。いわゆる造詣の深い方、多様な資格において造詣が深い方が七名、これは書物というものにいまだなんらかの存在意義があると考えている共同体を、かなり正確に反映する見本となるでしょう——というのも、相当数の（膨大な数の）大衆は、もっともなことですが、ボクシングやカーレースにしか熱中できないのですから。あなたはわたしに試験を課します。あなたはこの審査委員会を招集し、わたしに「実力テスト」を課すのです。わたしはそういうことには慣れています。八歳から二十一歳にかけて、つまり十二年ほどものあいだ堪え忍んできたあれこれの試験が頭に浮かびます。ただし、そのころは少し試験が怖かったものですが、これらの審査員の先生方、それにあなた（もしよろしければ）から課される試験に関しては、わたしはなんの怖れも抱かないと請け合えることでしょう。わたしはあなた方に向かって、しっかりと、自分にとってどこが間違いでどこがそうでないかを述べることができるはずです。わたしはかなり正確に、どの章、どの断片、どの文が、書いたときの自分の目論見に比して成功しているか、またどこが「失敗」しているかを、見分けられると思います。わたしは自分自身の主張を展開できるでしょう。それだけがわたしの望みです。そうすればわたしは、大方のいわゆる「文学的な」記事のなかに転がっているような、多少明確だったりそうでなかったりする（通常は、まったくそうでない）決まり文句ばかりではなく、具体例に向き合うことができます。対象に向き合うことができるのです。その対象には二種類あります。わたしの目の前に存在していた対象、それから、わたしが書き手である文章のなかに存在する対象です。後者は、わたしを介して文章のなかへ入ってきた対象で、一種の移行によるものですが、まさにそこにすべての問題があります。あなたはわたしにこう仰ることでしょう、「恐縮ですが、一三七ページを開いていただけますか。なぜこの形容詞なのでしょうか？」と。あなたは仰います、「もう少し先、一四八ページ、五行目。どの辞書にも載っていない語があります。なぜこれを使ったのですか?」と。さらにわたしに仰います、「一五二ページ、三つめの文……あなたの用いた文構造は統辞法の規則に適合しません。なぜこんな構造にしたのですか?」と……そして、わたしは答えるわけです。たとえばですが、わたしがその形容詞を擁護しないことも、充分にありえます、今日、距離を置いて見返してみると、正当性があるとは思えない、と。ある「フランス語でない」語を、辞書に載っている一般的な語に置き換えるのは有意義なことだから、そうすべきだ、とわたしが感じる可能性も充分にありますが、その場合はなぜそう感じるのかを説明します。逆に、あなたの弾劾した統辞上の表現については、わたしとしては、そのままにすべきだと思うかもしれません、その場合はなぜなのかを話し、わたしの考えを述べます。全体として、自分が間違った箇所については、なぜ間違ったのかを述べます。自分に理があると思う箇所については、なぜ理があると思うのかを述べます。結果として、わたしたちは最終的には理解し合えるかもしれません。ひょっとすると、大原則に関する行き違いが取り除かれれば、それだけで、細部に関する行き違いは消え去るのかもしれません。わたしは自分自身の誤りを誤りとして白状するでしょう(とはいえ、どうしても言わざるをえないのですが、いままでのところ、わたしが誤りだと思う部分は、ひとから非難される部分とは必ずしも一致しませんし、また反対に、ひとが誤りを指摘する箇所は、大抵の場合、その作品のなかで、わたしにとっては、もっとも不満が少ない部分に関するものなのですが)。わたしたちは、精確な話をすることができるでしょう。わたしはもしかすると、審査員一同に対し、わたしの決断が単なる「計算」ではなかったことを説得しおおせるかもしれません。ただ「目立ちたい」などという気持ちに導かれた決断ではなかったことを。「器用な」人間、自分を器用だと思いこんだ人間の所業ではなかったことを(第一、そう器用でもなかったことは結果が十二分に証明しています)。結局、審査員一同が思うほど、わたしは「間違っている」わけではなかったことを。

けれども、わたしは説得しおおせるでしょうか。そして、さらに深く問うなら、こうしたことを決めるのは、一体だれなのでしょうか。彼らではないだろうと思いますし、わたしでもない、またグラッセさん、あなたでもない、だれでもない。まず、社会自らが、明日の自分がどのような姿となるかを見通せるようにならなくてはいけないのでしょう。多様な分野における数々の発明や、数々の新たな可能性のなかで、社会はもはや、なにかを自分で選びとることができなくなっています。それは精神的な仕事の話にかぎりません。社会は、いまのところ、手探りで四方八方へ進んでいます。盲人のように、壁に触れてようやく立ち止まるのです。進むというよりは移動しているだけで、自分自身が相矛盾した傾向をいっぱいに抱え、とうとうそのすべてに認可をあたえてしまったのです、どれが勝利を収めるのか見定めることもせず。そして、社会学もまた、社会と同様、その点を見定められずにいます。政治もです。編集者もです。作家もです。編集者は自らの価値観を探し、価値観そのものもまた自らを模索しています。編集者は著者に賭けます。著者は自分たちの内面において、より本当らしく、本物で、不可欠で、自発的だろうと目星をつけたものに賭けます。賭けては、また賭ける。だれが決めるのでしょうか? それは大衆ですらありません、なぜなら大衆は絶え間なく作られつづけていて、存在するものというよりは、できかけているものなのですから。また、なんにせよ、あのお馴染みの「一般大衆」が決めるわけではないでしょう、といっても一般大衆こそは、成功作と言われるものを決めるわけですが、ただ、その成功の持続性には関与できません。なぜなら、一般大衆自体に持続性がなく、行き当たりばったりに意見を述べるだけで、しかもその際、もっとも下世話な本能を満たすことと、もっとも高潔な欲求に従うこと（そういうものも大衆はもっています、ただそのことを自分でわかっているとはかぎりませんが）とを同一平面上に置いてしまうのですから。見かけと違い、決め手は量ではないのです。この操作はつねに質的なものです。大抵の場合、少なくとも最初のうちは、操作はごく少数の人間の手に握られていて、したがって彼らは、質しかもってはいません。ですから彼らは質のほうへ行きます。中心をなすのは質なのです。それは、ごく少数の人間でありながら、言ってみれば、感染性のある人びと、自分でも知らないうちに活動している人びと、世論に作用を及ぼす人びとです。そして、しまいには世論が彼らの見方を引き継ぎ、蜘蛛が巣を張るように互いに糸を張りめぐらせていくわけですが、その出発点には例の少数の人びとがいます、というのも蜘蛛たる世論は本能的に、もっとも堅牢なところを出発点に選ぶのですから。こうして最初のほんの小さな読者層が構成されるわけですが、彼らは少しずつ糸を張り、糸の数はどんどん増えていきます、なぜならはじめの何本かの糸が切れることなく、風雨に耐えたからです、そしてこの巣は、ほどければたちまち作り直され、またほどけ、また作り直されるのです。何人かのまばらな読者が、一人の著者を信じることにした。これは信用という操作です。ところで、信用というものは、透視力の才能を伴うことが知られています。将来どうなるかがわかる、いま起きていることだけではなく、これからなにが起きるかをを見定めることができるのです。一般大衆は、仲介を通じて事を進めますから、作品とも作者とも直接のつながりはありません。自分の意志とは違うものによって、考えたり感じたりします。単純に、模倣の現象に従うのです。このように、量は質を猿まねするだけのことなのですが、ただ同時に、質を裏づけ、質を持続的なものにします。なぜなら、この時点で、評価は公式のものになってくるからです。ここへ満を持して学校が登場し、公式見解を法典化して、言うなれば作品が腐らぬよう香料で満たします（作品は生きていますが、最初の生において活き活きしたところを見せるのは、数人の人間のためでしかなく、しかもつねに同じほんの少数の読者です、しかし読者が絶えず更新されるごとに、作品は次々と死んでは生き返り、活きた精神をもつ人びとの心という、安心できる避難場所を得ながら、絶えず変化しつづけるのです）。ある作品の持続性がなにによって保証されるのかは、大雑把に言って、次のように定義することができるでしょう。ある種の忠誠心が作品を助け、さらにその忠誠心が出来事に助けられる場合、というふうに。いや、ひょっとすると、忠誠心こそが出来事を引き起こすのではないかとも思います。少なくとも、この忠誠心は、出来事を前もってそれと認めることができるのではないかと思うのです。というのも、この忠誠心というものは、あらかじめ信頼を預けている状態であって、それは言い換えるなら、未来を先取りしている状態にあたるわけです。そして、編集者の役割とは、あらゆる読者層の可能性のなかから、予測の才を自ら備えていそうな読者層を予測することにあるのです。編集者自身もまた、信頼と忠誠心によって事をなします。これこそ、職務にふさわしい者であるかぎり、彼の必死にやろうとすることなのではないでしょうか――自らの力量に、機会に、またおそらく少しの偶然に従いつつ、些末事の数々に縛られながら、そのなかで最良の仕事をしようとするときに――自分自身も絶えず未来へ先送りされ、事業のすべてがそうやって見事なまでに土台を欠いたなかで――まるで橋を作るのに、橋桁よりも先に橋板を建造するように（この場合の橋桁は、商業的な報いを指します）。

グラッセさん、わたしよりもあなたのほうがよほど通じている領域について、つい脱線してお話ししてしまい、失礼しました。あなたの意見に対して所感を述べているにすぎないはずが（そのつもりなのですが）、自説を開陳するかのようになってしまいました。結局のところ、わたしはただ、どれほどわたしたちがこの点について（ほかのさまざまな点についてと同様）同じように感じているか、わたしたちの利益（あなたの著者たちとあなた自身との）が緊密に結びついていることをどれほどわたしがはっきりと見てとっているかをお伝えしようとしたまでなのです。それは単なる「商売上の」結びつきではなく、本質による結びつきです。というのも、あなたが「賭《ジュ》ける」のに対して、著者は技を繰り出《ジュ》す。両者それぞれの勝負《ジュ》が、ある意味で、同じ一点へ向かうことが重要なのです。あなたはたしか、こんなふうに仰いました。行動する人間が受ける真の承認とは、金銭ではない。行動する人間にとっても、表現する人間にとっても、真の承認とは、自分の価値観が最終的に《共感》され、よい方向へ作用し、物事そのものが最後にその方向へ流れていくことなのだと。行動する人間と表現する人間は、ともに一種の未来の世界のなかに生きています（創意への信用が消えた際に予想される打撃の数々と、しかしまた、ふたたび明かりが灯ったときに道筋を照らしてくれる光の数々を伴いつつ）。そこで、わたしとしては、この領域において、ほかのさまざまな領域におけると同様、あなたに心からのお礼を申しあげたいと思いました。危険を引き受けたこと、お互いに引き受けたことを意識しながら、わたしたちのあいだで契約を取り交わしたことについて、わたしはあなたに感謝します。すばらしいのは、不確定であること自体が、その行動を魅力あるもの、抗しがたいものにしている、ということでしょう――著者は、表現そのもののなかにおり、他方、編集者は、その表現から出発しつつ、表現に十全な意味をあたえようとするのです、というのも、十全な意味における表現とは、伝わってはじめて生じるのですから。あなたはわたしに、まず一度目の信頼を寄せてくださいました、その信頼にこちらはほんの僅かしか応えられませんでしたが。あなたはその先も、わたしに信頼を寄せつづけてくださいました、こちらは今日も相変わらずほんの僅かしか応えられてはいませんが。そこで、この信頼に別のかたちで応えさせていただきたいのです、わたし自身が自分の作物に、たとえ取るに足りないものであっても、あなたと同様の忠誠心をこめることによって。わたしは自分がどこから来たかについてあなたにお話ししました、なにが自分の選択を決定づけたかについてお話ししました（この言葉は多少不正確かもしれません、なぜなら、ひとは自ら決定するというよりも、自分自身からして決定づけられているのかもしれませんから）。今後も変わらず、それらに対して忠実でいさせてください。とりわけ、この点こそが問題になっているわけですから申しあげますが、わたしなりに「下手に書く」ことをつづけさせてください、あなたにとってその物質的な結果がいかなるものであろうとも。深刻な結果であることは承知しています、「書くのが下手」な著者のものは、なかなか読まれませんから。けれども、まず第一に、そうした結果に関しては、あなたが然るべき場所に納めてくださることをわたしは知っています、それは出来のいい序列なら（たとえ商売上のものであっても）、最重要の位置を占めることはないでしょう。あなたはその証しを何度も示してくださいました。さらに言えば、そのような結果は、現時点で、なんの証明にもなりません。背後には、その原因となったものがあって、その原因はいまのところ悪い結果をもたらしていますが、いつかある日、まったく逆の結果をもたらすかもしれません――したがって、なににも増して大事なのは、原因となったもの自体を取り消したり、否定したりしないことなのです――取り消すに足る理由がないかぎりは、ということですが、わたしとしてはそのような理由は見当たりません。わたしとしては、わたしの案件《コーズ》は、よき

「大義」（同じ語の別の意味において）だと思っています、なぜなら、自分にまつわるものではなく、自分の郷にまつわるものだからです。自分の郷が、自身の手段と自身の言語でもって固有の表現に到達する、ということを、もしもわたしが一度でも、たとえ一瞬だけでも、実現しおおせるならば、わたしとしては充分に報われたことになるのです。

他方、あなたにとっては、ある意味で、「より大きな」フランス（フランス語を使用する場としてのフランス）に、家族の一員をふたたび迎え入れることになるわけで、それも外国人に対するように同化するのではなく、十全たる自律性を保ったまま、迎えることになるのです――それはもはや、わたしに関わる仕事ではありませんが、あなたがその仕事に尻込みせず取り組んだことに、わたしは感銘を覚えるのです。

註

詩人の訪れ

001——これらは悪い聖人の例。聖マメール、聖パンクラチオ、聖セルヴェを守護聖人とする五月十一日から十三日は遅霜が多いとされ、このため三聖人は「氷の聖人たち」と呼ばれる。また聖メダールの日である六月八日に雨が降ると「四十日後にまた雨が降る」という言い伝えがある。

002——ノワルモンという名の山はジェラ山地に実在するが、ここではむしろレマン湖の東端、シャブレ山塊にあるグラモン山を暗示する架空の地名。

003——「ボセット」はスイス・ロマンド方言。長細い樽を横向きにして車輪を取りつけたもの。上に長方形の開きがあり、ときに漏斗が付属する。

004——レアスュジェティは見習いと職人のあいだの身分。見習いを終えたのち、引きつづき職人の元で技術を磨く。

005——アメリカから持ちこまれたフィロキセラの病害流行と、その予防策としてアメリカ産のぶどうの品種を使った接ぎ木が広くおこなわれたことを指す。

006——亜砒酸ナトリウムは抗真菌薬だが、人体に有害なためスイスでは一貫して使用が禁止されており、フランスでは二〇〇一年に禁止された。通常スイスでは使われない薬物である上、使うとしても晩冬に使うものであるため、夏場にあえてこの作業をおこなうものを「石頭」と呼んでいる。

007——いずれも舞踏の種類を指す。「ソティッシュ」は、十九世紀末に流行した「スコティッシュ」のこと。「跳ねる」を意味する「ソテ」をかけて冗談めかした表現。

008——ここから続けて登場する村の紋章はすべて実際のラヴォー地域に属する村の紋章。黄金の玉（王位の象徴）と十字架はグランヴォー、三本のモミはエペス、ぶどうの株はヴィレット、ぶどうの房はキュイイ。

009——沃化銀を雲に撃ちこむことで雹の形成を阻害するロケット。十九世紀末から開発され、一時スイスで広く使われたが、現在は東部の一部地域でのみ使われる。効果には諸説あり、ラミュは懐疑的だった。

存在理由

001――ラミュ自身が通ったローザンヌ州立古典コレージュの制帽を指す。ヴォー州の州旗の色である緑と白のオリーブ型の飾りがついていた。当時、コレージュはローザンヌの中心、ラミュの生家が面するリポンヌ広場にあった。

002――メソジスト派を立ちあげたウェスレーの名を冠するプロテスタント教会で、リポンヌ広場にある。

003――ヴォー州内にある地域。スイス高原に属する農業地帯。

004――いずれもローザンヌ近郊、ラヴォー地域に属するレマン湖畔の村。ラヴォーについては註025参照。

005――リポンヌ広場には定期市が立つ。

006――古フランス語文法における直接目的語（対格）。

007――ローザンヌ近くを流れ、レマン湖に注ぐ川。

008――［原註――実際は四十行ほどしかないようだ。ここでは数よりも印象を残しておこう。］

ホメロス『オデュッセイア』において、イタケへ帰還するためオデュッセウスが作った筏のこと。第五歌一四八－二八一行に出発の準備、二二八－二六一行に筏の建設が語られる。

009――ラミュは一九〇〇年から一九一四年にかけて、定期的にパリに長期滞在した。

010――十九世紀末より、ローザンヌ市内に大型高級ホテルが多数建設されたことを指す。

011――前述のリポンヌ広場に一九〇六年に建設されたリュミーヌ宮のこと。現在は州立図書館・鉱物博物館等が入る。

012――ヴォー地方は、一五三六年、征服者であるベルンにうながされるかたちで宗教改革をおこなった。

013――「兄弟の目のなかの藁を見ながら、自分の目のなかの梁を認めない」（マタイ福音書第七章三－五。新共同訳では「おが屑」と「丸太」）は「他人のあらはよく見えるが、自分の欠点には気づかない」ことのたとえ。この諺をここで挙げるのは、カトリックを批判するプロテスタントへの揶揄か。

014――ローザンヌ市内の通り。ダヴェル少佐（一六七〇－一七二三）はベルンの圧政に対し蜂起を試みて処刑され、のちにヴォー地方解放の英雄と見なされるようになった。ラミュの母方の遠い親戚にあたる。

015――バンジャマン・コンスタン、スタール夫人などを想定していると考えられる。

016――ヴォー地方出身でスイス・フランス語圏のロマン派を牽引した詩人、ジュスト・オリヴィエ（一八〇七－七六）の頌歌「若きヘルウェティア」の一節。十九世紀末から二十世紀初頭にかけて、広く知られた詩だった。

017——十九世紀末にドイツ語圏で流行した美術様式である「ユーゲントシュティール」を指す。ラミュには明瞭な「ドイツ嫌い」が認められるが、この場合の「ドイツ」は、スイスのドイツ語圏をふくむことに注意。

018——ローザンヌの西にあるレマン湖畔の村。

019——ヴォー州内エーグル地域の高地。また広く春と秋の放牧地のことも指す。

020——シトー修道会の修道士たちは、十二世紀よりラヴォー地域にぶどう栽培用の段々畑を整備した。ぶどう栽培自体は古代ローマ時代よりおこなわれていたと思われる。ラヴォーについては註025参照。

021——いずれもレマン湖畔の地名。ヴィルヌーヴ、ニヨン、ヴヴェー、モルジュは北岸、ヴォー州に属する。ル・ブーヴレは湖の東端で、ヴァレー州。トノンは南岸、サヴォワ地方（フランス）にある。

022——ヴァレー州の州都。町のなかに城をいただく二つの岩塊がある。

023——フランス南部の古都。ローヌ河の河口・地中海から遠くない位置にある。

024——スイスのフランス語圏ではかつてアルピタン語系の俚言が使われた。アルピタン語はフランコプロヴァンス語ともいい、フランス南部で使われてきたオック語と共通点がある。

025——ラヴォーは、レマン湖畔、ローザンヌの東にあたる、ぶどう栽培およびワイン製造で知られる地域。先述のリュトリやキュイイ、後述のサン＝サフォランをふくむ。

026——フランス南東部、ローヌ河畔の町。

027——地中海のこと。

028——ヴォドワズリは、ヴォー地方特有の表現を散りばめたフランス語の小咄または喜劇。

029——宗教改革時はヴォー地方においても多くの聖像が破壊された。

030——かつてのヴォー地方では、新教寺院や、一般の山荘などの建築物に聖書の文言を書き入れる習慣があった。

031——ジャン＝ジャック・ルソー『告白』に、羊飼いティルシスと楡の出てくる歌を思い出す場面がある。ミュゼットはバグパイプの一種。ただし『告白』内の歌でティルシスが奏じるのは笛の一種。

032——ヴォー州を横切るライン河とローヌ河との分水嶺を指す。

033——いずれもラヴォー地域の村。註025を参照のこと。

手本としてのセザンヌ

001——ポール・セザンヌ（一八三九－一九〇六）　フランスの画

家。パリと、故郷である南仏エクス＝アン＝プロヴァンスを往復しつつ活動したのち、後半生はエクス＝アン＝プロヴァンスを拠点に制作をつづけた。二十世紀の絵画に多大な影響をあたえた。

002——二十世紀初頭より半世紀ほど、マルセイユとエクス＝アン＝プロヴァンスを結ぶ電動路面電車が運行されていた。

003——「存在理由」註025参照。

004——エクス＝アン＝プロヴァンスのサン・ソーヴール大聖堂には十五世紀のアヴィニョン派の画家ニコラ・フロマンによる三連祭壇画がある。

005——［原註——彼の風景画には裸体しか現れることがない、あたかも風景の原始性には裸体の原始性だけが対応しうるかのように。］

006——タヒチへ、次いでマルキーズ諸島へ移住したポール・ゴーギャンを指す。

007——フェルディナント・ホドラー（一八五三－一九一八）　ベルン生まれの画家。レマン湖を主要な画題とした。

008——フレデリック・ミストラル（一八三〇－一九一四）　フランスの作家。プロヴァンスの言語・文学の復興に努めた。一九〇四年ノーベル文学賞受賞。

009——パリの周囲を取り巻く県。一九六四年制定の行政区画再編によりなくなった。

010——カミーユ・ピサロ（一八三〇－一九〇三）　フランスの画家。風景画に重心を置き、印象派の発展に大きく貢献した。パリでセザンヌやゴーギャンなどに影響をあたえた。

ベルナール・グラッセへの手紙

001——ベルナール・グラッセ（一八八一－一九五五）　フランスの出版人、作家。一九〇七年に創業したグラッセ社は、特に一九二〇年代にはフランスの文学界において重要な位置を占めた。ラミュは一九二四年にグラッセ社と契約を交わしている。なお、ラミュが本稿を発表した背景については、訳者解題を参照のこと。

002——ラミュはグラッセが雑誌「パリ評論」に発表した記事、およびそれらの記事をまとめた著書『行動についての考察』（一九二八）を念頭に置いている。

003——両者の交流は正しくは一九二三年から。

004——フランスとスイスを結ぶモンドール鉄道トンネルのこと。

005——「翻訳者は裏切り者」というイタリア語の成句を踏まえている。

006——「存在理由」註009参照。

007——この時点でラミュの作品はすでに、ドイツ語、英語、スウェーデン語、ロシア語、チェコ語、エスペラント語などに翻訳されていた。

008——ラミュ作品のフランスにおける受容に大きな役割を果たした作家、アンリ・プライユを指す。当時、グラッセ社の広報部長を務めていた。

▼――世界史の事項　●――文化史・文学史を中心とする事項　**太字ゴチの作家**

『タイトル』――〈ルリユール叢書〉の既刊・続刊予定の書籍です

C・F・ラミュ[1878-1947]年譜

一八七八年

九月二十四日、エミール・ラミュとルイーズ・ラミュ（旧姓ダヴェル）の三男として、シャルル・フェルディナン・ラミュ誕生。生地はヴォー州の州都ローザンヌ。兄二人は幼児のうちに亡くなっており、その両方の名が三男につけられた。

父エミールは農家の家系の出だが、商業を学び、ローザンヌ市の中心、リポンヌ広場に面するアルディマン通りで輸入食料品店を経営。母ルイーズはキュイイのぶどう農家の家系出身で、税関吏の父のもとローザンヌで生まれた。

▼ベルリン条約（モンテネグロ、セルビア、ルーマニア独立）［欧］●H・ジェイムズ『デイジー・ミラー』［米］●H・マロ『家なき子』［仏］

一八八二年［四歳］

五月二十日、弟オスカル誕生。

▼ドイツ・オーストリア・イタリアの三国同盟成立（～一九一五）［欧］▼ゴットハルト・トンネル完成［スイス］●アミエル『日記』

（〜八四）［スイス］

一八八三年［五歳］

幼稚園に入園。

●モーパッサン『女の一生』［仏］●ニーチェ『ツァラトゥストラかく語りき』（〜八五）［独］●**フォンターネ『梨の木の下に』**（〜八五）［独］

一八八五年［七歳］

古典コレージュ準備学級に入る。

●エドゥアール・ロッド『死への競争』［スイス］●**ヴェルヌ『シャーンドル・マーチャーシュ』**［仏］●ゾラ『ジェルミナール』［仏］

●坪内逍遥『当世書生気質』、『小説神髄』［日］

一八八七年［九歳］

前の住まいからほど近いプレ＝デュ＝マルシェ通りに転居。父はワイン販売を手がける。

ローザンヌ州立古典コレージュに入学。

▼仏領インドシナ連邦成立［仏］▼ブーランジェ事件（〜八九）［仏］●C・F・マイヤー『ペスカーラの誘惑』［スイス］●**モーパッサン『モン＝オリオル』**、『オルラ』［仏］●**H・バング『化粧漆喰』**［デンマーク］●二葉亭四迷『浮雲』（〜九一）［日］

一八九〇年［十二歳］

詩や物語をノートにつづりはじめる。

●ショパン『過ち』［米］

一八九一年［十三歳］

スイス・アルプス西端のペイ＝ダンオー地域、シャトー＝デー出身の同級生と仲良くなり、彼を通じてヴォー・アルプスに親しむ。翌年には文学仲間の友人もでき、山歩きと文芸創作の両方をつづける。

▼憲法改正イニシアティヴ導入［スイス］●ワイルド『ドリアン・グレイの肖像』［英］

一八九三年［十五歳］

父が大病を患い、療養のため田舎暮らしをすべく、ローザンヌから数キロ北のシュゾーに農地を買う。ラミュは平日はローザンヌ市内に下宿し、週末はシュゾーの親元で暮らす。下宿先の息子でラミュより二歳年上、作家志望のバンジャマン・グリヴェルと仲良くなる。

▼世界初の女性参政権成立［ニュージーランド］

一八九四年〔十六歳〕
州立ギムナジウム（高等学校に相当）に入学。ドイツ語の担任教師は、のちに劇作家となるフェルナン・シャヴァンヌ。
▼ドレフュス事件〔仏〕▼日清戦争（〜九五）〔中・日〕●マラルメ『音楽と文芸』〔仏〕●ゾラ『ルルド』〔仏〕

一八九五年〔十七歳〕
九月五日、日記を書きはじめる。
●リュミエール兄弟による最初の映画上映〔仏〕●樋口一葉『たけくらべ』〔日〕

一八九六年〔十八歳〕
七月、大学入学資格試験（バカロレア）に合格。
十月初旬より半年ほど、ドイツ語の勉強のため、ドイツのカールスルーエに滞在。
●ルナール『博物誌』〔仏〕●ヴァレリー『テスト氏との一夜』〔仏〕

一八九七年〔十九歳〕
四月末、帰国。

七月三日、妹ベルト誕生。

ローザンヌ大学法学部に登録するが、半期後に文学部へ転部。スイス最大の学生文芸団体、ゾファング会に入会。同じくゾファング会員で、のちに作家・ローザンヌ古典ギムナジウム教員となるエドモン・ジリヤールと親しくなる。

●**ハーディ『恋の霊』**［英］●マラルメ『骰子一擲』［仏］●**ジャリ『昼と夜』**［仏］●ロスタン『シラノ・ド・ベルジュラック』［仏］

●バレス『根こそぎにされた人々』［仏］

一八九八年［二十歳］

七月から八月にかけて、ローザンヌの新兵学校で訓練。

韻文戯曲「夏の夜の会話」《Conversation d'un soir d'été》を執筆、十一月に友人とともに自ら演じ、ゾファング会誌に発表。

▼主要鉄道幹線が連邦鉄道となる［スイス］●ゾラ「私は弾劾する」［仏］

一八九九年［二十一歳］

八月二十九日から十月十七日にかけて、まずヌシャテル湖に近いコルセル＝プレ＝パイエルヌ、次いでローザンヌの下士官学校で兵役。

▼ドレフュス有罪判決、大統領特赦［仏］●コンラッド『闇の奥』［英］●**ジャリ『絶対の愛』**［仏］

一九〇〇年〔二十二歳〕

両親はシュゾーの土地を売り、ローザンヌ市内モルジュ街道へ転居。

三月二十四日、古典文学の学士号取得。

七月三日から八月二十六日にかけて、上等兵として新兵学校で訓練中、ジュネーヴ出身のゾファング会員、のちに画家・作家となるアレクサンドル・サングリアと出会う。彼を通じ、アレクサンドルの弟で、特異な放浪の作家となるシャルル＝アルベール・サングリアをはじめ、ジュネーヴの芸術家グループと知り合う。ダルマチアにルーツをもち、すでにイタリアやパリに滞在経験のある国際色豊かなサングリア兄弟との交流はラミュに多大な影響をあたえた。

十月初旬、パリへ出発。モーリス・ド・ゲランに関する博士論文を執筆する名目だったが、書くことはなかったと見られる。オデオン通りのホテルに住む。同月下旬、初の長編小説「ジャン＝ダニエル・クロザの生と死」《La Vie et la Mort de Jean-Daniel Crausaz》執筆開始。

クリスマス前後はローザンヌに帰省。
●シュピッテラー『オリュンピアの春』(〜〇五)〔スイス〕

一九〇一年〔二十三歳〕
三月十五日、両親の希望にしたがい、モントルーのコレージュのラテン語・ギリシア語教員に応募するが、不採用。

四月六日、ローザンヌに戻る。同月、「ジャン＝ダニエル・クロザの生の死」を書き終えるが、その後、夏から秋にかけて手を入れつづけ、最終的に放棄する。のちの『エメ・パシュ、ヴォーの画家』*Aimé Pache, peintre vaudois* につながる自伝的要素の強い作品。

十月二十一日より、半年間の契約で、ドイツ語の代替教員としてオーボンヌのコレージュに赴任。同校には友人バンジャマン・グリヴェルが教員として勤務していた。

●ストリンドバリ『死の舞踏』［スウェーデン］

一九〇二年［二十四歳］

一月末、急病により教員職を辞任。

四月末、虫垂炎の手術。モントルー近郊シェルネーで療養。六月末に再手術し、七月半ばまで床に就く。

十月後半、ニヨンのコレージュのフランス語教員に応募するが、不採用。

十一月より、ふたたびパリに長期滞在。ボナパルト通りに住む。この冬、エドモン・ジリヤールの紹介で、ヴォー出身のパリ在住作家、エドゥアール・ロッドと知り合う。同郷の若手への援助を惜しまないロッドの紹介で、ラミュはパリの出版関係者・大手雑誌編集者に近づく。また、ロッド宅で、盟友となるヴォーの画家、ルネ・オーベルジョノワと出会う。

▼独・墺・スイス共通のドイツ語正書法施行［欧］▼日英同盟締結［英・日］●ゴーリキー《どん底》初演［露］

一九〇三年〔二十五歳〕

三月十三日、ノートルダム・デ・シャン通りのアルザス学校（一八七四年創立の無宗教系私立学校）に入居し、七月末まで復習教師を務める。

四月後半、ローザンヌに短期間帰省した折、アレクサンドル・サングリアの文学仲間であるアドリアン・ボヴィと出会い、ジュネーヴの出版社エジマンを紹介される。

七月二十六日、パリからローザンヌへ戻り、夏はジュネーヴ近郊、レマン湖沿いにあるラ・ブロットのサングリア宅に滞在、さらにバンジャマン・グリヴェルとともにペイ＝ダンオーおよびヴォー・アルプスを歩く。

十月、初の著書となる詩集『小さな村』*Le Petit Village* がエジマン社より刊行され、高い評価を得る。

十一月七日、ドイツのヴァイマル（ワイマール）へ出発。ロシア総領事プロゾル伯爵の子どもたちの家庭教師を務める。

十二月五日、『ローザンヌ新聞』*Gazette de Lausanne* に「ヴァイマルについて」« Sur Weimar » 掲載。これを皮切りに、複数の雑誌にヴァイマルの文学や絵画に関する記事を発表。

●H・ジェイムズ『使者たち』〔米〕●J＝A・ノー『敵なる力』〔仏〕

一九〇四年〔二十六歳〕

二月、ラミュ、アドリアン・ボヴィ、サングリア兄弟が参加したアンソロジー『粘土の守り神』*Les Pénates d'argile*（エジマン社）刊行。ラミュは詩を寄稿したが、象徴主義的・技巧的な傾向に違和感をいだき、本書の理念を引き継いで同年十月に創刊される文芸誌『ラテンの帆』*La Voile latine* に原稿を寄せつつも、グループからは距離を置いた。

二月末から三月初めにかけて、ベルリンに滞在。

春から夏にかけて、小説『アリーヌ』*Aline* を執筆。完成した原稿を九月下旬にエドゥアール・ロッドに送る。

六月初旬にヴァイマルからスイスに戻る。同月中旬、ラ・ブロットのサングリア宅に滞在。

七月下旬、同じくジュネーヴ近郊のエルマンスに滞在。

十一月初旬、パリへ発つ。ボザール通りのシャルル＝アルベール・サングリア宅に、次いでサント＝ブーヴ通りの家具つき貸部屋に暮らす。

▼英仏協商締結〔英・仏〕▼日露戦争（〜〇五）〔露・日〕●**コンラッド『ノストローモ』**〔英〕●ミストラル、ノーベル文学賞受賞〔仏〕●ロマン・ロラン『ジャン＝クリストフ』（〜一二）〔仏〕●チェーホフ『桜の園』〔露〕

一九〇五年〔二十七歳〕

この年、複数の雑誌に、合わせて十本の短編小説を発表する。

四月末、パリのペラン社およびローザンヌのパイヨ社より『アリーヌ』刊行、好評を博す。ラミュはこれにより、スイス・ロマンド文学の新世代を代表する人気作家となる。

六月後半、スイスに帰国。夏期は一か月のあいだラ・ブロットに滞在。

十一月半ばにパリへ。ラミュのあと弟が住んでいたサント＝ブーヴ通りの部屋に、次いでラスパイユ大通りに住む。

十二月、ジュネーヴのジュリアン社より『大いなる分離同盟戦争』*La Grande Guerre du Sondrebond* 出版。装画はルネ・オーベルジョノワ。

●M・ヴェーバー『プロテスタンティズムの倫理と資本主義の精神』〔独〕●夏目漱石『吾輩は猫である』〔日〕●上田敏訳詩集『海潮音』〔日〕

一九〇六年〔二十八歳〕

一月から十月にかけて、前年より準備作業を進めていた『生活の事情』*Les Circonstances de la vie* を執筆。

四月、のちに指揮者となるエルネスト・アンセルメと手紙を通じて知り合う。仲介したのはアンセルメの妻となるマルグリット・ジャコテ。彼女はモルジュ街道のラミュ宅の近所に住んでいた。

七月初旬、スイスに帰郷。サングリア家に滞在したあと、八月末にはオーベルジョノワを訪ねて、ヴァレー州の山村ランス（Lens）に二日間滞在。オーベルジョノワの寄宿先である画家アルベール・ミュレと親しくなる。

十月末、パリへ戻る。サント＝ブーヴ通りに住んだあと、フロワドヴォー通りに移り、アドリアン・ボヴィらと共同生活を送る。

年末から翌年四月にかけて、『生活の事情』が『週刊文学』*La Semaine littéraire* 誌に連載される。また、年末にパイヨ社から、山地の生活を絵と文章で描く豪華本のテキスト執筆依頼が届く（翌々年、ラミュが文章を、エドモン・ビーユが挿画を担当する『山あいの村』*Le Village dans la montagne* に結実)。

●ムージル『寄宿者テルレスの惑い』［墺］●島崎藤村『破戒』［日］

一九〇七年［二十九歳］

二月から三月にかけ、パリのコナール社から刊行される『モーパッサン全集』の制作に携わる。

四月、両親がローザンヌ市内で引っ越す。新居はボーリュ通り。

五月、ペラン社とパイヨ社より『生活の事情』刊行。

七月十一日、スイスに帰国。アレクサンドル・サングリアとサヴォワ地方を徒歩でめぐる。同月二十七日、ヴァレー州ヴァル・ダニヴィエのシャンドランに住むエドモン・ビーユを訪ね、一週間ほど滞在。

十月末から十二月半ばにかけて、『山あいの村』準備のため、ランスに暮らす。アルベール・ミュレ家の家事を担っていた女性、リュディヴィーヌに恋をするが、実らない。

十一月、ペラン社の推挽により『生活の事情』がパリでゴンクール賞候補となる。受賞にはいたらず。

年末、パリへ戻り、フロワドヴォー通りに住む。

▼英仏露三国協商成立［欧］●R・ヴァルザー『タンナー兄弟姉妹』［スイス］●グラッセ社設立［仏］●ベルクソン『創造的進化』［仏］

一九〇八年〔三十歳〕

二月半ばにローザンヌへ帰郷。

三月四日から五月十六日にかけて、ランスで過ごす。『山あいの村』および『苛まれるジャン゠リュック』*Jean-Luc persécuté* を執筆。

六月から八月初旬にかけて、ランス、ラ・ブロット、バーゼル、エルマンスに滞在。八月半ば、ふたたびラ・ブロット滞在。

九月二十二日から十月二十日にかけて、ランス滞在。

十一月三日、パリに発つ。モンパルナス大通りの合衆国ホテルに暮らし、ときにカンパーニュ゠プルミエール通りのアドリアン・ボヴィ宅に泊まる。同月、ペラン社より『苛まれるジャン゠リュック、ほか山の物語二篇』*Jean-Luc persécuté et deux autres histoires de la montagne* 刊行（パイヨ社からの刊行は翌年）。

十二月初旬、ビーユによるカラー挿画七十点をふくむ『山あいの村』刊行。

●メーテルランク『青い鳥』〔白〕

一九〇九年〔三十一歳〕

一月四日から六月二十四日にかけて、『エメ・パシュ、ヴォーの画家』執筆。

二月二十三日、シラー財団より千フランの寄附金を受ける。

七月一日、ローザンヌに戻る。

八月二十三日から九月十四日にかけて、レマン湖南岸、フランスのメスリーに滞在。九月二十四日から二十八日にかけて、ランスのミュレ宅で過ごす。

十月末にパリへ発ち、ボワソナード通り、次いでリヤンクール通りに住む。

十一月三十日、「マドレーヌ」《Madeleine》と題した長編小説を書きはじめ、翌々年の春まで断続的に執筆をつづけるものの、未完成に終わる。

●G・スタイン『三人の女』［米］●**レンジェル・メニヘールト《颱風》**上演［ハンガリー］●セルゲイ・ディアギレフ、「バレエ・リュス」旗揚げ［露］

一九一〇年［三十二歳］

一月二十九日、エドゥアール・ロッド死去。死の直前まで『エメ・パシュ』の雑誌連載のために動くなどラミュへの援助を惜しまなかった。

二月一日、ローザンヌへ帰郷。十五日、父エミール死去。

三月十八日、ふたたびパリへ。春から夏にかけて、多くの短編小説を執筆。

七月十日、ローザンヌに戻る。

八月二十九日から三十一日にかけて、ヴォー州・ヴァレー州・ベルン州の狭間に位置する山岳地帯、ディアブルレのエルネスト・アンセルメ宅に滞在。

十月一日から十一月二十六日にかけて、『エメ・パシュ、ヴォーの画家』が『週刊評論』*La Revue hebdomadaire* に連載される。

十月二十日、パリへ出発。ボワソナード通り、次いでモンパルナス大通りのニース・グランドホテルに滞在。

十一月、パイヨ社より、アレクサンドル・ブランシェの挿画十点をふくむ『短編と短文』*Nouvelles et morceaux* 刊行。
▼エドワード七世歿、ジョージ五世即位〔英〕▼ポルトガル革命〔ポルトガル〕▼メキシコ革命〔メキシコ〕▼大逆事件〔日〕
●**ウェルズ『〈眠れる者〉目覚める』**〔英〕●ペギー『ジャンヌ・ダルクの愛徳の聖史劇』〔仏〕●ルーセル『アフリカの印象』〔仏〕
●リルケ『マルテの手記』〔墺〕

一九一一年〔三十三歳〕

一月末、パリ十四区ボワソナード通りに住まいを確保。以降一九一四年まで、パリ滞在時はここに暮らす。

四月、パリのファイヤール社とローザンヌのパイヨ社より、『エメ・パシュ、ヴォーの画家』単行本発売。

七月十二日、ローザンヌへ帰郷。

八月十九日から二十八日にかけて、ディアブルレのエルネスト・アンセルメ宅に滞在。

十月二十日、パリに戻る。

十二月、『サミュエル・ブレの生涯』*Vie de Samuel Belet* 執筆開始。

▼イタリア・トルコ戦争（〜一二）［伊・土］●**M・ブロート『ユダヤの女たち——ある長編小説』**［独］●ウンセット『イェンニー』［ノルウェー］

一九一二年［三十四歳］

一月から四月にかけて、『種族の隔たり』*La Séparation des races* の原形となる短編小説「シェズロンの火災」« Feu à Cheyseron » が『万国叢書』*Bibliothèque universelle* に連載される。

五月二日、『サミュエル・ブレの生涯』完成。

六月、ゾファング会より、『エメ・パシュ、ヴォーの画家』にランベール賞が贈られる。バンジャマン・ヴァロットンと同時受賞。

七月六日、ローザンヌへ帰郷。

九月二十八日から三十日にかけて、ランスに滞在。

十月二十四日、パリへ戻る。

▼タイタニック号沈没［英］▼中華民国成立［中］●ユング『変容の象徴』［スイス］●フランス『神々は渇く』［仏］

一九一三年〔三十五歳〕

二月十八日、ヌシャテル出身の画家セシル・セリエとパリで結婚。一八七二年生まれの彼女は一九〇四年よりパリ在住、ラミュとは数年前に知り合っていた。

三月から五月にかけて、『高地での戦い』*La Guerre dans le Haut-Pays* を執筆。

四月二十日より『ローザンヌ新聞』で「諸事雑感」« À propos de tout » 連載開始。一九一八年までつづき、時事問題から日々の暮らしまでを綴る場となった。

五月、『ヴォー手帳』*Cahiers vaudois* 創立。ポール・ビュドリ、エドモン・ジリヤール、エルネスト・アンセルメ、ラミュの呼びかけではじまった文学・芸術に関する月刊誌で、一人の作家のみが執筆する巻と、いわゆる雑誌として複数の書き手が関わる巻とを交互に出すかたちを取り、スイス・ロマンド文学界に大きな足跡を残す。同月末、パリのオレンドルフ社とローザンヌのパイヨ社より、『サミュエル・ブレの生涯』刊行。

六月十四日から八月九日まで、『週刊文学』に長編小説「よりよい生」« La Vie meilleure » が連載されるが、単行本にはならず。

七月八日、ローザンヌへ帰る。九日、『ヴォー手帳』創立集会。十日から十六日まで、ラミュ夫妻はイヴォワールに滞在。次いで九月半ばまで、ラ・ブロットに暮らす。

九月一日、ジュネーヴで一人娘となるマリアンヌ誕生。月半ばより、ローザンヌ市内ベル＝ロッシュ通りにあるラミュの母親宅に仮住まい。

十月十日から十五日にかけて、南仏マルセイユ、エクス＝アン＝プロヴァンス、アルル、アヴィニョンを旅する。

十月二十四日から十二月二十九日にかけて、『悪魔の治世』*Le Règne de l'esprit malin* を執筆。
●ストラヴィンスキー《春の祭典》（パリ初演）［仏・露］●アラン＝フルニエ『モーヌの大将』［仏］●プルースト『失われた時を求めて』（〜二七）［仏］●アポリネール『アルコール』［仏］●ラルボー『A・O・バルナブース全集』［仏］●**ベールイ『ペテルブルグ』**（〜一四）［露］

一九一四年［三十六歳］

年初、妻子とともにパリへ。**『存在理由』** *Raison d'être* を執筆。

二月十七日から四月二十六日にかけて、長編小説「家を建てる」« Construction de la maison » を書くが、発表せず。

三月、『存在理由』が『ヴォー手帳』第一号として刊行される。二十一日から二十九日に欠けて、ローザンヌに短期滞在。

五月末、パリの住居を完全に引き払い、帰郷。

六月末、キュイイ近郊、レマン湖沿いのトレトランに住みはじめる。

六月一日から七月十六日にかけて、『悪魔の治世』が『メルキュール・ド・フランス』*Mercure de France* 誌に連載される。

七月、『さらば多くの人物たち、その他の短文』*Adieu à beaucoup de personnages et autres morceaux* が『ヴォー手帳』増刊号

として、ローザンヌのタラン社とパリのクレス社より刊行される。同月、『ヴォー手帳』第四号に「**手本としてのセザンヌ**」《L'Exemple de Cézanne》掲載。

八月一日、第一次世界大戦勃発に伴い、スイス軍総動員令が出される。ラミュは補助業務に配属されたため召集を免れた。同月四日、スイスは中立を宣言。

九月二十二日から三十日にかけて、作家で右派の論客であるゴンザーグ・ド・レノルドとともに、軍当局の許可をえて、ジュラ州一帯とバーゼル（フランス・ドイツ両国との国境地帯）をめぐる。見聞を「この困難な時節の日記」《Journal de ces temps difficiles》として十月十日より翌年一月まで『週刊文学』に連載。

十月、タラン社より『シャンソン集』*Chansons* を『ヴォー手帳』第八号として刊行。いくつかの詞にエルネスト・アンセルメが曲をつける。

▼第一次世界大戦勃発（〜一八）〔欧〕▼総動員令、中立宣言〔スイス〕●ブールジェ『真昼の悪魔』〔仏〕

一九一五年〔三十七歳〕

一月から七月にかけて、『病からの快復』*La Guérison des maladies* を執筆。

四月三十日、『ヴォー手帳』による招待でスイス・ロマンドへ講演旅行に来たポール・クローデルとはじめて会う。

夏、エルネスト・アンセルメの紹介で、大戦勃発とともにスイスに移住していた作曲家イーゴリ・ストラヴィンスキーとはじめて会い、意気投合。

十月より、フランス十九世紀に関する全十回の連続講演の原稿を執筆。十一月から翌年二月にかけて、ローザンヌのコンセルヴァトワールで講演。原稿は死後の一九四八年に『フランス十九世紀の画期』*Les Grands Moments du XIXe siècle français* として刊行される。

年末、タラン社より『高地での戦い』が『ヴォー手帳』第二期第六・七号として刊行される（パイヨ社からの刊行は翌年）。
▼三国同盟破棄［伊］●ヴェルフリン『美術史の基礎概念』［スイス］●モーム『人間の絆』［英］●カフカ『変身』［独］●芥川龍之介『羅生門』［日］

一九一六年［三十八歳］

二月初旬、ローザンヌ市内クール通り「アカシア」へ転居。

七月十五日から十九日にかけて、ランス、次いでディアブルレに滞在。

七月末から翌年一月にかけて、「死者たちの甦り」« La Résurrection des corps » を執筆、推敲。のちに『天空の地』*Terre du ciel* と改題される。

九月末から十月半ばにかけて、ストラヴィンスキーと《きつね》*Renard*、《猫の子守唄》*Berceuses du chat*、《プリバウトキ》*Pribaoutki* を共作。
●バルビュス『砲火』［仏］

一九一七年〔三十九歳〕

春、ガスパール・ヴァレット財団より奨励金を受ける。

四月、『悪魔の治世』が『ヴォー手帳』第三期第一・二号として刊行される。翌月にはヴォー手帳出版から、あらためてルネ・オーベルジョノワの装画入り単行本発売。

五月、エッセイ『大いなる春』*Le Grand Printemps* を『ヴォー手帳』第三期第四号として、さらにローザンヌのヴォー手帳出版、パリのクレス社より出版。ストラヴィンスキーとの共作《結婚》*Noces* 創作開始、十一月に仕上げる。

十二月、ヴォー手帳出版より『病からの快復』刊行。

▼十月革命、ソヴィエト政権成立〔露〕●E・ウォートン『夏』〔米〕●ウナムーノ『アベル・サンチェス』〔西〕●レーニン『国家と革命』〔露〕

一九一八年〔四十歳〕

二月末から八月初旬にかけて、ストラヴィンスキー作曲、ラミュ脚本による音楽劇《兵士の物語》*Histoire du soldat* を制作。

八月、『ローザンヌ新聞』の連載「諸事雑感」で、スイスの状況に対する皮肉を綴った記事の掲載を断られ、連載を中断。

九月二十八日、ローザンヌで《兵士の物語》初演。ルネ・オーベルジョノワが舞台装置を描き、エルネスト・アンセルメが指揮を担当、チューリッヒ州ヴィンタートゥールの資産家で芸術支援家のヴェルナー・ラインハルトが資金を提供した。その後、スイス全土を巡回の予定だったが、スペイン風邪の蔓延により、初日のみで上演中止となる。

▼ゼネスト［スイス］▼スペインインフルエンザ（スペイン風邪）大流行（〜二〇）▼ドイツ革命▼第一次世界大戦終結●**ルヴェルディ『屋根のスレート』**、**『眠れるギター』**［仏］●**デーブリーン『ヴァツェクの蒸気タービンとの戦い』**［独］●**アンドリッチ『エクスポント（黒海より）』**［セルビア］●魯迅『狂人日記』［中］

一九一九年［四十一歳］

三月一日より七月二十三日にかけて、「隣どうしに置かれた人間たち」« Les Hommes posés les uns à côté des atures » の下書きに従事。複数の物語を並置したもので、一九二一年まで執筆をつづけ、完成はしないが『**詩人の訪れ**』*Passage du poète* の原形となる。同書出版後も、一九三六年まで、同じ題で内容の異なるテキストに何度も着手。

六月、ヴォー手帳出版より『徴はいたるところに』*Les Signes parmi nous* 刊行。

七月、ベルン大学より名誉博士号を授与される。

九月から十一月にかけて、資金繰りに問題が生じていた『ヴォー手帳』存続のため奔走。

▼パリ講和会議、ベルサイユ条約調印［欧］▼比例代表制選挙実施［スイス］▼ワイマール憲法発布［独］●シュピッテラー、ノーベル文学賞受賞［スイス］●**コンラッド『黄金の矢』**［英］●ガリマール社設立［仏］●ヘッセ『デーミアン』［独］●有島武郎『或る女』［日］

一九二〇年［四十二歳］

四月中旬、ジュネーヴのゲオルグ社より「散文詩」シリーズの一環として『われらがローヌ河の唄』*Chant de notre Rhône* 刊行。

五月末から九月にかけて、『ローザンヌ新聞』への寄稿を一時的に再開。同紙の記事をきっかけに、ラミュの文体に関する論争が起こる。

六月中旬、ヴォー手帳出版より『兵士の物語』刊行。同月、シラー財団が『エメ・パシュ、ヴォーの画家』の原稿を千フランで買いあげる。

七月から九月にかけて、「生への上昇」《Montée à la vie》を執筆。刊行されないが、内容の一部は『田園のあいさつ、その他の短文』*Salutation paysanne et autres morceaux*、『死の現前』*Présence de la mort*、『詩人の訪れ』につながっていく。

八月、レマン湖沿い、モルジュ近くのビュシヨンに滞在。

十一月から年末にかけて、「冬の終わり」と題した長編小説を準備。完成しないが、「田園のあいさつ」《Salutation paysanne》と題した断章をふくむ。

十二月、ゲオルグ社より、エドゥアール・ヴァレの挿画三十六点（木版制作はA・メレ）を加えた『苛まれるジャン＝リュック』が刊行される。
▼国際連盟発足［欧］▼「制限中立」の立場で国際連盟加盟［スイス］●パウンド『ヒュー・セルウィン・モーバリー』［米］●アラン

『芸術論集』〔仏〕●デュ・ガール『チボー家の人々』（〜四〇）〔仏〕●コレット『シェリ』〔仏〕●**アンドリッチ『アリヤ・ジェルゼレズの旅』**、**『不安』**〔セルビア〕

一九二一年［四十三歳］

一月一日から二月三日にかけて、長編小説「砂利採りの仕事」《Travail dans les gravières》を執筆。完成するが、発表せず。

三月九日、パリのグラッセ社で「小説」シリーズの責任者を務める作家・批評家エドモン・ジャルーとはじめて会う。

五月、ジュネーヴのゲオルグ社より『田園のあいさつ、その他の短文』刊行。

六月、「天空の生」《Vie dans le ciel》原稿をグラッセ社に送る。

八月十日、ヴォー州ヴヴェに近いブロネで、哲学者ジャック・マリタンおよび哲学者・詩人のライサ・マリタン夫妻と出会う。

九月、グラッセ社より「天空の生」不採用の通知が届く。書き換えて『天空の地』と改題。

十一月、ゲオルグ社および著者の個人出版として、またパリではクレス社刊として『天空の地』出版。
▼ファシスト党成立〔伊〕▼ワシントン会議（〜二二）▼四カ国条約調印〔米・英・仏・日〕●A・フランス、ノーベル文学賞受賞〔仏〕●ピランデッロ《作者を探す六人の登場人物》初演〔伊〕

一九二二年〔四十四歳〕

『アリーヌ』がパイヨ社の「スイス・ロマンド小説」シリーズより再版。ストラヴィンスキーの譜面を掲載した『結婚』がロンドンのチェスター社より刊行。

三月、ジュネーヴのゲオルグ社とパリのJ・ビュドリ社より、『悪魔の治世』第二版刊行。

五月、『天空の地』および『悪魔の治世』がシラー賞を受賞、賞金二千フラン。

六月から八月にかけて、『種族の隔たり』を執筆。

十一月、ゲオルグ社より『死の現前』刊行。同月末から翌年二月にかけて、「真実の探求」« Recherche de la verité » という題の長編小説を完成させるが、発表せず。

十二月から翌年二月にかけて、『種族の隔たり』がパリの『新世界』*Le Monde nouveau* 誌別冊に連載される。

▼ムッソリーニ首相就任〔伊〕▼スターリン書記長就任、ソヴィエト連邦成立〔露〕●T・S・エリオット『荒地』(米国)〔英〕●ヴァレリー『魅惑』〔仏〕●ジョイス『ユリシーズ』〔愛〕

一九二三年〔四十五歳〕

二月、新世界出版より『種族の隔たり』単行本が刊行される。

四月二十四日、ヴォー解放の英雄ダヴェル少佐の没後二百周年記念式典がキュイイで執り行われ、ラミュは『少佐を讃える』*Hommage au major* を朗読。

五月、シラー財団より千フランの助成金を受ける。

六月二十日、《兵士の物語》のハンス・ラインハルト訳によるドイツ語版が、ヘルマン・シェルヘンの指揮によりフランクフルトで初演される。

六月三十日、一九二〇年から二三年にかけて発表した長編小説を対象として、二度目のランベール賞を受賞する。

八月二日から中旬にかけて、家族でセシル・セリエ＝ラミュの友人が暮らすサヴォワ地方マントン＝サン＝ベルナールに滞在。同月十七日から二十三日にかけて、ローザンヌ近郊ラ・クロワ＝シュル＝リュトリに滞在。

十一月、作家・批評家でグラッセ社広報部長のアンリ・プライユとはじめて手紙を交わす。プライユはすでにラミュ作品を読み、高く評価していた。同月、『詩人の訪れ』が著者の個人出版、およびジュネーヴのゲオルグ社とパリの世紀出版より刊行。スイス作家協会代表としてシラー財団評議会に入る（一九二九年まで）。

▼仏・白軍、ルール占領［欧］▼関東大震災［日］●**コンラッド『放浪者　あるいは海賊ペロル』**［英］●ラディゲ『肉体の悪魔』［仏］●ズヴェーヴォ『ゼーノの意識』［伊］●リルケ『ドゥイーノの悲歌』［墺］

一九二四年［四十六歳］

二月中旬、新演出による《兵士の物語》公演に向け、チューリッヒに滞在。

三月三十一日から四月十二日にかけて、パリに滞在し、グラッセ社と出版契約を交わす。以後、グラッセ社はラミュの旧作改訂版と新作との両方を数多く刊行。

四月二十四日、二十五日、二十七日、パリのシャンゼリゼ劇場で《兵士の物語》フランス初演。ジョルジュ・ピトエフ演出、世界初演と同じく舞台装置はルネ・オーベルジョノワ、指揮はエルネスト・アンセルメ。ラミュは立ち会わず。同月二十八日、ヴェルナー・ラインハルトらの主導によりチューリッヒで上演されたドイツ語版に出席した。ストラヴィンスキーの譜面を付した『兵士の物語』がロンドンのチェスター社より刊行。

五月七日から十九日まで、ふたたびパリ滞在。スイス作家を招待した文芸協会のパーティーに出席。滞在中、ストラヴィンスキーと再会。

九月初旬、『病からの快復』改訂版をグラッセ社から刊行。同月十三日から十一月十五日にかけて、『この世への愛情』*L'Amour du monde* が『週刊文学』に連載される。

十月二十九日、作家で口承文学収集家のアンリ・プラにはじめて手紙を送る。同月三十一日から十一月十三日まで、パリ滞在。グラッセ社での初の著書刊行に関する仕事をおこなうとともに、新たにパリに暮らす可能性を模索するが、実現にいたらず。

●ブルトン『シュルレアリスム宣言』〔仏〕●サン＝ジョン・ペルス『遠征』〔仏〕●**ルヴェルディ『空の漂流物』**〔仏〕●T・マン『魔の山』〔独〕●**アンドリッチ『短編小説集』**〔セルビア〕●宮沢賢治『春と修羅』〔日〕

一九二五年［四十七歳］

五月から六月にかけて、一家でパリに滞在。

五月、グラッセ社から『天空のよろこび』*Joie dans le ciel*（『天空の地』改訂版）が刊行される。同月二十五日、トリアノン劇場で、マルセル・エロー演出、ロジェ・デゾルミエール指揮による《兵士の物語》上演、ラミュとストラヴィンスキーがともに立ち会う。

六月、ジャック・マリタンの誘いで参加することになったプロン社のシリーズ「金の葦」会合に参加。ジャン・コクトーも同席。同月二十日、母ルイーズ逝去。ラミュはローザンヌへ戻る。同月二十七日から八月一日にかけて、『山に満ちる恐怖』*La Grande Peur dans la montagne* が『週刊評論』に連載される。

七月、『この世への愛情』がプロン社「金の葦」シリーズから出版される。ガストン・ガリマールから『山に満ちる恐怖』出版の打診を受けるが、グラッセ社との契約を理由に断る。

八月八日から十月十日にかけて、『詩人の訪れ』がアンリ・プライユの紹介記事つきで『フランス・アルザス』*L'Alsace française* 誌に掲載される。

十二月、『サーカス』*Le Cirque* がゲオルグ社より、原稿のコロタイプ印刷による複写の形で出版される。『われらがローヌ河の唄』が、『ローヌ河畔の国ぐにの唄』*Chant des pays du Rhône* と改題されてプロン社「金の葦」シリーズの雑誌『通信』*Chroniques* に掲載。同月、数日間パリに滞在。

▼ロカルノ条約調印〔欧〕●サンドラール『金』〔スイス〕●**コンラッド『サスペンス』**〔英〕●V・ウルフ『ダロウェイ夫人』〔英〕●ジッド『贋金づくり』〔仏〕●**ルヴェルディ『海の泡』**〔仏〕●梶井基次郎『檸檬』〔日〕

一九二六年〔四十八歳〕

プロン社より『この世への愛情』普及版刊行。

一月中旬、グラッセ社より『山に満ちる恐怖』刊行。

三月三十日から四月二十日にかけて、アンリ・プラの住むフランスのオーヴェルニュ地方、次いでヴァレ・デュ・ローヌを旅する。

四月、ジャン・ポーランから『新フランス評論』*La Nouvelle Revue française* に掲載する短い物語の依頼が届くが、ラミュは現時点で出せるものがないと答える。

五月八日から七月一日にかけて、アンリ・プライユ監修『C・F・ラミュに賛成か反対か』*Pour ou contre C. F. Ramuz* の刊行を機にパリ滞在。同書ではプライユのほか、ロマン・ロラン、ジャン・コクトー、ポール・クローデルらがラミュの文体を擁護した。パリ滞在中、ジャン・ポーランと会う。

六月、ローザンヌのヴェルソー社より『存在理由』再版。

八月初旬、パリの大衆出版「小説」シリーズの一環として、プライユの序文つきで『苛まれるジャン＝リュック』刊行。

十月末、オーベルジョノワとの共作『七つの短文と七つの絵』*Sept morceaux et sept dessins* をメルモ社から刊行（印刷はヴェルソー社）。主に『田園のあいさつ、その他の短文』収録の文章から選び、改訂したもの。以後、資産家アンリ＝ルイ・メルモはスイスにおけるラミュの主要な版元となる。

●ベルナノス『悪魔の陽の下に』［仏］●**バリェ＝インクラン『独裁者ティラン・バンデラス 灼熱の地の小説』**［西］

一九二七年［四十九歳］

二月末、マルセル・ルサージュ社より『干草づくりの牧場《まきば》の女』*La Faneuse dans son pré* を刊行。『田園のあいさつ、その他の短文』収録の文章からなる。

三月末から四月初旬にかけて、パリ滞在。

四月初旬、グラッセ社より『アリーヌ』発売。

十月六日、マルタン・ボドメール財団より、『美の化身』*La Beauté sur la terre* にゴットフリート・ケラー賞が授与される。賞金六千フラン。

十一月、アンリ・ビショフの木版画を添えた愛書家版『ぶどうの採り入れ』*Vendanges* がスイス愛書家協会より刊行（同時に木版画なしの版がヴェルソー社より刊行）。同月、メルモ社より『美の化身』刊行。

●ギュスターヴ・ルー『さようなら』［スイス］●世界初のトーキー映画『ジャズ・シンガー』公開［米］●モーリヤック『テレーズ・デスケルー』［仏］●**ルヴェルディ『毛皮の手袋』**［仏］●ハイデガー『存在と時間』［独］

一九二八年〔五十歳〕

五月末、グラッセ社より『美の化身』刊行。

七月十日から八月二十二日にかけて、ヴァレー州シエール近郊、ヴェルナー・ラインハルトが晩年のリルケに提供したミュゾットの館に、家族で滞在する。

十月から翌年三月にかけて、メルモ社より、月一回発行、全六巻の『六冊の手帳』*Six cahiers* 刊行。『イーゴリ・ストラヴィンスキーの思い出』*Souvenirs sur Igor Strawinsky* や「ある出版人への手紙」« Lettre à un éditeur »（翌年、大幅な改稿を加え「ベルナール・グラッセへの手紙」として発表）が出版された。

十月または十一月、メルモ社よりルネ・オーベルジョノワのリトグラフ五点をふくむ『旅芸人』*Forains* 刊行。

十二月、『スイス・ロマンド手帳』*Cahiers romands* 第一巻として『ローヌ河畔の国ぐにの唄』が歴史学者スヴェン・ステリンク＝ミショーの序文を添えて再版。

●P＝J・ジューヴ『カトリーヌ・クラシャの冒険』（～三二）〔仏〕●ブレヒト《三文オペラ》初演〔独〕●ショーロホフ『静かなドン』（～四〇）〔露〕

一九二九年〔五十一歳〕

四月中旬、クール通りの住居から、同じローザンヌ市内のレマン湖畔に近いジョルディル通りに転居。

七月、グラッセ社より、巻頭に「**ベルナール・グラッセへの手紙**」« Lettre à Bernard Grasset »、巻末に『兵士の物語』を付した『田園のあいさつ』刊行。

十月、『イーゴリ・ストラヴィンスキーの思い出』がメルモ社とガリマール社より同時に出版される。

十一月、フランス地平線社、アンリ・プラ監修「野原」シリーズより、『詩人の訪れ』改訂版にあたる『ぶどう作りの祭』*Fête des vignerons* 刊行。

十二月五日、メルモ社発行、ラミュ編集長による週刊誌『現代』*Aujourd'hui* 創刊。詩人ギュスターヴ・ルーが事務に携わる。

▼世界大恐慌●ヘミングウェイ『武器よさらば』［米］●クローデル『繻子の靴』［仏］●コクトー『恐るべき子供たち』［仏］●**ルヴェルディ『風の泉、一九一五－一九二九』**、**『ガラスの水たまり』**［仏］●**S・ツヴァイク『過去への旅』**［墺］●デーブリーン『ベルリン・アレクサンダー広場』［独］●**グスマン『ボスの影』**［メキシコ］●小林多喜二『蟹工船』［日］

一九三〇年［五十二歳］

二月末から七月下旬にかけて、執筆中の長編『ファリネあるいは贋金』*Farinet ou la Fausse Monnaie* の断章を『現代』に掲載。

四月初旬、グラッセ社より『苛まれるジャン＝リュック』再版。

五月、ロマン賞を受賞。この賞は一回きりで終わったため、ラミュは唯一の受賞者。賞金三万フランはローザンヌ近郊ピュイイに位置する家「ラ・ミュエット」の購入にあて、同月二十日に入居。終の棲家となる。

六月、パリの地方愛書家社より、R・T・ボサール原画、G・プロブスト制作のリトグラフ三十三点を添えた『ローヌ河畔の国ぐにの唄』愛書家版刊行。

●セイヤーズ『ストロング・ポイズン』〔英〕●ルヴェルディ『白い石』〔仏〕●オルテガ・イ・ガセー『大衆の反逆』〔西〕●ムージル『特性のない男』（〜四三、五二）〔墺〕●アイスネル『恋人たち』〔チェコ〕

一九三一年〔五十三歳〕

一月中旬、転倒して左上腕骨を骨折。

三月十二日から四月十三日にかけて、自分の骨折をめぐるエッセイ『片手』*Une main* を『現代』に連載。

十月、グラッセ社より『黴はいたるところに』刊行。

十月に「逸話」«Épisode»、十二月に『サーカス』を『新フランス評論』に掲載、その後も定期的に寄稿。『サーカス』は一九二五年版から大幅に改稿。

十二月三十一日、週刊誌としての『現代』最終号。このあとは月刊・単著の「手帳」形式となる。

▼スペイン革命〔西〕●ニザン『アデン・アラビア』〔仏〕●サン゠テグジュペリ『夜間飛行』〔仏〕●G・ルブラン『回想』〔仏〕●アンドリッチ『短編小説集二』〔セルビア〕

一九三二年［五十四歳］

一月、メルモ社より『ファリネあるいは贋金』刊行（『『現代』手帳』一一〇号）。

二月、メルモ社より刊行のトマス・ド・クインシー『ジャンヌ・ダルク』（ルネ・オーベルジョノワ訳）の巻末に『少佐を讃える』収録（『『現代』手帳』一一一号）。

九月、メルモ社より、『アダムとイヴ』*Adam et Ève* 刊行（『『現代』手帳』一一五–一一八号）。

十月末、グラッセ社より『ファリネあるいは贋金』第二版刊行。

十一月一日から翌年二月にかけて、『新フランス評論』に『アダムとイヴ』連載。

ジュネーヴの柱廊出版より、フレッド・ファイの木版画七点を添えた『湖の門』*Portes du lac* 刊行。

▼総選挙でナチス第一党に［独］●シャルル＝アルベール・サングリア『ペトラルカ』［スイス］●キャザー『名もなき人びと』［米］●セリーヌ『夜の果てへの旅』［仏］●S・ツヴァイク『マリー・アントワネット』［墺］

一九三三年［五十五歳］

四月、グラッセ社より『片手』単行本刊行。

九月から十月にかけて、『種族の隔たり』を翻案したディミトリ・キルサノフ監督、ディタ・パルロ主演の映画『誘拐』*Rapt* が撮影される。ラミュも端役で出演。

十一月、グラッセ社より『アダムとイヴ』再版。

十二月、メルモはラミュをアンドレ・ジッドに引き合わせる。同月、メルモ社より、エッセイ『人間の大きさ』*Taille de l'homme* 刊行。

▼ヒトラー首相就任、全権委任法成立、国際連盟脱退［独］●レオン・ボップ『ジャック・アルノーと小説的総体』［スイス］
●**V・ウルフ『フラッシュ　ある犬の伝記』**［英］●J・マリタン『キリスト教哲学について』［仏］●マルロー『人間の条件』［仏］
●ロルカ『血の婚礼』［西］

一九三四年［五十六歳］

六月十八－十九日、パリのアトリエ座で《兵士の物語》上演。兵士役をジャン＝ルイ・バローが務める。

八月四日から六日にかけて、フランスのヴヴェーで書店大会が開催され、ラミュが挨拶を述べる。挨拶文は『文学ニュース』*Les Nouvelles littéraires* に掲載。

十一月十五日、ジュネーヴで《兵士の物語》上演。演出はラミュとコクトー、後者は朗読者の役も務めた。指揮はシェルヘン。同月二十四日、映画『誘拐』初日。同月、メルモ社・現代出版部より『デルボランス』*Derborence* 刊行。

年末、ジュネーヴのクンディク社より、モーリス・バローのデッサン十一点を添えた『アリーヌ』改訂版刊行。

●ミラー『北回帰線』［米］●**H・リード『ユニット・ワン』**［英］●ジオノ『世界の歌』［仏］

一九三五年［五十七歳］

二月、グラッセ社より『人間の大きさ』刊行。

十一月、メルモ社・現代出版部よりエッセイ『問い』*Questions* 刊行。

●ギユー『黒い血』［仏］●ジロドゥー《トロイ戦争は起こらないだろう》初演［仏］●川端康成『雪国』（〜三七）［日］

一九三六年［五十八歳］

二月、ジャン・ジオノと手紙を交換。創設間近の「書籍購買組合（ギルド・デュ・リーヴル）」に作品提供を依頼する。

同月、グラッセ社より『デルボランス』再版。

三月二十日より五月二十九日にかけて、週刊誌『金曜日』に『サヴォワの青年』*Le Garçon savoyard* 連載。月末ごろ、「書籍購買組合」創設。取締役はアルベール・メルム、編集部はラミュ、ギュスターヴ・ルー、メルモ。フランス語圏諸国への通信販売による書籍出版の嚆矢で、大成功を収める。第一弾となった『デルボランス』のほか、ラミュは五点の自作をこの版元から出し直した。

七月、グルノーブルのアルトー社「名勝地」シリーズより、グラビア二百二十四点が入った『スイス・ロマンド』*La Suisse romande* 刊行。

九月、グラッセ社よりエッセイ『問い』刊行。

十月、メルモ社・現代出版部と書籍購買組合より、ジェア・アウグスブルグの挿画と、エルネスト・ピッツォッティ作のラミュ肖像画が入った『サヴォワの青年』刊行。同月十八日、スイス最大の文学賞であるシラー財団大賞を受賞(賞金五千フラン)。

十二月、ローザンヌのヴェルソー社より、テオドール・ストラヴィンスキーによるリトグラフ八点を添えた『サーカス』刊行。

▼人民戦線内閣成立(〜三八)［仏］▼スペイン内戦(〜三九)［西］▼スターリンによる粛清(〜三八)［露］▼二・二六事件［日］●フォークナー『アブサロム、アブサロム!』［米］●K・チャペック『山椒魚戦争』［チェコ］

一九三七年［五十九歳］

二月、メルモ社よりエッセイ『偉大さの必要』*Besoin de grandeur* 刊行。

三月、『悪魔の治世』を書き直し、月刊文芸誌『傑作』*Le Chef-d'œuvre* に掲載。

五月、グラッセ社より『サヴォワの青年』刊行。通常版のほか、セカナ社による限定版も販売された。

六月、ローザンヌ大学より名誉博士号を授与される。

十月一日、『精神』*Esprit* 誌のスイス特集に、ドニ・ド・ルージュモンへの公開書簡形式の記事「手紙」« Lettre » を寄稿。単一的なスイスの存在を否定する内容で、ドイツ語圏スイスを中心に大きな議論を巻き起こす。

十一月、メルモ社・現代出版部より『もし太陽が戻らなければ』*Si le soleil ne revenait pas* 刊行。書籍購買組合より、エルネスト・ピッツォッティの木版画七点を加えた『デルボランス』再版。

十二月、『ローヌ河畔の国ぐにの唄』と『詩人の訪れ』からの抜粋に、モーリス・ブランの写真三十点を添えた『ラヴォー』*Lavaux* がローザンヌのポルシェ社より出版される。

▼イタリア、国際連盟脱退［伊］●A・ベガン『ロマン的魂と夢』［スイス］●ギ・ド・プルタレス『奇跡の漁』［スイス／仏］●**V・ウルフ『歳月』**［英］●**ルヴェルディ『屑鉄』**［仏］

一九三八年［六十歳］

一月十五日、『スイス・ロマンド』誌に、前年の「手紙」について説明する記事を掲載。

六月、パリで講演。十一日、娘マリアンヌが結婚。同月末、グラッセ社より『偉大さの必要』再版。

九月二十八日、ローザンヌのポルシェ社より『C・F・ラミュ讃』*Hommage à C. F. Ramuz* 刊行。トーマス・マン、シュテファン・ツヴァイク、クローデル、コクトー、ストラヴィンスキーなど、三十名以上の友人や愛読者が寄稿し、「手本としてのセザンヌ」が再録された。

十一月末、メルモ社・現代出版部と書籍購買組合より、シャルル・メロンのエッチング八点を挿入した『パリ、あるヴォー人の覚え書き』*Paris, notes d'un Vaudois* 刊行。

十二月末、六月におこなった講演の原稿が、ジェア・アウグスブルグの挿画十六点を添えた書籍『地方にして地方ではない場所』*Une province qui n'en est pas une* として、グラッセ社より刊行される。同月、パリのフランス・スイス愛書家社より、アンドレ・ロズの挿画（版画制作はポール・ボディエ）を入れた『ファリネあるいは贋金』愛書家版刊行。
▼レトロマン語を第四の国語に採択［スイス］▼「絶対中立」の立場に戻り、国際連盟離脱［スイス］▼ミュンヘン会談［英・仏・伊・独］
▼「水晶の夜」［独］●サルトル『嘔吐』［仏］●アルトー『演劇とその分身』［仏］●ユルスナール『東方綺譚』［仏］●**ヌシッチ『故人』**［セルビア］

一九三九年［六十一歳］

二月九日、『ファリネあるいは贋金』を翻案した映画『山のなかの金』*L'Or dans la montagne* 公開。監督はマックス・ハウフラー、主演ジャン゠ルイ・バロー。

四月中旬、グラッセ社より『もし太陽が戻らなければ』再版。

五月、ガリマール社より『パリ、あるヴォー人の覚え書き』再版。同月、グラッセ社との契約を更新。

六月、ジュネーヴのクンディク社より、モーリス・バローの挿画を入れた『小さな村』増補改訂版刊行。

十一月末、メルモ社・現代出版部より自伝的エッセイ『世界の発見』*Découverte du monde* 刊行。
▼第二次世界大戦勃発［欧］▼総動員令［スイス］●エドモン゠アンリ・クリジネル『眠らぬ人』［スイス］●スタインベック『怒りのぶどう』［米］●ドリュ・ラ・ロシェル『ジル』［仏］●ユルスナール『とどめの一撃』［仏］●サロート『トロピスム』［仏］●セゼール『帰郷ノート』［仏／カリブ］

一九四〇年［六十二歳］

三月、胃穿孔により入院。

五月二十八日、唯一の孫グイド・オリヴェイリ誕生。

十月、書籍購買組合より『もし太陽が戻らなければ』再版。

十一月八日、シャルル＝ジョルジュ・デュヴァネル監督、ラミュ脚本によるドキュメンタリー映画『ぶどう作りの一年』*L'Année vigneronne* 発表。十五日、メルモ社より『全集』*Œuvres complètes* 全二十巻（死後、一九五四年に三巻追加）のうち、初公開となる「日記断片」二巻をふくむ最初の五巻が刊行される。全集収録にあたり、ラミュは旧作のすべてを書き換える。

十二月中旬、ジュネーヴのサック社より、デュヴァネルの写真六点を挿入した『ぶどう作りの一年』刊行。
▼ギザン将軍による「砦作戦」提案［スイス］▼ドイツ軍、パリ占領。ヴィシー政府成立［仏・独］▼日独伊三国軍事同盟［伊・独・日］●A・リヴァ『雲をつかむ』［スイス］●太宰治『走れメロス』［日］

一九四一年［六十三歳］
三月、九月、十一月の十五日に『全集』残りの巻が五巻ずつ刊行される。
五月十六日、ローザンヌのゴナン社より、マックス・フンツィカーの挿画を加えた『天空の地』愛書家版刊行。発売日にはチューリッヒのエポック・ギャラリーで本書の展示があり、ラミュが挨拶した。月末、ヴォー州の家族手帳に掲載される文章「そばへ来て、ともにベンチに座ろう」« Viens te mettre à côté de moi sur le banc » の原稿を送付。

十一月、書籍購買組合より、『アリーヌ』に『短編と短文』所収の五つの短編を付し、アレクサンドル・ブランシェによるデッサン七点を加えた版を刊行。

十二月、メルモ社より『さらば多くの人物たち』手書き原稿の複写に、ルネ・オーベルジョノワのデッサン九点を添えた版を刊行。

▼独ソ戦開始〔独・露〕▼日本による真珠湾攻撃、米国参戦〔日・米〕●J・M・ケイン『ミルドレッド・ピアース 未必の故意』〔米〕●アンリ・プラ『三月の風』〔仏〕●パヴェーゼ『故郷』〔伊〕

一九四二年〔六十四歳〕

五月、メルモ社より『日記断片一八九五－一九二〇 および戦争中の書きもの一九三九－一九四一』*Fragments de Journal, 1895-1920, suivi de Choses écrites pendant la guerre, 1939-1941* 刊行。

七月、メルモ社より『短編と短文』から七本の短編を抜粋した『送り返された女中』*La Servante renvoyée* 刊行。

十月末、書籍購買組合より『サミュエル・ブレの生涯』再版。

十一月、メルモ社より『紙の戦争』*La Guerre aux papiers* 刊行。グラッセ社からは『エメ・パシュ、ヴォーの画家』が出版される。

十二月初旬、書籍購買組合より、アリス・リヴァとの共同編集による『名詩選　十六・十七世紀』*Poésie. XVIe et XVIIe siècles* が刊行される。序文はラミュ。

▼スターリングラードの戦い（〜四三）〔独・ソ〕●カミュ『異邦人』〔仏〕●ポンジュ『物の味方』〔仏〕●エリュアール『詩と真実』〔仏〕●S・ツヴァイク『チェス奇譚』〔墺〕●郭沫若『屈原』〔中〕

一九四三年〔六十五歳〕

アルトー社より『スイス・ロマンド』再版。

三月、ヌシャテルのイド・エ・カランド社より『結婚、その他の物語』*Noces et autres histoires* 刊行。イーゴリ・ストラヴィンスキーの曲づくりのために一九一五年から一九年にかけて書いたテキストに、テオドール・ストラヴィンスキーによる挿画十八点を添えたもの。

五月中旬、書籍購買組合より『名詩選　十八、十九、二十世紀』*Poésie. XVIIIe, XIXe et XXe siècles* 刊行。

七月、パリのコレア社より『名詩選』全二巻再版（*Anthologie de la poésie française* と改題）。

十月末、脳出血を起こす。二か月の療養ののち、通常の生活へ戻る。

十一月、モーリス・ブラン撮影の写真八十一点を収めた『ヴォー地方』*Pays de Vaud*（ローザンヌ、ジャン・マルグラ社「スイスの驚異」シリーズ）と、写真七十点入りの『ヴァレーの眺め』*Vues sur le Valais*（バーゼルとオルテン、ウルス・グラフ社「スイスの民衆遺産」シリーズ」）発行。メルモ社より、二年前の「日記断片」を増補改訂した『日記一八九六－一九四二』

Journal, 1896-1942 刊行。

十二月、メルモ社より、絵画複製と写真資料を収録した『ルネ・オーベルジョノワ』*René Auberjonois* 刊行。

▼「全政党政府」発足〔スイス〕▼イタリア降伏〔伊〕●サルトル『存在と無』〔仏〕●サン＝テグジュペリ『星の王子さま』〔仏〕●谷崎潤一郎『細雪』（〜四八）〔日〕

一九四四年〔六十六歳〕

一月、書籍購買組合より『デルボランス』改訂版。スイス作家協会はノーベル賞にラミュを推薦するが、受賞にはいたらず。

四月、メルモ社より『われらがローヌ河の唄』再版。

五月中旬、メルモ社より『ぶどうの採り入れ』再版。

六月、メルモ社より『高地での戦い』再版。

七月、メルモ社より『詩人の訪れ』再版

八月、メルモ社より『兵士の物語』再版。

十月、モナコのロシェ社より『詩人の訪れ』愛書家版刊行。

十一月、メルモ社より『デルボランス』再版。

十二月、ガリマール社より『サミュエル・ブレの生涯』四版刊行。メルモ社より『短編集』*Nouvelles* 刊行。

▼ノルマンディー上陸作戦［欧・米］▼パリ解放［仏］●**コナリー『不安な墓場』**［英］●ボルヘス『伝奇集』［アルゼンチン］

一九四五年［六十七歳］

一月、前立腺の手術を受ける。術後はローザンヌ、次いでモントルー近郊クラランで三か月入院。月末、グルノーブルのボルダス社より、ジャン＝アルベール・カルロッティの挿画入り『デルボランス』愛書家版刊行。

二月九日、ジュネーヴで《兵士の物語》上演。

三月、グラッセ社より『紙の戦争』再版。二十三日、《兵士の物語》ローザンヌ公演。上演に先立ち、シャルル＝アルベール・サングリアが話し手として登壇。

五月、メルモ社より『ぶどうの採り入れ』再版。

六月、メルモ社より『人間の大きさ』再版。グラッセ社より『日記一八九六－一九四二』再版。パリのフランス名品社より、ピエール・ヴィノのドライポイントによる挿画入り『アリーヌ』愛書家版刊行。

十二月、メルモ社より、アレクサンドル・ブランシェの挿画入り『韻文』*Vers* 刊行。『小さな村』『大いなる分離同盟戦争』『シャンソン集』を収録（いずれも『全集』の版）。書籍購買組合より『エメ・パシュ、ヴォーの画家』再版。メルモ社より、ハンス・ベルジェのリトグラフ三十四点をふくむ『山に満ちる恐怖』愛書家版刊行。

▼ヤルタ会談［米・英・ソ］▼ドイツ降伏、停戦［独］▼ポツダム会談［米・英・ソ］▼米軍、広島、長崎に原子爆弾投下。日本、無条件降伏［日］●**サンドラール『雷に打たれた男』**［スイス］●ウォー『ブライズヘッドふたたび』［英］●メルロ＝ポンティ『知覚の現象学』［仏］

一九四六年〔六十八歳〕

一月中旬、メルモ社より『使いの者、その他の短編』*Les Servants et autres nouvelles* 刊行。

四月中旬、イド・エ・カランド社より『物語集』*Histoires* 刊行。

五月、前年にジュネーヴとローザンヌで上演された《兵士の物語》がパリのシャンゼリゼ劇場に巡回、五回公演。五月一日の上演はシャルル＝アルベール・サングリアの談話つき。

七月二十日から八月四日にかけて、ふたたび入院。同月、ローザンヌのヴォー国立教会出版より『短編と短文』再版。

八月末、メルモ社より、挿画九点を付した『イーゴリ・ストラヴィンスキーの思い出』再版。

十一末月、メルモ社より『悪魔の治世』改訂版。

●**S・ツヴァイク『聖伝』**〔墺〕●**リンドグレン『長くつ下のピッピ』**〔スウェーデン〕▼第四共和政〔仏〕▼第一次インドシナ戦争（〜五四）〔仏・インドシナ〕●**サンドラール『切られた手』**〔スイス〕●**ラルボー『聖ヒエロニュムスの加護のもとに』**〔仏〕●P＝J・ジューヴ『パリの聖母』〔仏〕

一九四七年

一月、新たに前立腺手術。月末、グラッセ社より、四四年の『短編集』と四六年の『使いの者』から編み直した『短編集』刊行。

五月初旬、入院、再手術。同月二十三日、ローザンヌにて没。享年六十八。

▼マーシャル・プラン（ヨーロッパ復興計画）を立案〔米〕▼コミンフォルム結成〔東欧〕▼インド、パキスタン独立〔アジア〕●フリッシュ『万里の長城』〔スイス〕●**A・リヴァ『みつばちの平和』**〔スイス〕●ウィリアムズ《欲望という名の電車》初演〔米〕●ラウリー『火山の下』〔英〕●クノー『文体練習』〔仏〕●カミュ『ペスト』〔仏〕●**G・ルブラン『勇気の装置』**〔仏〕

訳者解題

実在する土地が描かれた文学作品を翻訳するとき、その土地を実際に訪れておいたほうがよいかどうかは、作品によって大きく異なるように思う。観念的な作品や、作家個人の視点が強く表れている作品の場合は、現場に立つよりも、作家の思考を掘りさげることに注力したほうが、正確な翻訳につながる（だからといって、そういった作家が、土地を描けていないわけではない）。他方、作家が、土地そのもののありさまを、言葉で表現しようとしているなら、やはり、翻訳者は、現地を体験したほうがよいだろう。読み手に、その土地の姿がまっすぐ伝わる訳文を手渡すために。

スイスの国民的作家と称されるC・F・ラミュ（一八七八–一九四七）は、後者の作家だ。徹底して、後者の仕事に生涯を捧げた作家、と言ってしまってもよいのかもしれない。

誤解してはいけない。風光明媚で知られる国スイスを、風光明媚に描いている、のではない。ラミュは、スイスの一部をなす特定の範囲の土地を見つめ、その土地を形づくる石や水や空気、またそこに生きる人間の身ぶりや面だち、濃密な共同体や、であればこそ際立つ孤独の影を、のっぺりした絵葉書の対極にある濃やかさと立体感をもって、言葉にしているのだから。

それらの言葉が、自分たちのものである、と感じられるからこそ、作家アリス・リヴァや、詩人ギュスターヴ・ルーは、直接ラミュの薫陶を受けて、彼以降のスイス・ロマンド（スイスのフランス語圏）文学を支えた。それだけでない。詩人フィリップ・ジャコテ、映画作家ジャン＝リュック・ゴダール、彫刻家アルベルト・ジャコメッティのような、もはやスイス出身であることすら忘れられがちなフランス語圏の文化の担い手たちも、ふとしたはずみに、ラミュに負うものを垣間見せる。

描かれる土地

スイスは、中央ヨーロッパ内陸にある、約四万キロ平方メートル、九州と同程度の大きさの小国で、アルプス山脈に貫かれ、フランス、ドイツ、オーストリア、リヒテンシュタイン、イタリアと国境を接する。公用語はドイツ語、フランス語、イタリア語、レトロマン（ロマンシュ）語の四言語、宗教はカトリックとプロテスタントが併存。よく知られるように、永世中立を標榜したり、直接民主制の残る地域があったりと、ヨーロッパはおろか、世界を見渡しても、かなり特異な道を歩む国家だ。

ラミュは、スイスを代表する作家の一人であり、一九九七年から二〇一八年にかけては、二百スイスフラン札の肖像にもなった。けれども、本文を先にお読みになった方はお気づきのとおり、ラミュが「国」「地方」「故郷」の意味をもつpays（ペイ）という語――本書では、「国」「郷《さと》」などと訳し分けている――を使って、自分の描くべき場所を指すとき、その「国」とは、スイスのことではない。

スイス連邦は、二十の州（カントン）と六の準州からなり、州の権限は強い。先に、スイスには四つの公用語があると述べたが、実際は、公用語は州ごとに定められている。教育制度も、優勢な宗派も、州ごとに違う。スイスに住む人びとの感覚では、自国とは自州のことであり、スイス連邦とは、その成り立ちからして、それぞれの州が自治と文化的独自性を保っていられるよう、一方では互いに干渉しないこと、他方では外敵に対し助け合って戦うことを約束した集合体、という性質をもつ。小さな共同体が、大きなものに吸収されるのではなく、むしろ吸収されないために、寄り集まっているのだ。

したがって、ラミュ自身の祖国は、地名で言うなら、ヴォー州、古い呼び名では「ヴォーの国」ということになる。スイスの西端にある、フランス語を話す国で、東はアルプス山脈、西はジュラ山脈の一部をふくみ、あいだにスイス高原の平野が広がる。南側はレマン湖が州境となって、対岸はフランスのサヴォワ地方。十三世紀よりサヴォワ家、十六世紀からはドイツ語を話す隣国ベルンに支配されたが、十八世紀末に独立した。

宗教面ではプロテスタントの国で、ベルン支配下に入った一五三六年に、公開討論会を経て宗教改革を導入した。しかし、ラミュは「ベルナール・グラッセへの手紙」で、ヴォーのプロテスタント信仰はベルンに押しつけられたものという認識を示している。こうしたところからも、州相互で言語、宗教、政治的な力関係が絡み合い、一筋縄ではいかない現実が垣間見えるだろう。

ただし、気をつけねばならないのは、ラミュが作品内で描こうとする土地が、あくまでフィクション化された土地であって、「ヴォーの国」そのものではない、ということだ。現に、ヴォーという地名は、初期を除けば彼の小説のなかにはほとんど出てこないし、村や山河の名にしても、周到に固有名を避けたり、立地をずらしたりしている。

実在の土地から浮遊した、言葉のなかの「わたしたちのところ」を描こうとしたとき、彼が基準としたのは、行政上の州境や名称よりも、土地のかたち、そして言語だった。

土地のかたち

ラミュの作品、とりわけ一九一四年以降、パリを去って帰郷し、自分の暮らす土地を書く決意を固めたあとに発表される作品の舞台は、湖および湖畔の傾斜地、スイス高原の農地・牧草地、そしてプレアルプ（前山）から高山地帯にかけてのアルプスの山地、この三つに大きく分けられるだろう。特にひとつめの湖畔と、三つめの山地が多い。

本書に収められた『詩人の訪れ』は、湖畔の物語だ。実在の地名は避けているが、明らかにローザンヌ近郊、レマン湖畔のラヴォー地域を描いている。南に面した急斜面が、直射日光と、湖面からの照り返しと、ふたつの陽光を受けて、良質のワインを生み出す地域で、ヴォー州を象徴する風景だ。帰国後のラミュは、終生、この地域に住んだ。なお、湖の恵みを受けた労働には、ぶどう栽培のほか、漁業もあり、『美の化身』は漁師の小屋が重要な舞台となる。

他方、山の景色にも、ラミュは早くから親しんできた。レマン湖東端から鉄道で北東へ斜面をのぼっていくと、スイス・アルプスのプレアルプにあたるヴォー州ペイ＝ダンオー地域に着く。青年期のラミュは友人とこの付近を歩きまわった。ここから、さらに進めば、ベルン州オーバーラント地域へ抜ける。フランス語の「ペイ＝ダンオー」も、ドイツ語の「オーバーラント」も、同じ「高地」の意だ。

また、ラミュは二十八歳のとき、ヴァレー州ランスを訪れて現地在住の画家と親交を結び、頻繁に通うようになる。ヴァレー（ドイツ語ではヴァリス）州は、ヴォー州、ベルン州に接し、マッターホルンをはじめ、スイス・アルプスのなかでも最高峰の山々を擁する。また文化的には、州内がドイツ語圏とフランス語圏に分かれる上、カトリック信仰の伝統があるところが、ヴォーと大きく違う。『デルボランス』や『種族の隔たり』など、山を描いたラミュ小説の多くは、ヴァレーでの経験に根ざしており、彼がヴォー州だけではなく、ヴァレー州のフランス語地域も、自分の語るべき土地に組み入れていることがわかる。

そこには、ローヌ河流域を連続する文化圏と捉えるラミュの見方も働いている。ローヌ河はヴァレーに発し、レマン湖へ流れこみ、その後ジュネーヴから、フランスに入って、リヨン、アヴィニョンを通り、地中海へ出る。『存在理由』において、作者はヴァレーの州都シオンとプロヴァンスの古都アヴィニョン、さらにレマン湖と地中海の類似に言及し、自分たちを「南に向か」う「ローヌ河畔の住民」と呼ぶ。「手本としてのセザンヌ」に示されるエクス＝アン＝プロヴァンスへの親しみも、こうした脈絡あってのことだ。

言語

ラミュがローヌ河流域を一体と見なすのは、単に地形や気候の共通性のみによるのではない。かつて、現在のスイス・ロマンドから、フランスのリヨン辺りにかけては、アルピタン語と総称される地域言語が使われていた。そして、ローヌ河のさらに下流へ進むと、南フランスの言語であるオック語の領域に入る。

ラミュは『存在理由』で、スイス・ロマンドの俚言とオック語との類似を仄めかしている。実のところ、アルピタン語は、北仏のオイル語と南仏のオック語の中間にあたる地域で使われていたものので、オイル語とも、オック語とも、共通点があるのだが、アルピタン語は当初「フランコプロヴァンサル語」と呼ばれていたため、プロヴァンス語／オック語に特に近いものと認識されることが多かったようだ。それでラミュも、アルピタン語を、とりわけオック語と連続するものと考えたのかもしれない。

いずれにせよ、スイス・ロマンドから地中海にいたるローヌ河流域は、かつてアルピタン語とオック語という、互いに共通点をもつラテン語系の言語が話され、いまはフランス語が話される地域。ローヌ流域のつながりを強調することは、フランス語系の文化圏にスイス・ロマンドを組みこむ、という意味合いを帯びる。

実際、ラミュは、フランスとスイスを貫くフランス語圏の作家としての自分を意識していた。というより、意識せざるをえなかった。周りの誰もがフランス語を話す地域で生まれ育った以上、フランス語で創作するのは当然のことなのに、自分が日常的に使うフランス語と、学校で習う「正しいフランス語」とのあいだには乖離がある。『存在理由』でも「ベルナール・グラッセへの手紙」でも述べられるとおり、ラミュの文学的な歩みは、この葛藤からはじまっている。

出自を無視し学校で学んだフランス語を使って書くのでもなければ、お国自慢のように「郷土色」をちりばめるのでもなく、この土地に固有でありながら普遍性をもつ、独自の文学言語を創り出すことはできないか。これが、作家ラミュの、生涯を通じての課題となった。フランス語世界の中心と周縁の距離を絶えず測りながら書く彼は、世界の多様なフランス語のあり方を視野に入れたフランコフォニー（フランス語圏）の語りを先取りするような思考を自分のなかに育み、作品に結実させていった作家と言える。

作家の誕生

シャルル・フェルディナン・ラミュは、一八七八年、ヴォー州の州都ローザンヌで、輸入食料品店を営む両親のもとに生まれた。両親ともヴォー州出身で、父エミールはスイス高原の平野が広がるグロ＝ド＝ヴォー地域の農家の家系に属するが、自身は商業を学び、ローザンヌ中心部に店を構えた。母ルイーズは、ラヴォー地域に位置するキュイイのぶどう農家の家系出身で、ヴォー解放の英雄ダヴェル少佐の遠縁にあたり、税関吏の父のもと、ローザンヌで生まれた。両親とも、農家にルーツをもちつつ、自らは都市住民、ということになる。

シャルル・フェルディナンという名は、当時の慣習にしたがい、夭折した二人の兄から取ったものだが、実際にはシャルルと呼ばれていたようだ。ものを書きはじめてからは、一貫して「C・F・ラミュ」と、二つの名の頭文字のみを記している。一種のペンネーム、との理解から、とりわけスイスで出版される際は、今日もこの表記が用いられる。

ラミュは十代前半から詩作をつづける一方、友人との山行や、病気になった父が療養のため暮らした農地での農作業など、愛読するフランス文学の古典には書かれていないような体験を重ねる。

学校や書物で習うフランス語文学と、自らの日常を構成する「野外」のフランス語との齟齬に悩みながら、ラミュは作家となる意志を固めていく。大学入学に際しては、当初、親の希望にしたがい法学部に籍を置くものの、文学部に転部、古典文学の学士号を取得した。

兵役で知り合った、のちの画家・作家、アレクサンドル・サングリアを通じて、ジュネーヴの芸術家グループと接することで、ラミュの世界は広がった。そして一九〇〇年、はじめてパリに半年ほど滞在。出発にあたっては、現地でモーリス・ド・ゲランについての博士論文を書く、という口実があったのだが、執筆することはなかったらしい。以後、一九一四年まで、毎年、年の半分ほどをパリで過ごす生活をつづける。親の意に沿うべく教職への応募をつづけながらも、ヴォー出身のパリ在住作家エドゥアール・ロッドの後押しを得て、創作に取り組み、一九〇三年には初の著書である詩集『小さな村』を、ジュネーヴのエジマン社より上梓した。

翌年には、最初の長編小説となる『アリーヌ』を執筆。裕福な農家の息子に誘惑され破滅する少女を描いた作品だ。これ以降は小説、およびエッセイが、ラミュの主な表現ジャンルとなる。ただし、彼の小説は、行為や出来事の運びを語るというよりも、あるヴィジョンや雰囲気を見せていく、という意味で、詩的な傾きが強い。出発点が詩であることは、彼の仕事を理解する上で大事な要素と言えるだろう。

一九〇五年に『アリーヌ』を刊行、スイス・ロマンドにおける注目の若手作家となったラミュは、つづく『生活の事情』(一九〇七)によって、フランスでゴンクール賞候補となる。ヴォー州の小さな町からローザンヌへと流れる弱気な勤め人の人生を、皮肉と悲哀をこめて描いたブルジョワ小説で、明らかにフローベールの影響を受けた文体で書かれたこの一作を読めば、のちにラミュが手がける話し言葉を主体とした独自の文体が、いかに強い意志的選択の結果であったかがわかる。

文体に変化はあっても、ラミュは最初期から一貫して、スイス・ロマンドおよびその周辺を舞台にした作品を書いてきた。パリに暮らしていた期間も、その点は変わらなかった。裏切った妻への狂気の復讐劇をつづる『苛まれるジャン＝リュック』(一九〇八)、作者自身を投影した若き画家が主人公の自伝的小説『エメ・パシュ、ヴォーの画家』(一九一一)、住む場所と職を転々としながら穏やかな生を獲得していく人物の肖像『サミュエル・ブレの生涯』(一九一三)。ここまでを、ラミュ初期の仕事と見なすことができる。翌年、生活と創作の両方において、彼の身に大きな変化が訪れる。

新しい語りへ

一九一三年に画家セシル・セリエと結婚し、一人娘をもうけたラミュは、翌年、第一次世界大戦勃発の少し前に、パリを完全に引き払い、ヴォーに腰を据える。同時に、仲間と立ちあげた雑誌『ヴォー手帳』(一人の著者が書いた長文のみを掲載する号と、多くの著者が短文を寄せる号とを出す媒体)の第一号に、『存在理由』を発表。当地にしか生まれえない言葉で、当地の姿を、しかし「地方主義」に回収されない普遍性をもって表現すべきであることを唱えたこのエッセイは、『ヴォー手帳』グループのマニフェストと位置づけられた。

さらに同年、やはり『ヴォー手帳』に掲載した「さらば多くの人物たち」で、ラミュはこれまでの自作に描いてきたアリーヌ、ジャン゠リュックなどの作中人物に別れを告げ、これからは一人の人生を追うのではなく、多くの人びとがひとつに溶け合うような世界を目指す、と宣言する。また「手本としてのセザンヌ」で、地方の日常に根ざしつつ普遍的な芸術に到達しえた先達として、画家ポール・セザンヌを称揚した。

このように矢継ぎ早に発表した芸術論的エッセイの予告にしたがって、実際にその後の仕事が実現されていくのだから、ラミュは例外的なまでに計画型の作家と言えそうだ。ヴォー革命に恋愛および家族の確執を絡めた歴史小説『高地での戦い』(一九一五)のあと、ラミュは「神秘的」と称される一連の小説を書く。『悪魔の治世』『病からの快復』(一九一七)、『徴はいたるところに』(一九一九)、『天空の地』(一九二一)、『死の現前』(一九二二)は、いずれも聖書や民間伝承を参照しつつ、人知を超えた災厄、天変地異、奇跡に翻弄される共同体を描く。その描き方は、ときにピーテル・ブリューゲルやヒエロニムス・ボスの絵画を思わせもするのだが、こうして、いわば前近代の語りに立ち返ることで、ラミュは、集団を一体のものとして書き表す試みを展開していく。

だが、ヴォーの土地と人びとを描くことに心を砕いたからといって、内向きの人間関係に閉じこもったわけではない。ひとつの大きな出会いが、外からやってきた。一九一五年、友人の指揮者エルネスト・アンセルメの紹介で、彼はロシア人作曲家、イーゴリ・ストラヴィンスキーと知り合う。パリでロシア・バレエ団の音楽を作曲して名声を得たストラヴィンスキーは、第一次世界大戦開戦後、スイスに暮らしていた。パリでの活動が中断された上に、ロシア革命により祖国へ帰ることもできなくなった彼は、ラミュと意気投合。ストラヴィンスキーが伝えるロシアの民謡等をもとに、ラミュがフランス語詞を書くかたちで、バレエ・カンタータ《結婚》（一九一七）など一連の声楽曲を共作した。

二人はさらに、サーカス団のように、小編成の楽隊と俳優で各地をめぐる音楽劇の企画として《兵士の物語》をつくりあげ、一九一八年にローザンヌで初上演を果たした。スペイン風邪の流行により初日のみで興行中止となったが、のちに各地で上演され、現在はストラヴィンスキーの名作のひとつとして親しまれる。悪魔にだまされる兵士の話は、ロシア民話に基づいた物語であるばかりでなく、同時期のラミュの小説とも非常に近い。出身地も芸術分野も異なれど、土着的な素材に新しい表現の可能性を見出そうとする両者の親近性が実を結んだ作品と言えるだろう。ラミュはのちに『イーゴリ・ストラヴィンスキーの思い出』（一九二八）で、この共同作業の日々を振り返っている。

書くという仕事

さて、神話的な幻想譚の一群を刊行しながら、ラミュは生地付近の日常風景を、より現実に即したかたちで切りとる習作を書きためていた。一九二一年には、ぶどう農家や、漁師の仕事などを、いわば言葉で素描した『田園のあいさつ、その他の短文』を発表。次いで、二三年には、ドイツ語圏とフランス語圏の山村の対立が生むドラマを描いた『種族の隔たり』、そして、放浪の柳細工師の滞在をきっかけに、湖畔のぶどう作りの村の調和が語られる『詩人の訪れ』を上梓する。

このあたりから、ラミュは、ことさらに超自然的な道具立てに頼るよりも、現実の生活を描きつつ、その生活と地続きに訪れる超越的な瞬間を捉えるような小説へと向かう。『存在理由』や「手本としてのセザンヌ」で予告した作品のあり方に対応するのは、直後に書かれた一連の神秘的小説よりも、むしろ『田園のあいさつ、その他の短文』以降であるように見える。とりわけ、ラヴォー地域の地形そのものに基盤を置く『詩人の訪れ』は、『存在理由』が示した理論に実践で応えた一作と見なすことができる。

といっても、無論、そこで最終的な答えが出てしまったわけではない。明確な構造によって、閉じた地域における人びとの融和を、あえて理想郷のごとく歌いあげた『詩人の訪れ』の後、ラミュは、言葉やイメージをより自由に解き放ちつつ、人間相互のわかりあえなさを浮上させる作品を書いていく。

誤解されることが多いが、ラミュの小説は、それほど方言を採り入れているわけではない。もしそうなら、当時隆盛を見せていた、そしてラミュが批判の対象とした地方主義文学と、変わりないことになってしまうだろう。「郷土色」を出すための装飾として消費されかねない方言の使用は抑えつつ、彼は反復を多用したり、句点で切らずに次々と節をつづけたりすることで、音声言語の転記に近い文体をつくる。これにより、その場その場で生まれては消える、声に似た響きが醸し出され、その声に、イメージが託されていくのだ。

一九二四年、前年から連絡を取りあっていた作家・批評家でグラッセ社広報部長、アンリ・プライユの推薦で、ラミュはパリの大手出版社、グラッセ社と出版契約を交わす。それまでも、彼の作品のほとんどはフランスとスイスの出版社から同時に刊行されていたが、フランス側の流通はかぎられていた。グラッセ社は、新作を刊行するとともに、旧作の再刊も手がけ、派手に宣伝を打ってラミュを売り出す。

これにより、ラミュはフランスで広く読まれる作家となったが、ヴォー周辺で使われる表現をふくんだ話し言葉を主体とし、文法的には破格の文も多い独特の文体は、文学界で賛否が分かれた。そこで、プライユは、ラミュ論集、書評のまとめ、ラミュを賞賛する文学者たちの証言集からなる『C・F・ラミュに賛成か反対か』(一九二六)を刊行。プライユ自身のほか、ロマン・ロラン、ジャン・コクトー、ポール・クローデルらがラミュの仕事を擁護した。この議論を受けて、ラミュは公開書簡形式の「ある出版人への手紙」(一九二八)、さらに翌年にはこれを増補改訂した「ベルナール・グラッセへの手紙」(一九二九)を発表する。

グラッセ社との契約以降のラミュは、再刊のための旧作改訂を進めつつ、新作を発表していく。スイス・ロマンドの風景と人間模様を、映画を思わせるイメージの連続として見せていく群衆劇が主だ。映画館の開館や放浪者の帰還が小さな集落の安逸を乱す『この世への愛情』(一九二五)、禁じられた山中の牧草地にのぼった村人たちが災厄に見舞われる『山に満ちる恐怖』(一九二六)、異国育ちの美女が湖畔の町に降りたつ『美の化身』(一九二七)、義賊の性質をもつ伝説の贋金づくりの軌跡を追った『ファリネあるいは贋金』(一九三二)、「創世記」と重ねられる夫婦のすれ違いの物語『アダムとイヴ』(一九三二)、十八世紀初頭に起きた大規模な山崩れに取材した『デルボランス』(一九三四)、レマン湖の船上で働く鬱屈した青年が事件を起こす『サヴォワの青年』(一九三六)、終末論的な占い師の予言を前に山村の人びとが奔走する『もし太陽が戻らなければ』(一九三七)、そして十九世紀初頭の農民一揆を扱った最後の長編『紙の戦争』(一九四二)。

これら成熟期の作品を見ると、定期的に山岳地帯を舞台にした物語を書いていることがわかる。『存在理由』では、山よりも湖に目を向けるべし、と主張したラミュだったが、フランスの読者が増え、スイス出身作家として見られる立場になったとき、彼は国内向けのエッセイでは言語圏を超えたスイスの文化的統一を疑いながらも、国外で読まれる作品については、外からスイスに向けられる視線をある程度は意識して、売れ行きも念頭に「山を書くスイス作家」の役割を引き受けた部分があると言えるかもしれない。

そのこととも関連するが、ラミュは、若いころ親の希望もあって短期間の教職に就いたことを除けば、終生、筆一本で暮らした。といっても、スイス・ロマンドの出版市場は小さく、国際的な大都市のように単行本の売り上げや各種雑誌への寄稿だけで生活できるわけではない。年譜からうかがえるように、『ヴォー手帳』や『現代』といった雑誌を自ら編集したり、著書刊行時に一部を個人出版とすることで速やかに手許に売り上げが届くようにしたり、旧作に美術作家の挿画を加えた愛書家向け豪華版を繰り返し出版したりするのには、そうした事情がある。また、今日も色濃いスイス文化界の特徴として、芸術系財団や篤志家の存在も大きく、一九二六年以降、ラミュの出版活動を支えるのは資産家のアンリ＝ルイ・メルモであり、また三〇年にラミュが受賞した「ロマン賞」は、実情はラミュの生活の安定を願ったメルモをはじめとする資産家などの寄付からなるもので、三万フランという破格の賞金により、作家はローザンヌの隣村ピュイイに終の棲家を確保した。

一九四〇年、ラミュは胃穿孔により入院、その後は健康状態の思わしくない日々がつづく。『全集』（一九四〇－四一）のために、すべての旧作に目を通し、手を入れる一方、新作執筆にも取り組むが、長編小説を手がける体力がなくなってきたこともあり、彼は長らく書いていなかった短編小説というジャンルに向き合った。一九四四年に『短編集』を、四六年に『使いの者、その他の短編』を刊行、これが生前最後の単行本となった。翌年、ラミュは六十八年の生涯を閉じる。

本書について

パリとスイスとの往復生活に区切りをつけて、レマン湖畔に居を定めたラミュが、この土地の起伏をなぞるような、この土地にしか生まれえない作品をつくろうという決意を示し、スイス・ロマンド文学界を揺るがせたエッセイ、『存在理由』。その宣言と対を成すようにして、ラヴォー地域のぶどう栽培の村を、一種の理想郷として描いた詩的小説が、『詩人の訪れ』である。

本書は、ラミュにとって、またスイス・ロマンド文学史にとって特別な意味をもつこの小説を中心に、その思想的な背景を示した『存在理由』、セザンヌとの照応を通じて自らの創作に対する姿勢を語った「手本としてのセザンヌ」、さらに、グラッセ社との契約によりフランスで広く読まれるようになったのを機に、あらためてスイス・ロマンド作家としての自分の立場を所属出版社社主への公開書簡のかたちでつづったエッセイ「ベルナール・グラッセへの手紙」を付す。

なお、『詩人の訪れ』については、一九四一年刊のメルモ社版『全集』を底本とするプレイヤード版『小説集』から訳出し、エッセイ類については、発表時の状況を示す資料としての側面に鑑み、初出のテクストを底本とするスラトキン版『全集』から訳出した。

「スイスの国民的作家」というキャッチフレーズを越えて、ラミュの仕事の内実を、その可能性も、弱点もふくめ、作家自身の筆致に即して、より具体的なかたちで日本語読者へ伝えることを目指して編まれている。

『詩人の訪れ』（一九二三）

訳出にあたっては、以下の版を底本とした。

C. F. Ramuz, *Passage du poète*, *Romans*, dir. Doris Jakubec, Paris, Gallimard, « Pléiade », t. 2, 2005.

また、訳語の選定や註記等には、以下の版を適宜参照した。

C. F. Ramuz, *Passage du poète*, *Œuvres complètes*, dir. Roger Francillon et Daniel Maggetti, Genève, Slatkine, t. 25 (*Romans*, t. 7 : 1923-1925), 2013.

『詩人の訪れ』初版は、一九二三年に、著者の個人出版としてローザンヌで刊行されるとともに、ジュネーヴのゲオルグ社、パリの世紀出版からも同時に出版された。二年後に、少々の改訂を施したものがストラスブールの雑誌『フランス・アルザス』に掲載されたのち、一九二九年にはいったん大幅に改稿して『ぶどう作りの祭』と改題した版を、フランス地平線社、アンリ・プラ監修「野原」シリーズより上梓。しかし晩年、メルモ社の『全集』編纂にあたり、ラミュは初版のテクストを採用し、変更を加えた上で収録した。一九四一年にメルモ社版全集第十一巻として刊行されたこの版が、本書で用いたプレイヤード版の底本となっている。

ひとつの土地を描く、という試みを、まっすぐに実地に移した作品。『詩人の訪れ』をひとことで表すなら、こんなふうに言うことができるだろう。全十五章からなる本作は、湖畔の急斜面に段をなして、ぶどう畑が上へ上へと延び、その合間に集落が点在する地域を舞台とする。地名は避けられているが、この特徴のある地勢と、終盤に登場する村々の紋章から見て、レマン湖畔のラヴォー地域であることは疑いない。

作者は、この地域を、閉じた世界のように見なし、そのうちのひとつの村に焦点を当てて、村を代表するいくつかの人物像――妻に去られた男、受け継がれてきた仕事を守るぶどう農家、酔っぱらい、恋する若い男女など――を配置して、一人ひとりに順番にカメラを向け、語らせる。冬から春になり、ぶどうが芽吹き、育ち、実をつけ、農家にとって収穫前の一段落となる八月まで、折々の作業と、村人それぞれの物語が語られ、最後は周辺の村々も集まって、多くの人びとの声がポリフォニックに重なりあう盛大な祭が催される。この祭は、ラヴォー地域で概ね二十年に一度の頻度で開催される実在の「ぶどう作り祭」をモデルとする（ただし、今日おこなわれるこの祭は、きわめてスペクタクル化されたもので、本書に描かれたようなものとはほど遠い）。

なんらかの筋を追う物語というより、複数の「場」を次々に披露する一種の芝居に似たこの小説は、ある人物の目で見られることによってはじまり、その人物が去ることによって終わる。柳細工師のベッソンだ。彼は、別に語り手というわけではない。仕事のために数か月、この地に滞在することに決め、広場で籠を編んでは行商に出かけていくだけの男だ。ところが、彼は登場人物であるとともに、この物語にとって、登場人物以上の存在である。

第五章の出だしでは、ベッソンが外に出ると同時に、物語世界が動き出す。そして、このように村に「生が満ちる」のは、「詩人が来たから」だと説明される。「詩人」は「地上に人間たちを置き、周囲に土地を置」く。籠をつくるとき「空気に指でものを書」く（第二章）ベッソンは、物語内では柳細工師だが、同時に、それよりも高次のレベルでは、この物語を動かす造物主、「詩人」なのだ。

通常の物語論では仕組みを解き明かすことが難しく思われる、この「柳細工師＝詩人」という造形こそが、並置された個々の人物たちの肖像に糸を通し、ひとつの土地という籠に収めることを可能にする。そして、詩人が来たことで、村人たち自身が「語ることを学んだ」（第十五章）とき、詩人は村人たちの輪から離れ、闇のなかに消えていく。同時に、必然的に、小説は終わる。

『詩人の訪れ』は、ラミュ作品のなかでは珍しく、成員同士の相互理解が可能な集合として、共同体を肯定的に描く。そのため、ラヴォーを理想化して、土地の景色と人びとが完全に一体となる光景を牧歌的に表現した作品と見なされることが多い。けれども、その幸福な世界が、明らかに作りものの様相を帯びていること、またその世界を成立させているのが、集団から距離を置いた孤独な詩人であることには、注意する必要があるだろう。

作家・批評家で、ガリマール社の編集者であるジャン・ポーランは、エッセイ「ハイタカの目をもつラミュ」(一九四七)において「彼は誰よりも目がいい」と、イメージを捉えるラミュの眼差しの正確さを讃えた。実際、色や光の微妙な違いを把捉し、読者がそれを受けとれるよう言葉にしていく手つきは、驚くべきものだと思う。たとえば、ベッソンが湖に面した食堂にいるとき、湖面に反射した日光が店の天井に揺らめく様子(第九章)。ぶどう畑のなにもかもが青く塗られるボルドー液散布の情景(第十一章)。恋する少女が、祭で着るドレスを、ためらいながらようやく身につけた瞬間、部屋に差しこむ夕暮れの光(第十四章)。

映画のカットの連続をそのまま文章に起こしたかのような書き方のため、なにが起きているのかが宙吊りになることもあり、原文を改変することなく意味が通る訳文にするのは、至難の業、と言ってよいのだが、こうしてラミュの繰り出すイメージ群の魔法めいた鮮やかさが、少しでも読者の目に映る翻訳になっていることを願う。

『存在理由』(一九一四)

底本は以下の版を使用した。

C. F. Ramuz, *Raison d'être*, *Œuvres complètes*, dir. Roger Francillon et Daniel Maggetti, Genève, Slatkine, t. 15 (*Essais*, t. 1 : 1914-1918), 2009, 5-36.

『存在理由』は、一九一四年、ラミュと仲間たちが創刊した『ヴォー手帳』の第一号として刊行された。ヴォーを拠点に文学活動をつづけていくことを決めたラミュ個人の立場を表明したものだが、ヴォーの現実に根ざした新しい文化の起ちあげを目指すこのグループの宣言文とも見なされる。

一九二六年、ヴェルソー社から刊行された再版で、ラミュは全体的に改訂を施し、四一年の『全集』第七巻収録時はヴェルソー版をもとに少し改変を加えている。本書で使用したスラトキン版『全集』は、一九一四年の初版を底本とする。ただし、初版では章節番号が振られず、レイアウトのみで構成を示しているところを、スラトキン版は読みやすさを考慮して、後年の版を参考に、ローマ数字による番号を加えた。本書もこれにしたがう。

学校で習う「標準的な」フランス語とフランス文学への複雑な思い、パリで味わう疎外感、無機質な国際都市になっていくローザンヌへの不満、そして、故郷の地勢そのものから発する文学を目指す決意が書かれた本作は、ラミュの仕事を理解する上で欠かせないテクストだ。彼はここに示される考えに立って、話し言葉を主体とし、論理よりもイメージで見せていく独自の文体を練りあげていった。

このエッセイに展開されるラミュの思考は、フランス語の多様性、フランス語圏の広がりといった主題を考える上で示唆に富む。また、「共通語」と「方言」との権力関係、地方の身体感覚を全国の読み手に通じる言葉でどう伝えるか、といった問題は、きわめて多様な方言・地方言語をもつ日本の書き手たちが直面するものでもある。言語圏を越えたテーマを提示する、今日なお古びないテクストと言えるだろう。

発表の経緯からして、本作は、スイス・ロマンドの読者を想定して書かれている。そのため、臨場感を味わえる一方、日本の読者には理解しづらい細部もある。スイス国外、フランスの読者に向けて、ラミュが自分の立ち位置をあらためて詳述した「ベルナール・グラッセへの手紙」と併せて読むことを勧めたい。

「手本としてのセザンヌ」（一九一四）

本書で用いた底本は以下のとおり。
C. F. Ramuz, « L'Exemple de Cézanne », *Œuvres complètes*, dir. Roger Francillon et Daniel Maggetti, Genève, Slatkine, t. 15 (*Essais*, t. 1 : 1914-1918), 2009, 89-99.
「手本としてのセザンヌ」は、一九一四年、『ヴォー手帳』に掲載された。その後、アンリ・プライユが率いるプロレタリア系雑誌『新世代』（一九三一）、ポルシェ社刊のアンソロジー『C・F・ラミュ讃』（一九三八）、そして『全集』第十一巻（一九四一）に収録された。再版の際は手が加えられているが、本書が依拠するスラトキン版『全集』は、初版を底本とする。

一九一三年、ラミュは南フランスのマルセイユ、エクス＝アン＝プロヴァンス、アルル、アヴィニョンを旅し、その折に、一九〇六年に亡くなったエクス＝アン＝プロヴァンスの画家、ポール・

セザンヌゆかりの地を訪ねた。この経験をつづった旅行記の体裁をとりつつ、本作は、地方を拠点に活動し、身近な風物を題材にしながら、絵画史に巨大な足跡を残したセザンヌを先達と見て、地方固有の現実を出発点に普遍的な芸術作品を創造する方法について考察する。

ラミュは若いころから画家の友人が多い。アレクサンドル・サングリア、ルネ・オーベルジョノワ、そして妻のセシル・セリエも画家だ。初期の小説『エメ・パシュ、ヴォーの画家』は、自らを画家に見立てた自伝的作品であり、また、後年のエッセイ「諸問題」の冒頭では、自分の本職は本を書くことではなく、実は「画家たちのもとで教えを受けてきた」、すなわち、なにかの考えを書くというよりも、目に見えた対象を再現することに早くから惹かれてきた、といったことを述べている。

この解題でも繰り返し述べてきたように、イメージの先行はラミュ作品のもっとも際立った特徴のひとつだ。「手本としてのセザンヌ」は、『存在理由』とはまた別の角度から、自分の為すべき仕事を予告した、短いながらラミュの仕事を見る上で深い意味をもつテクストと言える。

「ベルナール・グラッセへの手紙」（一九二九）

以下の版を底本として用いた。

C. F. Ramuz, « Lettre à Bernard Grasset », *Œuvres complètes*, dir. Roger Francillon et Daniel Maggetti, Genève,

Slatkine, t. 16 (*Essais*, t. 2 : 1927-1935), 2009, p. 123-147.

一九二八年、メルモ社刊の『六冊の手帳』(ラミュの複数の短い文章を収録した雑誌風の出版物で、六冊セットを月刊で発行した)第二巻に「ある出版人への手紙」を発表。その直後に大幅に書き足して「ベルナール・グラッセへの手紙」と解題したものを、翌年刊行のグラッセ版『田園のあいさつ』巻頭に収めた。さらに一九四一年、『全集』第十一巻に多少の改変を加えたかたちで収録された。本書で用いたスラトキン版『全集』は、一九二九年の初版を底本とする。

なお、プレイヤード版『小説集』第二巻には、資料として、一九四一年の『全集』版「ベルナール・グラッセの手紙」全文が収録されている。書誌は以下のとおり。

C. F. Ramuz, « Lettre à Bernard Grasset », *Romans*, dir. Doris Jakubec, Gallimard, « Pléiade », t. 2, 2005 (« Documents », p. 1457-1480).

一九二四年、ラミュがパリのグラッセ社と出版契約を交わし、フランス国内で大々的に作品が売り出されるようになると、標準的なフランス語の書き言葉と異なるその文体は賛否を巻き起こした。この議論をアンリ・プライユがまとめた『C・F・ラミュに賛成か反対か』は一九二六年に刊行されたが、ラミュ自身はこの本には関わっていない。その代わり、自分の文学言語が口々に非難され、場合によっては差別的な口調で貶められた(たとえばオーギュスト・バイイは「フランス語作家だと!……そうでありたいなら、われわれの言語を習えばいい!……習いたくないなら、別の言語を使えばいいのだ」と言い放った)

ことに対する、彼個人からの返答として、ラミュは「ある出版人への手紙」を、さらに「ベルナール・グラッセへの手紙」を発表した。

主張は『存在理由』と重なるが、同郷人に宛てた『存在理由』と異なり、「ベルナール・グラッセへの手紙」はフランス人に向けて自分の複雑な立ち位置を説明したものだ。フランスとスイス・ロマンドの歴史的な関係や、フランス語史なども参照され、より総合的に、ラミュの考え方を確認することができる。

グラッセに対してへりくだる風を見せながらも、ラミュはフランス語について、踏みこんだ議論を展開している。スイス人の使うフランス語の正統性に疑問を付す言論をひっくり返して、そもそも歴史を振り返ったとき、フランスのフランス語は正統と言えるのかを論じるくだりなどは、言語がふくみこむ権力関係を相対化する視点として、いまも新鮮に読むことができるのではないだろうか。

また、文字として固定された「記号＝言語」に対立するものとしての「身ぶり＝言語」という概念がここで登場していることも、見逃せない。「学校」ではなく「野外」で、自分の周りにいる人びとが「身ぶりによって自らを表現する」のを見て、自分はそれこそを言葉にしようと思った、と述べたあと、ラミュはさらに「彼らにおいては、言葉もまた身ぶり、彼らなりの身ぶりなのです」とつづける。

生まれては消えていく、ひとそれぞれの癖やリズムを備えた「身ぶり＝言語」で、書いていくこと。手話のように手を動かして、「なにか言うことがあるかのように」籠をつくる『詩人の訪れ』の柳細工師が同時に詩人であるのは、ラミュの世界においては、ごく自然なことなのだ。

危うさを前に

本書に収録されたエッセイ、特に『存在理由』と「ベルナール・グラッセへの手紙」を読んで、ところどころに政治的な危うさを感じる読者もいるのではないかと思う。ここまでに述べてきたラミュの文学的価値や先進性は、実のところ、この危うさと表裏一体であり、両方を合わせて見ていく必要があるものと、訳者は考えている。

まず、時折顔を出す、あからさまな「ドイツ嫌い」がある。これは、スイスのドイツ語圏もふくむ。先に述べたとおり、ラミュはスイスの文化的統一に疑いの目を向けるのだが、そこに、ドイツ語圏に取りこまれるのを嫌う気持ちがあることは間違いない。

スイス内では、ドイツ語圏がつねにもっとも大きな言語圏であり、連邦の中心をなす。フランス語話者は少数派であるがゆえ、防御態勢を取りがちになる、という事情が、まずここにはある。

ヴォーの延長としてスイス・ロマンドを見て、さらにその延長としてローヌ河流域の南フランスを見る、あるいはまた、同じフランス語世界に属する一部としてパリとスイス・ロマンドを論じる、というラミュの思考法は、すでに見たとおり、多くの可能性を秘めるものだが、スイス国内のコンテクストを踏まえて、穿った見方をするならば、それは反・ドイツ語、という意味合いをも帯びずにはいない。連邦内のマイノリティであるフランス語圏の住民は、フランスという、長く文化大国と見なされてきた隣国との結びつきを強調することで、ドイツ語圏に対抗してきた側面があり、ラミュはその身ぶりをなぞっていると見ることができる。

無論、ラミュの文学的営為は、こうした連邦内の確執に矮小化すべきものではない。ただ、このような事情があればこそ、彼はフランスとの関係、フランス語との関係を絶えず測り直す必要があり、それが独自の仕事を生み出すばねになった、という点には、留意したほうがよいだろう。なお、ラミュ作品は早くからドイツ語に翻訳されて、ドイツ語圏スイスで広く読まれ、連邦を代表する作家の一人と認識されていることは付言しておく。

ドイツ嫌いと関連しつつ、さらに深刻な問題として、『存在理由』にも「ベルナール・グラッセへの手紙」にも垣間見える、外国人忌避への傾きがある。ローザンヌの町に外国人が増えたことを嘆くのはまだしも、フランスへ入国するのに、外国人として、いかにもそれらしい顔をした「東方ユダヤ人」や「アジア人」と同列に扱われるのが辛い、などと述べるにいたっては、とても共感できるものではない。

ラミュは「ベルナール・グラッセへの手紙」で自ら指摘するとおり、非常に幅広い政治的立場の作家・批評家の支持を得ていた。グラッセ社との契約を後押しし、契約後もフランスでのラミュ受容を盛り立てたアンリ・プライユは、プロレタリア作家だ。たしかにラミュは、フランス語圏の辺境の、ぶどう農家、漁師、酪農家など、戸外で体を使って働く人びとを描いた。都市エリート層とはほど遠い、庶民の世界、肉体労働者の暮らしを、内側から扱っているのだから、プライユの評価はよくわかる。

他方、国土と祖先を敬い、共同体の同質性を志向するとなれば、これは言うまでもなく、ナショナリズムの価値観だ。若いころラミュに心酔していた南仏の作家ジャン・ジオノは、平和主義者ながら第二次世界大戦中はヴィシー政権に近づくが、フィリップ・ペタンが推進した「土への回帰」運動、また、より広く、農本主義とファシズムとの関係を思えば、不思議はない。

ラミュは、小説においては、安易なナショナリズムに陥ることなく、きわめて繊細な手つきで、土地に固有のものを、四大元素のような根源的な物質、あるいは人間たちが運命に突き動かされていくといった神話的なプロットに削ぎ落とす。何度も繰り返すが、固有の現実を起点としながら、普遍性を獲得することを、彼は目指した。だからこそ、他言語に翻訳されて読者を得ていることは、「ベルナール・グラッセへの手紙」で彼自身が報告するとおりだ。ただ、ラミュ自身の考えが、総じて保守的であり、当時の保守層の言説にしたがって、ときに排外主義の兆しを見せることがあるのは否定できない。

この危うさは、しかし、ラミュ一人の問題ではないはずだ。大地に根ざした暮らしに戻る、昔ながらの農村の仕事を見直す、といった主張のもとに人びとが集まるとき、そこに社会主義と環境主義と国粋主義の言葉が入り乱れる現象は、今日の日本にも見られるものだ。むしろ、言説の混線はラミュの時代よりさらに深まっているとも見える。

人間的な土と農との関わりに立ち戻りながら、排外的な懐古主義の陥穽をいかに退けるか。環境問題が喫緊の課題となり、農村移住の動きも加速する現在、自然と人間との交わりに目を向けるだけではなく、その背後に横たわる思想の歴史を解きほぐすことも、これからの重要な作業になっていくだろう。ラミュの曖昧さは、その問題を考える手がかりのひとつになるかもしれない。

ラミュの長編小説一覧

読者の参考に、ここでプレイヤード版『小説集』に収められている、C・F・ラミュの存命中に発表された全長編小説（改訂版などは除く）の題名を、本書で用いた邦題、単行本刊行年、フランス語原題、邦訳情報の順に挙げておく。

なお、年譜からもうかがえるとおり、ラミュには、書きあげておきながら生前に発表しなかった長編小説が複数ある。いくつかは近年、スラトキン版全集や、ゾエ社より刊行中の文庫版シリーズ「ラミュ小文庫」で公刊されており、なかには未発表とは思えない佳作もふくまれていることを申し添えたい。

『アリーヌ』(一九〇五) *Aline*

『生活の事情』(一九〇七) *Les Circonstances de la vie*

『苛まれるジャン=リュック』(一九〇八) *Jean-Luc persécuté*

・『悩めるジァン・リュック』石川淳訳、叢文閣、一九二六年。

・『ジャン=リュックの受難』佐原隆雄訳、『スイス人サミュエル・ブレの人生――旅の終わり、旅の始まり　ラミュ小説集III』所収、国書刊行会、二〇一六年。

『エメ・パシュ、ヴォーの画家』(一九一一) *Aimé Pache, peintre vaudois*

『サミュエル・ブレの生涯』(一九一三) *Vie de Samuel Belet*

・『スイス人サミュエル・ブレの人生――旅の終わり、旅の始まり』佐原隆雄訳、『スイス人サミュエル・ブレの人生――旅の終わり、旅の始まり　ラミュ小説集III』所収、前掲書。

『高地での戦い』(一九一五) *La Guerre dans les Haut-Pays*

・『アルプス高地での戦い』佐原隆雄訳、『アルプス高地での戦い　ラミュ小説集』所収、国書刊行会、二〇一二年。

『悪魔の治世』(一九一七) *Le Règne de l'esprit malin*

『病からの快復』(一九一七) *La Guérison des maladies*
『徴はいたるところに』(一九一九) *Les Signes parmi nous*
『天空の地』(一九二一) *Terre du ciel*
『死の現前』(一九二二) *Présence de la mort*
『種族の隔たり』(一九二三) *La Séparation des races*
・『民族の隔たり』佐原隆雄訳、『アルプス高地での戦い ラミュ小説集』所収、前掲書。
『詩人の訪れ』(一九二三) *Passage du poète*

・本書所収
『この世への愛情』(一九二五) *L'Amour du monde*
『山に満ちる恐怖』(一九二六) *La Grande Peur dans la montagne*
・『恐怖の山』河合亨訳、朋文堂、一九五八年。
・『アルプスの恐怖』佐原隆雄訳、『アルプスの恐怖 ラミュ小説集II』所収、国書刊行会、二〇一四年。
・『山の大いなる怒り』田中良知訳、彩流社、二〇一四年。
『美の化身』(一九二七) *La Beauté sur la terre*
・『美の化身』佐原隆雄訳、『アルプスの恐怖 ラミュ小説集II』所収、前掲書。

『ファリネあるいは贋金』(一九三二) *Farinet ou la Fausse Monnaie*
・『贋金』和田傳訳、三笠書房、一九三九年。
・『贋金作りファリネ』佐原隆雄訳、『アルプスの恐怖　ラミュ小説集II』所収、前掲書。
『アダムとイヴ』(一九三二) *Adam et Ève*
『デルボランス』(一九三四) *Derborence*
・『デルボランス』佐原隆雄訳、『アルプス高地での戦い　ラミュ小説集』所収、前掲書。
『サヴォワの青年』(一九三六) *Le Garçon savoyard*
・『フランス・サヴォワの若者』佐原隆雄訳、『もし太陽が戻らなければ　ラミュ小説集IV』所収、国書刊行会、二〇一八年。
『もし太陽が戻らなければ』(一九三七) *Si le soleil ne revenait pas*
・『もし太陽が戻らなければ』佐原隆雄訳、『もし太陽が戻らなければ　ラミュ小説集IV』所収、前掲書。
『紙の戦争』(一九四二) *La Guerre aux papiers*

また、長編小説以外のラミュの邦訳単行本として、以下のものがある。
・『ストラヴィンスキーの思い出』後藤信幸訳、泰流社、一九八五年。

・『ラミュ短篇集』スイス・ロマンド文化研究会編訳、夢書房、一九九八年。
・『パストラル　ラミュ短篇選』笠間直穂子訳、東宣出版、二〇一九年。
・前掲の佐原隆雄訳『もし太陽が戻らなければ　ラミュ小説集IV』に、短編・短文あわせて六篇所収

謝辞

二〇一九年に刊行したラミュ『パストラル　ラミュ短篇選』(東宣出版)のあとがきにも書いたが、わたしがこの作家を読む直接のきっかけとなったのは、学生時代、プレイヤード叢書編集長のユーグ・プラディエ氏に勧められたことだった。実はこのとき、氏は、単にラミュを読むといい、と仰ったのではなく、ラミュの『詩人の訪れ』を、と仰ったのだった。だから、もちろん、わたしが最初に読んだラミュの作品は、『詩人の訪れ』であり、本作を翻訳出版できる喜びは大きい。まずは、プラディエ氏と、出会いの場をあたえてくださったルーアン大学の恩師、イヴァン・ルクレール氏に、感謝を捧げたい。Je remercie Monsieur Hugues Pradier qui m’a conseillé de lire le *Passage du poète* de C. F. Ramuz lors d’un colloque sur Flaubert à Rouen, en 2001. Ma gratitude va également à Yvan Leclerc, organisateur du colloque, sans qui cette transmission n’aurait pas eu lieu.

ローザンヌ大学スイス・ロマンド文学センター所長のダニエル・マジェッティ氏には、今回も翻

訳上の疑問点についてご教示を請うた。二〇一八年度、国学院大学国外派遣によるローザンヌ滞在中に交わした会話は、本解題の執筆にも大いに活かされている。あらためて謝意を表したい。Un grand merci à Daniel Maggetti pour m'avoir apporté son aide tout au long de mon travail.

幻戯書房の中村健太郎氏は、わたしにとって特別な思い入れのある『詩人の訪れ』ばかりか、紹介できる機会はなかなかないだろうと思っていたエッセイ三本もふくめての翻訳を快諾してくださった。記して感謝する。

そして、いつも応援してくれる友人知人、とりわけ流行病により移動が制限されるなか、息抜きと語らいの場をあたえてくれた秩父の友人たちに、感謝します。

二〇二二年四月

笠間直穂子

［著者略歴］
C・F・ラミュ［C. F. Ramuz 1878–1947］
スイス・ロマンド（フランス語圏スイス）文学を代表する作家。一八七八年、ローザンヌ（スイス）に生まれる。一九〇〇年よりパリとスイスを往復する生活を開始。一九〇三年に初詩集を出版、その後小説に転じ、一九〇五年刊の初小説『アリーヌ』でスイス・ロマンド文学の旗手となる。一九一四年に完全帰国、以後は終生ローザンヌ近郊に住む。帰国を機に、生地に暮らす人々の姿を集団的な声によって描く独自の書法に取り組む。その特異な文体はクローデル、コクトー、セリーヌらに賞賛され、ジャン・ジオノに影響をあたえた。代表作に『山に満ちる恐怖』『美の化身』などがある。

［訳者略歴］
笠間直穂子［かさま・なおこ］
一九七二年、宮崎県生まれ。東京大学大学院総合文化研究科単位取得退学。現在、国学院大学文学部准教授。フランス語近現代文学研究、翻訳。著書に『文学とアダプテーション』（共著、春風社）他、訳書にマリー・ンディアイ『心ふさがれて』（インスクリプト、第十五回日仏翻訳文学賞）、モーパッサン『わたしたちの心』（岩波文庫）、ラミュ『パストラル　ラミュ短篇選』（東宣出版）他。

〈ルリユール叢書〉
詩人《しじん》の訪《おとず》れ　他三篇《ほかさんぺん》

二〇二二年八月八日　第一刷発行

著　者　C・F・ラミュ
訳　者　笠間直穂子
発行者　田尻　勉
発行所　幻戯書房
郵便番号一〇一－〇〇五二
東京都千代田区神田小川町三－十二　岩崎ビル二階
電　話　〇三（五二八三）三九三四
FAX　〇三（五二八三）三九三五
URL　http://www.genki-shobou.co.jp/
印刷・製本　中央精版印刷

ISBN978-4-86488-251-4 C0397

〈ルリユール叢書〉発刊の言

厖大な情報が、目にもとまらぬ速さで時々刻々と世界中を駆けめぐる今日、かえって〈遅い文化〉の意義が目に入りやすくなってきました。例えば、読書はその最たるものです。それというのも読書とは、それぞれの人が自分のリズムで本を読み、日々の生活や仕事、世界が変化する速さとは異なる時間を味わう営みでもあります。人間に深く根ざした文化と言えましょう。

本はまた、ページを開かないときでも、そこにあって固有の時間を生みだすものです。試しに時代や言語など、出自を異にする本が棚に並ぶのを眺めてみましょう。ときには数冊の本のなかに、数百年、あるいは千年といった時間の幅が見いだされるかもしれません。そうした本の背や表紙を目にすることから、すでに読書は始まっています。

気になった本を手にとり、一冊また一冊と読んでいくと、目には見えない書物同士の結び目として「古典」と呼ばれる作品があることに気づきます。先人の知を尊重し、これを古典として保存、継承していくなかで書物の世界は築かれているのです。かつて盛んに翻訳刊行された「世界文学全集」も、各国文学の古典を次代の読者へと手渡し、共有する試みでした。

古今東西の古典文学は、書物という形をまとって、時代や言語を越えて移動します。〈ルリユール叢書〉は、どこかの書棚でよき隣人として一所に集う——私たち人間が希望しながらも容易に実現しえない、異文化・異言語・異人同士が寛容と友愛で結びあうユートピアのような——〈文芸の共和国〉を目指します。

また、それぞれの読者にとって古典もいろいろです。私たちは、そのつど本を読みながら、時間をかけた読書の積み重ねのなかで、自分だけの古典を発見していくのです。〈ルリユール叢書〉は、新たな古典のかたちをみなさんとともに探り、育んでいく試みとして出発します。

Reliure〈ルリユール〉は「製本、装丁」を意味する言葉です。
ルリユール叢書は、全集として閉じることのない
世界文学叢書を目指し、多種多様な作品を綴じながら、
文学の精神を紐解いていきます。
一冊一冊を読むことで、読者みずからが〈世界文学〉を
作り上げていくことを願って——

［**本叢書の特色**］

❖名作の古典新訳から異端の知られざる未発表・未邦訳まで、世界各国の小説・詩・戯曲・エッセイ・伝記・評論などジャンルを問わず紹介していきます（刊行ラインナップをご覧ください）。

❖巻末には、外国文学者ならではの精緻、詳細な作家・作品分析がなされた「訳者解題」と、世界文学史・文化史が見えてくる「作家年譜」が付きます。

❖カバー・帯・表紙の三つが多色多彩に織りなされた、ユニークな装幀。

〈ルリユール叢書〉［既刊ラインナップ］

アベル・サンチェス	ミゲル・デ・ウナムーノ［富田広樹＝訳］
フェリシア、私の愚行録	ネルシア［福井寧＝訳］
マクティーグ　サンフランシスコの物語	フランク・ノリス［高野 泰志 訳］
呪われた詩人たち	ポール・ヴェルレーヌ［倉方健作＝訳］
アムール・ジョーヌ	トリスタン・コルビエール［小澤真＝訳］
ドクター・マリゴールド　朗読小説傑作選	チャールズ・ディケンズ［井原慶一郎＝編訳］
従弟クリスティアンの家で　他五篇	テーオドール・シュトルム［岡本雅克＝訳］
独裁者ティラノ・バンデラス　灼熱の地の小説	バリェ＝インクラン［大楠栄三＝訳］
アルフィエーリ悲劇選　フィリッポ　サウル	ヴィットーリオ・アルフィエーリ［菅野類＝訳］
断想集	ジャコモ・レオパルディ［國司航佑＝訳］
颱風	レンジェル・メニヘールト［小谷野敦＝訳］
子供時代	ナタリー・サロート［湯原かの子＝訳］
聖伝	シュテファン・ツヴァイク［宇和川雄・籠碧＝訳］
ボスの影	マルティン・ルイス・グスマン［寺尾隆吉＝訳］
山の花環　小宇宙の光	ペタル二世ペトロビッチ＝ニェゴシュ［田中一生・山崎洋＝訳］
イェレナ、いない女　他十三篇	イボ・アンドリッチ［田中一生・山崎洋・山崎佳代子＝訳］
フラッシュ　ある犬の伝記	ヴァージニア・ウルフ［岩崎雅之＝訳］
仮面の陰に　あるいは女性の力	ルイザ・メイ・オルコット［大串尚代＝訳］
ミルドレッド・ピアース　未必の故意	ジェイムズ・M・ケイン［吉田恭子＝訳］
ニルス・リューネ	イェンス・ピータ・ヤコブセン［奥山裕介＝訳］
ヘンリヒ・シュティリング自伝　真実の物語	ユング＝シュティリング［牧原豊樹＝訳］
過去への旅　チェス奇譚	シュテファン・ツヴァイク［杉山有紀子＝訳］
魂の不滅なる白い砂漠　詩と詩論	ピエール・ルヴェルディ［平林通洋・山口孝行＝訳］